Ha

Premiado con e
del Inte   ⸱⸱⸱⸱) de 2013

Comentarios de lectores:

Lei la novela y me encantó: descripciones detalladas que nos hacen vivir y sentir la esencia de nuestros taínos, una hermosa historia de amor entretejida entre imágenes y diálogos llenos de emoción, conmovedora realidad que refleja la cruda lucha que nos formó como pueblo.
Te felicito!
MJC, San Juan, Puerto Rico

Te felicito. Me alegro que la perseverancia haya dominado este esfuerzo porque te quedó magistral. La conclusión es una maravilla porque hace de una tragedia un puente de esperanza....Que exito!
EJS, San Juan, Puerto Rico

Quería estar con ellos. Sentí que estaba ahí con ellos. El fin fue desgarradoramente perfecto. Que logro extraordinario, Fernando! Y aprendí tanto también. Gracias por tu dedicación en hacer realidad lo que estoy segura fue un esfuerzo de muchos años.
MR, Ithaca, NY

¡Acabo de leer tu libro! Es realmente excelente. Bien escrito, la historia es fascinante y bien desarrollada, y el contexto histórico es provocador. La trama es triste en lo que trata de los protagonistas de la historia, pero también por como refleja la historia de todos los pueblos indígenas. Emocionalmente fue difícil leer de esa tragedia, pero también me enseño acerca de las injusticias que tomaron lugar y acerca del patrimonio del pueblo taíno. Los protagonistas principales se presentan en forma realista y positiva.
CRO, Albany, NY

El libro *Dos Santos* es estupendo... Lo mejor que he leído este año..... Acabo de leer este libro y lo encuentro bien escrito...la mejor documentada narración sobre nuestra historia como un pueblo descendiente de la mezcla de razas que somos. Creo de-

bería ser lectura obligada de todo Boricua que ame esta tierra.
CQ, Puerto Rico

Termine de leer tu libro y quiero decirte de lo maravilloso que es. Me gusto tu estilo de escribir. Me sentía presente con los protagonistas del libro. Combinaste con éxito los hechos históricos y la trama de la novela. En particular, disfrute aprender más acerca de los taínos.
FSM, Ithaca, NY

¡Bien hecho, Fernando! Dos Santos es una gran historia y la cuentas bien. No podía soltar el libro.
PFC, Cornell University, Ithaca, NY

El viaje de la vida de un hombre se convirtió en el camino de la historia del pueblo taíno. En la novela Dos Santos, Fernando de Aragón ha logrado contar una historia creíble, basada en hechos históricos. Es un gran éxito cuando el lector puede identificarse personalmente con un individuo en una historia basada hace más de 500 años. Nosotros somos ellos… Gracias por ayudarnos a recordar y aprender de nuevo nuestros orígenes… y para alcanzar a ver por un instante a un pueblo hermoso que todavía viven en nuestros sueños. ¡Felicidades Fernando ... y esperamos pacientemente la próxima aventura en la historia del taíno!
XG, Charleston, SC

¡Me encanto Dos Santos!
MY, Puerto Rico

Fernando de Aragón

DOS SANTOS

Novela

7/17

Lepican Publishing
Ithaca, NY

¡ Ceiba Vive !

ISBN: 978-1514283738

Publicado por: Lepican Publishing, Ithaca, NY
Impreso por Create Space

Primera edición inglés: Noviembre del 2011
Primera edición español: Junio del 2015

Diseño y maquetación de Fernando de Aragón y Norma Gutierrez

Diseño de portada por Norma Gutierrez

NOTA DEL EDITOR

Esta es una obra de ficción inspirada en hechos reales. Mientras que algunos de los hechos son fieles a la historia de la colonización europea de Puerto Rico, la mayor parte de la trama y los personajes principales de la historia son ficticios. Más detalles se pueden encontrar en las Notas del Autor al final del libro.

www.dossantosnovela.com
www.dossantosnovel.weebly.com (inglés)
Facebook: Dos Santos - Novel

Fernando de Aragón
Dos Santos

Dos Santos es la primera novela de Fernando de Aragón. Desde hace mucho tiempo le ha apasionado la dinámica del encuentro de españoles y taínos en las tierras hoy ocupadas por Haití, la República Dominicana y Puerto Rico. El autor estudió Ciencias Ambientales y Planificación en la Universidad de Rutgers y obtuvo un doctorado en Política y Administración de Recursos Energéticos de la Universidad de Pennsylvania. De Aragón, nacido y criado en Puerto Rico, vive actualmente en Ithaca, Nueva York donde trabaja como director de una agencia de planificación de transporte.

Visite el sitio internet del autor en:
www.dossantosnovela.com

Diseño

El arte de la portada y el diseño de *Dos Santos* son todos la creación de Norma S. Gutierrez. Norma es diseñadora gráfica basada en Ithaca, Nueva York.

Para todos los pueblos indígenas.

Las Indias

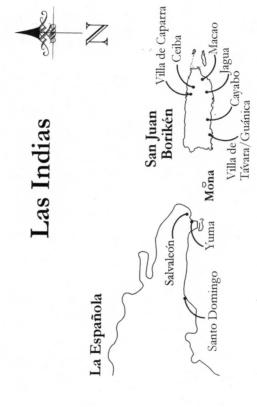

La Española

Santo Domingo

Salvaleón

Yuma

Móna

San Juan Boríkén

Villa de Caparra
Ceiba

Macao

Jagua

Cayabo

Villa de
Távara/Guánica

N

DOS SANTOS

I

Desde un profundo océano
Hasta la superficie del mar
Como montaña infinita
Que el sol su cumbre quiere agitar.

Paraíso escondido
Que nadie llegó a tocar
Hasta que del Orinoco salieron
En busca de paz y tierra a cultivar.

Este mundo caribeño,
Con paisajes milagrosos,
Costa pura y agua bendita,
Guarda la puerta a un mundo sagrado,
Con sus cemis y su caciques borincanos.

    —Francisco Xavier de Aragón
      De su poema '*Atlantis Caribeño*'

I
FUEGO NOCTURNO

Una enorme fogata crepitaba en una depresión en la arena. La luz, meciéndose, iluminaba las caras de los hombres sentados alrededor, de modo que parecían estar en constante movimiento aún si estaban quietos. Una media docena estaban sentados sobre las rocas y en la arena, cada uno con un tazón en la mano. Cada vez que un trozo de leña, cansado de balancearse, caía en el fuego, saltaban chispas brillantes hacia la límpida noche tropical.

—¿Quién quiere un poco más? —preguntó Rodrigo, alzando el cántaro. Todos los vasos se alzaron al mismo tiempo y Rodrigo soltó una sonora carcajada. Debí haberlo adivinado.

El grupo se había reunido en la playa en preparación para la expedición que iba a comenzar al día siguiente. Cada uno había seguido una ruta de vida distinta hasta llegar a esa playa; la mayoría no se conocían. Soldados, marineros, jornaleros, un cocinero; ninguno era hidalgo. El destino que les había deparado vidas de lucha, violencia y tenaz determinación, ahora los había reunido. Al día siguiente partirían como compañeros de viaje, buscando realizar la promesa del Nuevo Mundo.

La conversación fluía sobre la fogata y las voces de los hombres delataban la emoción con la que anticipaban la aventura que estaban por emprender. A veces, en la oscuridad, no era posible saber quién hablaba. Pero no importaba, esa noche compartían lo que tenían en común.

He oído que hay más oro del que jamás han encontrado aquí —dijo una voz.

—Y que los indios trabajan más duro replicó otro.

—Y las mujeres...¡no me puedo aguantar! —Los hombres rieron y pausaron para tomar ron.

—Me va a dar gusto trabajar con don Juan —susurró una voz recia en un murmullo tan bajo que no se podía oír fuera del círculo—. Los gobernadores han hecho un embrollo de todos los asuntos en La Española; creo que don Juan será mejor.

—Mientras consiga mi oro, no me importa quién esté a cargo —se oyó que contestaba alguien—. No quiero poder. Con ser rico me basta.

—Bien dicho —respondieron varias voces entre las risas.

—Rodrigo —dijo uno de los hombres, levantándose—. Gracias por el ron.

— ¿Te vas? —preguntó Rodrigo.

— Sí, ya no tolero el ron como antes.

Rodrigo sonrió, mirando la botella que sostenía en su mano.

—Está bien, nos vemos mañana. —Y volviéndose hacia el grupo anunció— Bien amigos, nos toca tomarnos su parte. —Nadie se quejó.

II
YUMA

En el puerto del pueblo de Santo Domingo, una carabela de nombre *Santa María de la Regla* flotaba con la marea alta mientras esperaba, lista para levantar ancla y darse a la mar. En las alturas, los constantes vientos alisios empujaban inocuas nubes a través del cielo. Las aguas del puerto, quietas y protegidas, parecían un espejo. Cuarenta y dos pasajeros y una tripulación de ocho se amontonaban sobre la cubierta del barco, hablando a gritos con los pocos que se habían reunido en el muelle. Para muchos a bordo, estos eran sus últimos momentos en Santo Domingo y la última oportunidad para hablar cara a cara con los amigos que dejaban atrás.

Un hombre, cuyo porte denotaba sin lugar a dudas su alta posición, se aproximaba solo; al verlo acercarse a la plancha, la muchedumbre se apartó.

—Capitán Gil —le dijo al hombre que lo esperaba para recibirlo a bordo—. Partimos en cuanto esté listo. Le agradecería que no se demorara.

—Estamos listos, don Juan —contestó Gil, y comenzó a gritar órdenes a su tripulación.

Parado con otros pasajeros cerca de la proa, Antonio Dos Santos observaba atentamente cada movimiento. Su aspecto era tranquilo, pero la tensión que sentía en el estómago revelaba, aunque fuera sólo a sí mismo, la emoción que le causaba ser parte de esta expedición. Antonio tenía treinta y siete años de edad y era más alto que la mayoría. Su musculatura, robusta a pesar de su delgadez, sugería una fuerza oculta, impresión que confirmaban su frente ancha y su mandíbula cuadrada. Un par de ojos verdes observaban el mundo como si constantemente buscaran algo. Las arrugas de su piel bronceada eran evidencia de una vida al aire libre, primero como marinero en barcos portugueses y españoles, y después como peón en los primeros asentamientos europeos en el Nuevo Mundo. Pero en aquella plácida mañana de julio de 1508, Dos Santos se embarcaba hacia sus sueños. En Santo Domingo dejaba años de trabajo y metas sin cumplir.

Los adioses subían desde el muelle cuando la *Santa María* soltó amarras. Antonio no se despidió de nadie en particular, y de todos y todo al mismo tiempo. «Adiós —pensaba—, a La Española, isla que había sido su hogar por doce años; adiós a Santo Domingo y sus iglesias de piedra y casas destartaladas, adiós a las montañas verdes que habían inspirado sus sueños.» Adiós porque en esa tierra él no tenía futuro.

Antonio había viajado al Nuevo Mundo en la segunda travesía del almirante Cristóbal Colón, a finales de 1493. Se había pasado los siguientes dos años trabajando en la villa de La Isabela, en la costa norte de La Española. Durante ese tiempo había aprendido la lengua de los indios taínos que habían sido forzados a trabajar por los españoles. Gracias a ello, había logrado ser parte de las expediciones que se organizaron para explorar las nuevas tierras, lo cual le había brindado la oportunidad de escapar del arduo trabajo de construcción y las insalubres condiciones de La Isabela. Desde sus inicios, la naciente villa había sufrido la doble maldición de las enfermedades y el desorden político. Dos Santos había aceptado sin vacilar cualquier oportunidad de explorar nuevas tierras más allá de la villa.

En 1496, Antonio había recibido órdenes de unirse al hermano del almirante, Bartolomé, en una expedición a la costa sur de La Española. El largo y arduo trayecto a través de la isla había concluido con la fundación de la villa de Nueva Isabela. Seis años más tarde, por órdenes del nuevo gobernador, la villa había sido reubicada y rebautizada como Santo Domingo después de haber sido arrasada por un fortísimo *huracán*. Con un puerto mejor y acceso más fácil a los depósitos de oro hasta ese momento conocidos, Santo Domingo prometía riquezas que ninguno de los dos primeros poblados podía ofrecer.

Durante el trayecto a través de la isla, Dos Santos había visto las fértiles tierras de La Española y se había convencido de que para él había llegado el momento de sentar cabeza. Se obsesionó con la idea de poseer tierras y establecer su propia heredad. Mientras perseguía su sueño, Antonio participaba con empeño en la construcción de nuevas poblaciones. Después de una vida de viajar y trabajar por provecho ajeno, estaba listo para hacerlo por el suyo propio. No se interesaba en encontrar oro para volver a España hecho un hombre rico; su intención era convertirse en un poblador permanente del Nuevo Mundo. En España, después de todo, no había nada para él. Ni familia, ni amigos, ni hogar al cual regresar.

Antonio se quedó en Santo Domingo, trabajando en la construcción y tratando desesperadamente de ahorrar suficiente dinero para comprar tierras. Desafortunadamente, el gobernador otorgaba tierras a quienes poseían un título nobiliario, o en recompensa por servicios prestados, o a cambio de favores. Antonio no tenía la posición necesaria en la pequeña, pero pretenciosa, sociedad de Santo Domingo como para ser favorecido con tierras. Su única esperanza era pagar a algún funcionario del gobierno para que intercediera en su favor. Pero Antonio temía perder todos sus ahorros si intentaba tan riesgoso proyecto. En el corrupto mundo de Santo Domingo, fácilmente podía morir «por accidente» sin que nadie lo cuestionara.

Eran ya fines de 1507 cuando empezaron a circular rumores sobre una posible expedición a la vecina isla de San Juan Bautista. Se decía que Juan Ponce de León había participado en un viaje de exploración a San Juan el año anterior y que ahora estaba listo para establecer ahí un poblado permanente. Antonio había conocido a Ponce de León durante la travesía desde España. En La Española, Ponce de León se había ganado la reputación de ser un hombre de negocios astuto, un guerrero feroz y un líder honorable y justo. Antonio estaba convencido de que sus posibilidades de obtener tierras serían mejores bajo el liderazgo de don Juan. Cuando llegó la hora de organizar la expedición a San Juan, su petición de unirse al grupo fue prontamente aceptada. Su experiencia como marinero, sus años en Santo Domingo, y su conocimiento de la lengua taína lo recomendaban ampliamente. Un par de noches de juerga, bebiendo y divirtiéndose con el organizador de la expedición también le ayudaron a obtener lo que quería.

Encontrándose de nuevo en una embarcación, su cuerpo reconoció la sensación del vaivén de la cubierta bajo sus pies. Hacía largos años que había abandonado la vida de marinero. Se le hacía difícil creer que habían pasado quince años desde que había llegado a La Española y, sin embargo, en sus piernas guardaba la memoria de años vividos en el mar. Caminó hacia la proa para no estorbar a los marineros y para buscar un lugar cómodo donde pasar la primera etapa de este viaje.

Apenas hubo la nave dejado atrás el muelle, el capitán enderezó rumbo sur-suroeste hacia la boca de la bahía y los escollos que se veían en la distancia. Con el viento a su favor, la *Santa María* se deslizaba sin esfuerzo, sorteando los arrecifes por un paso natural, hacia el suave oleaje y el azul intenso de las aguas profundas y tranquilas del mar abierto. Cuando las playas blancas de la costa se perdieron en el horizonte, la nave nuevamente cambió de rumbo hacia el este y el capitán Gil comenzó la tediosa tarea de navegar contra el viento. Su primer destino era la villa de Salvaleón y su puerto en la boca del Río Yuma, en la provincia oriental de Higüey. Ahí, en la región que los españoles poblaron bajo el liderazgo de Ponce de León, la *Santa María* debía cargar víveres y otras provisiones para el pasaje a San Juan.

—Espero que los indios de San Juan no sean como los de aquí —dijo uno de los hombres que habían alcanzado a Antonio en la proa.

Estaban sentados en barriles y sogas enrolladas, tratando de encontrar la poca sombra que ofrecían las velas para protegerse del intenso sol tropical.

—Son débiles y rebeldes —continuó—. Cuando obtenga una encomienda, quiero buenos trabajadores para que busquen oro en los ríos.

—¿Quién dice que te van a dar una encomienda? —interrumpió otro en tono burlón—. Sólo porque vas en la primera nave no quiere decir que no seas un rufián.

—Habla por ti mismo, estúpido. Yo voy a encontrar oro en San Juan y hacerme rico. ¿O no es por eso que estamos todos aquí?

Todos los hombres asintieron. Cada uno platicó qué haría con su oro, seguro de enriquecerse en las nuevas tierras. Antonio escuchaba entretenido y decía poco. Entendía lo que sentían estos jóvenes, años atrás había tenido los mismos sueños e ilusiones. Pero era el más viejo del grupo, el que llevaba más años en La Española; sabía que pocos que no fueran nobles o hidalgos se enriquecían explotando las minas de oro. Los gobernadores se reservaban los yacimientos más prometedores para ellos mismos; fuera de eso, concedían permiso de explotar minas sólo a hombres de alcurnia o por conseguir alguna ventaja política. Rara vez concedían permiso para sacar oro a hombres de pueblo como ellos. Los años le habían enseñado que eran poco más que esclavos, particularmente desde que los indios se habían hecho tan escasos; los desafortunados que capturaban vivos morían a las pocas semanas de empezar a trabajar para los españoles, y el resto procuraba esconderse de ellos.

«Pero, ¿para qué arruinar los sueños de sus camaradas?» —pensó Antonio—. «Mejor dejarlos que piensen que podrían enriquecerse. Quién sabe, tal vez algunos lo lograrán». De una cosa estaba seguro: la única riqueza que quería era un pedazo de tierra propia; el rey podía quedarse con su oro.

Soplaba un viento fuerte y el capitán y su tripulación

estaban ocupados ajustando el velamen y manteniendo el curso. Antonio se dio cuenta y se ofreció a ayudar a los marineros. El capitán Gil, que valoraba tener otro par de manos experimentadas, con gusto aceptó el ofrecimiento. Esto significaba que Antonio podía permanecer la mayor parte del tiempo en la cubierta, lo cual le gustaba más que estar abajo haciendo inventario de las provisiones.

Temprano en la tarde del tercer día de viaje el capitán revisó la brújula y se apoyó de la borda mientras tomaba una medida con el sextante.

—Es hora —murmuró para sus adentros y ordenó un cambio de rumbo hacia el norte—. La tripulación de la nave inmediatamente comenzó a ajustar las velas.

—Ahora que iremos más con el viento en popa, avanzaremos con mayor velocidad —le dijo a Antonio, quien en ese momento piloteaba la nave.

—¿Dónde está Yuma? —preguntó Antonio—. Nunca he estado ahí.

—Está en la boca de un río al fondo de esa península —le explicó Gil, señalando a babor hacia la silueta distante de la tierra alrededor de la cual habían estado navegando desde el día anterior.

La *Santa María* se cabeceó sobre las olas al cambiar de rumbo. La tripulación ajustó las velas rápidamente y éstas se inflaron con el viento a favor. En contraste con la lentitud que habían tenido que sobrellevar hasta ese momento, la nave parecía volar sobre las olas. Los pasajeros notaron el cambio y se reunieron en la cubierta para ver qué estaba pasando.

—El capitán Gil me informa que si Dios continúa favoreciéndonos con este viento, llegaremos a Yuma al amanecer de pasado mañana. —Al anuncio de Ponce de León hubo exclamaciones de aprobación en la cubierta.

A media mañana del segundo día, tal como se había pronosticado, un grito desde la cofa en lo alto del mástil alertó a los pasajeros que su destino estaba a la vista. Todos se arrimaron a la borda de babor para ver tierra. Donde el agua y la tierra se tocaban, se podía ver una columna de humo que le sirvió al capitán de guía para pilotar la nave. En cuestión de horas, la *Santa María* echó ancla cerca de una playa estrecha, de arenas oscuras. La bahía era poco más que una caleta de entrada angosta, pero ofrecía suficiente protección contra el oleaje y la marea. La playa arenosa se extendía unas 200 varas desde su extremo occidental, donde un pequeño acantilado bloqueaba la arena, hasta el este, donde el Río Yuma desembocaba suavemente en el mar. Se podía ver un edificio largo y rectangular entre los árboles que estaban al pie del acantilado que se erguía verticalmente detrás de la estructura. Más allá del río, la costa se alargaba hacia el sureste, formando una barrera natural a los fuertes vientos alisios. Hacia el oeste y hasta donde alcanzaba la vista, afloraban unos peñones que marcaban el extremo de la playa.

Desde la nave los pasajeros podían ver un grupo de hombres en la playa que esperaban su llegada. Ellos botaron dos pequeñas barcas al agua y comenzaron a acercarse a la nave. Los visitantes subieron una escalera de cuerda y, con ayuda de los tripulantes, abordaron el barco.

—¡Gerardo, amigo, me da gusto volverte a ver! —exclamó Ponce de León tomando la mano de su amigo.

— ¡Vaya que sí! —respondió Gerardo, deteniéndose un momento para disfrutar del reencuentro con su amigo—. Parece que finalmente vas a *Borikén* —dijo, usando el nombre taíno de la isla San Juan.

—Tienes razón —dijo Ponce de León, y una amplia sonrisa iluminó su rostro—. ¿Cómo está mi familia?

—Están bien. Te esperan en Salvaleón.

—¿Entonces recibiste el mensaje que envié de Santo Domingo? —Juan Ponce preguntó, deseoso de confirmar lo que ya había adivinado.

—Sí, en efecto, y todo está listo. De hecho —dijo Gerardo con una sonrisa—, tendrás suficientes provisiones y vituallas para comenzar otra guerra con los moros.

Todos los que se habían juntado alrededor se rieron de la ocurrencia. Habiendo completado la primera etapa de su travesía, la tripulación y los pasajeros estaban de buen ánimo. La disponibilidad de provisiones mejoraba las perspectivas de la expedición.

—Qué bueno que todos estén aquí —dijo Ponce de León en voz alta para que todos pudieran oírlo—. Nos tomaremos dos días para reposar y... —Antes de que pudiera continuar, los vítores ahogaron el sonido de su voz.

—Disfrútenlos —prosiguió—. No sé cuándo será la próxima vez que pueda darles órdenes parecidas. —Los hombres callaron—. Entonces cargaremos la nave con las vituallas y otras provisiones y zarparemos poco después. Nos veremos en la playa en tres días, temprano por la mañana.

Con otra breve aclamación, todo el mundo se dispersó en distintas direcciones. Acompañado por Gerardo, Ponce de León abandonó la nave para visitar a su familia.

Antonio tomó seriamente el consejo de Ponce de León y se pasó descansando en la playa la mayor parte de los dos días siguientes. La sombra que ofrecían varios árboles grandes era perfecta para colgar una *hamaca* y reposar cómodamente. En las mañanas, antes de que el sol estuviera muy alto, salía a pescar. Rodrigo, su viejo amigo y cocinero de la nave, accedió a prepararle el pescado que consiguiera siempre que Antonio lo compartiera. Usando como carnada los pequeños peces que encontraba atrapados en los charcos que dejaba la marea entre las rocas, Antonio lograba pescar suficientes peces como para regalar algunos a sus camaradas. Cada noche, después de servirle a la tripulación, Rodrigo usaba las mejores verduras, que había reservado para sí mismo y para Antonio, para preparar una cena especial que comían bajo la luz brillante de la luna tropical mientras brisas suaves bailaban a su alrededor. Pasaban las noches entre música y cuentos, acompañados con ron traído de la villa de Salvaleón.

Pocos hombres recibieron con gusto el amanecer del tercer día. Ponce de León llegó temprano para esperar a que el resto del grupo se reuniera como habían acordado. Conducía una sólida carreta de madera tirada por un caballo, repleta con la primera carga de provisiones. En poco tiempo, la compañía se había reunido y todos se veían en forma y listos para trabajar. Ponce de León dividió a los hombres entre la nave, las pequeñas barcas que transportarían las provisiones a la nave, y la bodega en la playa, donde estaban almacenadas las provisiones. Durante tres días los hombres bregaron penosamente con una amplia variedad de cosas, todas cuidadosamente elegidas y catalogadas para la expedición. Ponce de León entendía la importancia de estar bien provisto al establecer una nueva población alejada de cualquier posibilidad de ayuda inmediata. Una vez llegados a San Juan tendrían que arreglárselas por sí solos por largos períodos de tiempo. Cargaron primero herramientas agrícolas y de construcción, provisiones, armas, municiones y otros artículos imperecederos, incluyendo algunas vituallas. Los alimentos perecederos y el ganado se cargarían justo antes de partir.

—Salgo de nuevo para procurar más provisiones y esperar a otros pasajeros —Ponce de León le dijo a los hombres—. Volveré pronto, y les aseguro que entonces partiremos.

Pasó una semana sin novedades. Los hombres no esperaban que don Juan se ausentara por tanto tiempo. Estaban impacientes, ansiosos por partir y enfrentar al futuro que estaban convencidos les depararía fortunas. Antonio tomaba largas caminatas y pasaba tiempo con sus camaradas. En el curso de la semana, varios hombres llegaron a unirse a la expedición. Traían noticias de Ponce de León, quien seguía coordinando la expedición desde la casa en la que habitaba con su familia.

Durante ese tiempo Antonio visitó la villa de Salvaleón. Era un modesto asentamiento con una mezcla de casitas de madera y chozas que los indígenas llamaban *bohíos*. Observó la plaza, bien trazada y flanqueada por una pequeña iglesia de madera. Junto a ésta estaban los cimientos, y los inicios de los primeros trabajos en cantería, de lo que sería un templo más duradero. En las afueras de la villa, Antonio pasó por una pequeña hacienda. Un viejo se esforzaba instalando el techo de un granero que a la vez hacía funciones de gallinero.

—Amigo, parece que necesita una mano con eso —dijo Antonio.

—Podría usar dos si las tiene —respondió el viejo con una mirada esperanzada.

—Tengo algo de tiempo.

Entre los dos, y con los conocimientos de construcción de Antonio, lograron concluir la obra antes de que anocheciera. Esa noche, Antonio durmió en un cómodo colchón de paja protegido por el producto de su esfuerzo. Al partir hacia Yuma el día siguiente, recibió dos pollos vivos del agradecido propietario.

Era el octavo día desde la última vez que habían visto a Ponce de León. El sol se escondía tras una franja de nubarrones tan densamente cargados de agua que era imposible entender cómo flotaban en el aire. A medio día empezó a lloviznar ligeramente, pero para todos quedaba claro que se aproximaba algo más serio. La topografía accidentada le ofrecía a la *Santa María* cierta protección de los crecientes vientos.

Atardecía cuando un grupo de hombres de la expedición se juntaron en la bodega medio vacía, donde hicieron una fogata y se mantuvieron secos. Algunos cocinaban, otros jugaban a los naipes y otros conversaban en grupo.

—¿Alguien se interesa en ir al barco? —preguntó Antonio en voz alta.

—¿Estás loco? ¿Para qué? —contestó un joven sentado junto al fuego.

—Sólo pregunto, prefiero no remar solo.

—Me temo que esta vez estás solo, Dos Santos —dijo un hombre alto y robusto con una sonrisa—. Observaremos desde aquí para poder decirle al capitán Gil lo que pasó si el mar te lleva.

—Gracias por preocuparte —dijo Antonio burlonamente al salir. Caminó hacia la parte trasera del edificio, recogió un saco de arpillera que había dejado ahí y se dirigió a la playa. Empujó una de las lanchas de la nave al agua con cierta dificultad, la abordó y empezó a remar. El viento lo obligaba a remar más fuertemente de un lado pero en general le ayudaba a impulsar la lancha hacia su destino. Tras amarrarla al costado del barco, tiró el saco de arpillera hacia la cubierta. Finalmente, empapado de pies a cabeza, subió la escalera de cuerda al costado de la nave.

—¡Rodrigo! —gritó al entrar en la bodega por el castillo de proa.

—¿Quién vive? —se escuchó la respuesta.

—Dos Santos. Te tengo una sorpresa.

—No me digas que saliste a pescar con este tiempo —gruñó Rodrigo—. No creo que te guste el pescado tanto. —Su risa hizo eco en los sólidos maderos que hacían las paredes de su pequeña cocina. Era un hombre fornido con una barba de varios días y un aspecto grasiento que nunca cambiaba. A Antonio le agradaba por su sentido del humor y lo admiraba por su habilidad para hacer una buena comida a partir de casi cualquier cosa.

Antonio puso su saco sobre la sólida mesa delante de Rodrigo.

—¿Qué es esto? —preguntó el cocinero.

—Mira tú mismo.

Rodrigo levantó una punta del saco y salieron dos pollos dando aletazos y soltando plumas por todas partes.

Los hombres que estaban en la playa oyeron la carcajada de Rodrigo.

—Buena la sorpresa, vaya. ¿De dónde los sacaste?

—Fueron el pago por un día de trabajo —explicó Antonio—. Me topé con un hombre en Salvaleón y le ayudé con el techo de su granero. Lo difícil fue evitar que el resto de la tripulación encontrara los pollos. Me hubieran exigido que los compartiera con ellos.

—¿Y en lugar de eso los vas a compartir conmigo? Qué generoso.

—Alguien los tiene que cocinar. Y como siempre, tenemos un trato.

—Y buen trato que es —dijo Rodrigo tomando un pollo

por la cabeza en cada mano—. Con un movimiento rápido los pollos se quedaron quietos y comenzó a desplumarlos uno a la vez mientras los sostenía por la portilla de la cocina. Los hombres, que observaban desde la playa, se maravillaron al ver la lluvia de plumas que salía del costado de la nave.

Una vez más, la magia de Rodrigo hizo efecto y en poco tiempo aromas exquisitos llenaron la bodega de la nave, atrayendo a los otros dos hombres que estaban a bordo.

—Entren —dijo el cocinero—. Sabía que se llegarían aquí tarde o temprano. Qué bueno que no se esperaron a más tarde, o toda la comida hubiera desaparecido —dijo con voz risueña.

—Antonio, estos son Gabriel y Miguel. Estoy seguro de que traen un buen apetito. Espero que no te importe compartir tus pollos.

—Para nada —dijo Antonio saludando a los hombres con la cabeza.

—¿Qué cocinas? —preguntó Gabriel, que parecía el mayor de los dos convidados.

—El señor Dos Santos, aquí presente, tuvo la gentileza de traer dos pollos, que estoy usando para hacer un guiso bastante espeso —respondió Rodrigo, meneando el contenido de una olla con un cucharón de madera que se hubiese visto gigantesco en manos de casi cualquier otro hombre.

Los cuatro hombres se hicieron compañía en la cocina cálida y seca mientras se espesaba el guiso. Afuera, la tormenta, antes lejana, estaba sobre la costa de Yuma. La lluvia caía en un torrente constante mientras que las ráfagas de vientos, fuertes y sostenidas, empujaban a la nave y, tensando el cable del ancla, la mantenían sorprendentemente estable. Después de un rato, Rodrigo anunció que el guiso estaba listo y se trasladaron al camarote común de la tripulación. Aparte de la bodega, éste era el compartimiento más grande de la nave. Normalmente se sentía pequeño porque había mucha gente, pero ese día, con sólo ellos cuatro, parecía espacioso. En el centro del compartimiento había una pesada mesa de madera de patas gruesas y cuatro sillas viejas. Rodrigo puso la olla del guiso en el centro de la mesa. Antonio llevaba una gran hogaza de pan y un jarrón de agua; los otros dos hombres traían platos de sopa, tazones y cucharas de madera. Se sentaron y comieron y se jactaron de su buena estrella en lo que, para muchos otros, era un día espantoso.

—Es un arte hacer de un día como hoy, algo memorable —dijo Rodrigo reclinándose en su silla, incapaz de comer un bocado más—. Creo que ha sido un día de provecho.

Los otros sonrieron y asintieron, conviniendo con los comentarios del filosofante cocinero. Les satisfacía saber que habían encontrado un sitio cómodo y seguro literalmente en el centro de una tormenta.

—¿De dónde son ustedes dos? —les preguntó Antonio a los jóvenes que estaban sentados con él.

—Somos de Sevilla —contestó Gabriel.

—¿Los dos?

—Sí. Somos hermanos.

Antonio hizo un gesto con la cabeza cayendo en cuenta de que las similitudes entre Miguel y Gabriel no eran un truco de su imaginación. Ambos tenían la misma sonrisa dientona, los ojos angostos y el cabello ondulado, pero el de Gabriel era negro azabache y el de Miguel castaño.

—Yo nací en Sevilla —dijo Antonio quedamente, como si revelara un secreto profundo—. En la trastienda del Mesón de los Tres Toros. Pero salí de ahí cuando era niño. He vuelto sólo una vez desde entonces, cuando pasé por la ciudad camino de Palos a unirme al segundo viaje de Colón.

—Parece que no tienes muchos recuerdos agradables de Sevilla —dijo Rodrigo.

—Trabajé en la taberna del Mesón desde el momento en el que aprendí a caminar. Los parroquianos y el dueño del lugar me molestaban y hostigaban. Dormía en un cuartucho detrás de la taberna que era poco más que una alacena. Cuando jugaba, era en un callejón lodoso —Antonio espetó las palabras con rabia—. Oía suficientes historias en la taberna para saber que había un mundo más allá —continuó, gesticulando con las manos—. Cuando tenía nueve años mi madre me envió a vivir con un tío en Lisboa. Me dio gusto irme —pausó—. Esa fue la última vez que la vi.

Se hizo silencio en el cuarto. Se podía oír el viento afuera y se sentía la tensión de la nave contra el cable del ancla a través de la madera. En ese momento el viento se detuvo.

—¿Sintieron eso? —preguntó el cocinero enderezándose en su silla.

—¿Qué? —contestó Miguel, mirando a su alrededor como si esperara ver a alguien más en el cuarto.

—El viento...cambió —dijo Rodrigo—. Tras muchos años a bordo de la *Santa María*, podía detectar hasta el más pequeño cambio en su posición.

Los otros hombres se irguieron en sus sillas para escuchar los sonidos del viento, el mar y la nave. La nave se ladeó ligeramente a babor y cabeceó con el oleaje, que arreciaba a cada instante. Los platos y los tazones se cayeron de la mesa.

—Voy a la cubierta a echar un vistazo —dijo Antonio.

—Vamos contigo —dijo Miguel, dándole una palmada en el hombro a su hermano menor.

Rodrigo echó los utensilios que habían usado en la olla y se fue a asegurar la cocina.

—Avísenme qué ven —les gritó a sus tres camaradas mientras subían las escaleras hacia la cubierta.

Ya casi era de noche. El sol, cuya existencia ese día había sido artículo de fe, se había puesto sin ser visto. No llovía fuerte cuando salieron, pero la fuerza del viento hacía que las gotas punzaran al estrellarse contra la piel. Antonio caminó sobre la cubierta y se sintió desorientado. Se tambaleó hacia la borda a babor, y se agarró de las sogas del velamen. A popa podía ver la silueta oscura de las colinas en tierra. El viento había cambiado y soplaba del sureste, perdiéndose con ello toda la protección que ofrecía la masa terrestre. La nave estaba totalmente expuesta a los vientos y al mar que aumentaba en turbulencia.

De repente, la cubierta se sacudió violentamente hacia la popa. Antonio sintió como si la cubierta se desplomara bajo sus pies y quedó colgado de las sogas como un trapo mojado. Volvió la vista hacia atrás y vio a Gabriel y Miguel estrellarse contra las paredes del castillo de proa.

—¡Se ha soltado el ancla! —gritó Rodrigo—. Estaba de pie apoyado contra el marco de la escotilla del castillo, sangrando de una herida en la cabeza.

—¡Estás herido! —exclamó Antonio.

Rodrigo asintió, desentendiéndose de su herida con un movimiento de la mano.

—¿A dónde se dirige la nave?

Antonio miró hacia tierra y reconoció las rocas del acantilado, un poco al oeste de la playa, donde había pasado tantas horas pescando.

—Vamos a estrellarnos contra el acantilado. Más vale que abandonemos la nave e intentemos nadar a la playa. ¡Pero tenemos que hacerlo ahora!

Con la cabeza, Rodrigo dijo que no.

—No soy buen nadador. Dejaré que la nave me lleve a tierra.

Los dos hermanos, habiéndose recobrado de los golpes que habían sostenido, estaban aferrados a la borda de la nave, a la que el mar seguía sacudiendo.

Comenzó a llover más fuerte. Antonio se limpió la cara con una mano sólo para que el agua del mar y la lluvia la empaparan de nuevo. Sacó su cuchillo, cortó cuatro tantos de soga y trastabilló a través de la cubierta hasta donde estaban sus camaradas.

—Tengan, amárrense a la borda de estribor —dijo dándole a cada uno un corte de soga—. Rodrigo tiene razón; el riesgo de ahogarnos es demasiado grande. Y en cualquier caso —dijo con una sonrisa socarrona—, no me quiero mojar.

Rodrigo lo miró por un momento y soltó una carcajada resonante. Su vozarrón desafió el caos de la tormenta, infundiéndoles confianza de que sobrevivirían a esta calamidad.

Con las sogas bien amarradas, vieron como las colinas se acercaban. No tardó mucho la nave en estrellarse contra el acantilado. Primero la embarcación tocó fondo, con lo que frenó su avance. Luego se detuvo bruscamente, sacudiendo a los cuatro pasajeros. La nave se ladeó ligeramente a babor. Las olas empezaron a golpearla a estribor. El agua de mar caía como lluvia sobre la borda empapando a los hombres. Antonio se deslizó a babor sin soltar la soga. Vio que la nave se había encallado en rocas que normalmente estaban fuera del agua. Usando la nave como rompeolas, podrían vadear hasta las rocas y de ahí, a tierra.

Antonio llamó a los otros y les explicó su idea. Rodrigo volvió a objetar, pero esta vez Antonio insistió. No había modo de saber cuánto iba a durar la tormenta, y durante la noche el golpeteo del oleaje y las rocas podían hacer pedazos la nave. De un modo u otro todos ellos tenían que alcanzar tierra firme. Usando un tramo de soga descendieron; Gabriel y Miguel primero, luego Antonio ayudó a Rodrigo y, finalmente, Antonio se deslizó hacia abajo. El agua les llegaba a la cintura y se arremolinaba en todas direcciones. Moviéndose lentamente y con gran dificultad alcanzaron la orilla del agua. Los dos hombres más jóvenes inmediatamente comenzaron a escalar el muro de roca que ahí se erguía. Las olas los golpeaban, pero lograron subir hasta arriba con sólo unas cuantas magulladuras.

—Vengan por acá —les gritó Gabriel agitando los brazos.

Rodrigo, seguido por Antonio, comenzó a escalar por donde Gabriel había indicado. Desde arriba y abajo sus compañeros animaron al cocinero hasta que llegó a lo alto del acantilado. Poco después se hallaron todos reunidos donde las olas no los podían alcanzar. Lluvia salpicada de agua de mar todavía les golpeaba con fuerza cuando se voltearon a ver la *Santa María*. Los mástiles estaban intactos y el casco, aunque encallado, parecía soportar el golpeteo de las olas sin sufrir daños adicionales.

—¡Eh, hola! ¿Están bien? —Los gritos provenían de un grupo de hombres que se les acercaba batallando contra el viento.

—Estamos bien —contestó Rodrigo con su vozarrón—. La nave perdió el ancla. Ya sabemos qué vamos a hacer mañana.

—Sugiero que busquemos refugio —le dijo Antonio al cocinero—. Por el momento no hay mucho que podamos hacer aquí.

La mayoría de los hombres se quedaron en la playa, fascinados por el espectáculo de la nave encallada, mientras que otros, incluyendo a Rodrigo y Antonio, volvieron a la bodega en busca de un lugar seco y cómodo.

—Me alegro de que al menos nos comimos todo el guiso —le dijo Rodrigo a Antonio—. Ambos hombres sonrieron. La tormenta los había agobiado, pero el recuerdo del guiso los confortaba.

La tormenta amainó poco antes del amanecer, de modo que con el alba despuntó una mañana clara y contrastante. Las tranquilas aguas de la caleta parecían un espejo. El viento había barrido la arena de la playa, dejándola lisa y pareja. En algunos sentidos las cosas se veían más ordenadas que antes de la tormenta. El desastre de la nave parecía haber sido una pesadilla, hasta que los miembros de la expedición miraron hacia el occidente, y la pesadilla se convirtió en realidad.

Ponce de León llegó entrada la mañana, trayendo más provisiones en una carreta tirada por una yunta de bueyes. Maldijo a voces y agitó su puño cuando vio la nave.

—Partimos mañana —anunció desafiante y dirigiéndose a todos—. Capitán —dijo volviéndose a Gil—, necesito que evalúe los daños que ha sostenido la nave.

Uno a uno, dio órdenes a sus oficiales. Pronto todos los hombres estaban trabajando para poner a la *Santa María* a flote de nuevo. El informe del capitán Gil a Ponce de León fue recibido con entusiasmo. El barco había ido a posarse en un hueco entre las rocas y descansaba en un fondo de arena. Increíblemente, el casco no se veía dañado.

Casi la tercera parte de las provisiones se habían arruinado y hubo que tirarlas por la borda. Las que se habían salvado fueron trasladadas a tierra a fin de aligerar la nave y permitir que saliera a flote con la marea entrante. Una yunta de bueyes bregó sin cesar llevando provisiones del acantilado a la playa, donde el carpintero de la nave supervisaba la construcción de dos anchas balsas que se usarían para volver a cargar la nave.

El esfuerzo de los hombres no fue en vano. Incluso, antes de que la marea alcanzara su punto más alto, la nave había comenzado a flotar y desencallarse. A cierto momento, todos los hombres fueron llamados al agua. Con la ayuda de los suaves vientos alisios y un mar tranquilo, deslizaron a la nave fuera de las rocas en las que había quedado varada y hacia aguas más profundas. Una vez más se oyó un clamor de vítores. La nave flotaba elegantemente sobre las aguas tranquilas, y al verla, los hombres sintieron confianza de que podrían realmente cumplir con el inverosímil itinerario de Ponce de León.

El trabajo continuó hasta el anochecer, cuando el propio Ponce de León dio la orden de descanso. Los hombres estaban exhaustos, pero la partida inminente los animaba. Sentados en la bodega, comían de un lechón asado que Rodrigo había estado preparando toda la tarde en un hoyo lleno de brasas ardientes. Una buena fogata chisporroteaba en una depresión en la arena y su luz hacía brillar las caras sudorosas de los hombres. Tras la cena, los músculos cansados que exigían descanso ayudaron a la mayoría a adormecerse fácilmente. Un grupillo se juntó cerca de la fogata a hablar de sus esperanzas en la isla de San Juan, pero al poco rato hasta ellos se fueron a dormir. Cuando murió el crepitar de la fogata, se oía sólo el murmullo de una brisa suave y el chapoteo de olas pequeñas sobre la arena. La noche pasó en grata calma.

—¡A despertar, hombres! —se oyó la voz de Ponce de León—. Estaba montado a caballo, sosteniendo las riendas entre sus manos, despreocupado, sonriendo mientras miraba a la compañía adormecida.

La mañana, tan incipiente que aún se veían algunas estrellas en el cielo que albeaba, había llegado con demasiada prisa para los hombres, que estaban todavía amodorrados. Los músculos que se habían esforzado tanto el día anterior estaban entumecidos y preferían no moverse. Antonio pestañeó, sin poder creer que la noche hubiera pasado tan rápidamente. Sentía que hubiera podido dormir otros dos días.

—Hoy terminamos de cargar las provisiones —anunció Ponce de León—. Partimos esta tarde con la marea.

Los pocos vítores que recibió el anuncio fueron ahogados por los gruñidos y las quejas de los hombres que trataban de espabilar sus cuerpos adoloridos. El desayuno de gachas y pan, que ciertamente no era una de las mejores creaciones de Rodrigo, no contribuyó a animarlos a encarar el día. Sin embargo, con el estímulo de Ponce de León y sus oficiales, se organizaron de nuevo en partidas de trabajo.

Los hombres trabajaban eficientemente, cargando las balsas que estaban a la orilla del agua con provisiones y vituallas acumuladas en la playa. Nuevamente el clima les fue favorable. Las brisas suaves y las aguas tranquilas permitieron que la nave se acercara a la playa lo suficiente para facilitar el uso de sogas para tirar las balsas entre los que cargaban en la orilla y los que las descargaban en el barco. Llegado el mediodía, todas las provisiones disponibles, incluyendo el ganado menor, estaban en el barco. Antonio, que había estado trabajando en la playa, pensaba con satisfacción en tomarse una siesta antes de la partida.

—¿Crees que esas balsas me van a aguantar? —le preguntó Rodrigo a Antonio acercándose desde la bodega. El hombrón cargaba un saco de arpillera con los utensilios de cocina que había rescatado de la nave el día anterior. Preguntaba en broma, pero su voz traslucía una preocupación real.

—Supongo—dijo Antonio.

—Tengo que llegar al barco.

—¡Eh! —llamó Antonio hacia la nave mientras caminaba con Rodrigo hasta la orilla de la playa—. Tengo un pasajero. Asegúrense de tratarlo bien que tengo hambre.

Rodrigo echó su saco en la balsa y, con ayuda de Antonio, empujó la balsa al agua antes de subirse en ella. Antonio se reunió con el resto de su partida de trabajo en la playa, viendo divertidos al hombrón, sentado derecho e inmóvil en el centro de la balsa, flotando hacia la nave.

—¿Cómo va a subirse? —preguntó uno de los hombres.

—El barco podría ladearse si trata de subir por la borda —dijo otro, provocando risas en el grupo.

Cuando la balsa llegó hasta la *Santa María*, bajó una soga. Rodrigo la amarró a su saco y sus implementos subieron rápidamente a bordo. Temeroso de voltear la balsa, Rodrigo se arrastró a gatas hasta la escalera de cuerda que colgaba de la borda y con dificultad logró mantener su voluminoso cuerpo de pie al levantarse para tomar la escalera con sus fuertes manos.

Por un instante se quedó colgando, mientras con los pies buscaba dónde apoyarse. A bordo, los hombres se reunieron en la cubierta para ver desenvolver el espectáculo sobre la borda.

—Yo digo que no lo logra —gritó uno de los miembros de la tripulación—. ¿Quién opina distinto?

Cuatro hombres respondieron al momento y en menos de medio minuto no había nadie a bordo que no hubiera apostado sobre la subida de Rodrigo. A cada movimiento del cocinero seguían abucheos y vítores. Antonio, viendo lo que pasaba, encabezaba a los hombres que desde la playa apoyaban a Rodrigo. Sudando profusamente y avergonzado, éste laboraba subiendo la escalera. Sus manos se agarraban con fuerza para no caerse si sus pies erraban. Finalmente alcanzó los maderos de la borda y, con gran esfuerzo y un fuerte resoplido, se alzó sobre la barandilla. Un gran clamor lo recibió al saltar a cubierta.

—Cierren el pico, canallas —dijo Rodrigo con un voz potente que acalló a los hombres—. ¿Quiénes apostaron contra mí? —preguntó severo.

No hubo repuesta, pero la mirada confusa y asustada de los hombres que estaban reunidos en la parte trasera de la cubierta los traicionó. Rodrigo los miró con furia.

—Va a ser un placer cocinar vuestra cena hoy en la noche —dijo amenazador, y con eso, alzó su saco de arpillera y se dirigió a la cocina. Se detuvo en la puerta de cubierta. La sonrisa que lanzó antes de proseguir bajo cubierta les hizo saber que su enojo había sido en broma. Pero también les recordó que seguía teniendo bastante poder en el barco y un modo de desquitarse con quienquiera que se metiera con él. Se oyeron risas nerviosas en la cubierta cuando desapareció en el interior de la nave.

III
AGÜEYBANÁ

El sol de la tarde todavía brillaba sobre el horizonte cuando el capitán Gil dio la orden de levantar ancla y desplegar velas. A Antonio le daba tanto gusto como al que más reiniciar la expedición. A pesar del contratiempo que había sufrido la nave y la pérdida de provisiones valiosas, la tripulación y los pasajeros estaban de buenos ánimos.

Apenas dejó la nave la protección de la caleta, comenzó a mecerse sobre olas amplias y dóciles. El viento era constante, pero pocas olas formaban espuma que rompiera el azul profundo del mar. En poco tiempo todos los miembros de la expedición habían sido asignados a una variedad de tareas, incluyendo hacer inventario de las provisiones, limpiar las suciedades de los animales o ayudar a la tripulación; sin embargo, la mayor parte del tiempo era de ocio, que se pasaban contando historias, jugando naipes y durmiendo. Cuando se aburría, Antonio se iba bajo cubierta a ofrecerle ayuda a Rodrigo. El cocinero, que disfrutaba su compañía, siempre encontraba algo en qué ocupar a su amigo.

En la tarde del cuarto día la *Santa María* llegó a la isla de Mona, a medio camino entre La Española y San Juan. Mona surgía del mar como una fortaleza, con altos y escarpados acantilados blancos que sobresalían del agua por todos sus lados excepto el rincón suroeste de la isla. Ahí, la arena se había acumulado al pie del acantilado hasta formar una playa que estaba cubierta con una vegetación espesa y espinosa. El interior de la isla era una meseta quemada por el sol, sin ningún atractivo.

Al acercarse a Mona, la *Santa María* navegó cuidadosamente alrededor de un peñón cubierto de aves, a cuyo lado la nave se veía pequeña. La isleta rocosa ofrecía protección del mar abierto y creaba el único fondeadero en Mona. La nave echó ancla detrás de un arrecife de coral cuyas puntas filosas podían verse a través del agua cristalina. Más allá del arrecife se veía la playa de Mona.

—Con su permiso, señor —dijo un oficial joven, el asistente personal de Ponce de León, interrumpiendo una conversación entre su comandante y el capitán Gil—. Hay indios en la playa. Parecen taínos.

—¿Cuántos? —preguntó Ponce de León.

—Tres que podamos ver. Están sentados en la sombra

de esa uva de playa —dijo señalando hacia el árbol más grande que se podía ver en la playa.

—Arme a cinco hombres y dígale a Juan González que voy a necesitar sus servicios como traductor. Asegúrese de que Dos Santos forme parte de la escolta, también él conoce la lengua de los indígenas.

—Sí señor —dijo el oficial atento y solícito antes de partir a ejecutar sus órdenes.

—Necesitamos acceso seguro a esta playa —le recordó Ponce de León a Gil—. Desde de aquí dispondremos todo para reabastecer nuestra colonia en San Juan.

En cuestión de minutos las dos lanchas de la nave se dirigían a la costa a encontrarse con los taínos.

—Mantengan los ojos abiertos —le ordenó Ponce de León a sus hombres—. Podría haber otros indios escondidos entre los matorrales. No queremos que esta expedición comience con una emboscada.

Ponce de León no sabía qué esperar de los indígenas de San Juan. En La Española, los españoles y los taínos habían estado enfrascados en una guerra continua y, aunque el armamento de los europeos era superior, los taínos, con su conocimiento del terreno y su astucia, habían resultado contrincantes de cuidado. Ponce de León quería colonizar a San Juan sin conflicto pero, como viejo soldado, sabía que no debía enfrentarse a un posible enemigo sin tomar precauciones.

Las aguas tranquilas permitieron que las pequeñas embarcaciones alcanzaran la playa sin dificultad. Rápidamente los hombres desembarcaron.

—Permanezcan juntos detrás de nosotros —Antonio escuchó las ordenes de un oficial que acompañaba a Ponce de León. Juan González, el traductor, iba en tercer lugar en la fila.

Los taínos salieron de debajo de la sombra protectora del árbol al aproximarse los españoles. Usaban taparrabos cortos y adornaban sus brazos con brazaletes hechos de conchas marinas. Su piel bronceada estaba decorada con toda una variedad de formas y diseños en colores brillantes.

—Soy Juan Ponce de León. Vengo aquí camino de Borikén —dijo el español a través de su traductor, usando el nombre taíno de la isla de San Juan.

Uno de los indígenas se adelantó. Era de mediana estatura para un taíno, lo cual significaba que era más bajo que la mayor parte de los españoles, y de complexión fuerte, con músculos bien definidos.

—Somos *caciques* del gran Agüeybaná —tradujo González usando la palabra taína para decir jefe—. Mi nombre es Sibanacán.

—Hemos oído hablar del cacique Agüeybaná y queremos conocerlo para honrarlo.

—Eso sería bueno —dijo Sibanacán. Su rostro, serio, ocultaba su preocupación y las reflexiones que hacía su mente—. Podemos llevarles ante él —ofreció tras una pausa corta.

—Agradecemos su ayuda. ¿Tiene más gente que quisiera que viajen con nosotros? —preguntó Ponce de León intentando averiguar si había más indígenas en la isla.

—No. Sólo nosotros viajaremos con ustedes. ¿Cuándo parten?

—Mañana antes del amanecer.

—Estaremos de regreso entonces. —Moviéndose al unísono, como si siguieran una señal secreta, los taínos dieron un paso hacia atrás, se voltearon y caminaron hacia los matorrales.

—Bien hecho —le dijo Ponce de León a González una vez que Sibanacán y sus hombres estuvieron fuera de la vista—. Nos ahorrará mucho tiempo si estos taínos nos dirigen directamente a Agüeybaná.

Se volvió a uno de sus oficiales.

—Tome a los hombres y haga un reconocimiento del área —ordenó—. Quiero saber si estamos solos en esta playa. Y como precaución asegúrese de que los hombres estén armados cuando desembarquen.

Algunos españoles en busca de oro habían explorado Mona hacía pocos años. Habían construido un pequeño edificio de piedra y cavado un pozo que producía agua dulce de calidad sorprendentemente buena, si se tomaba en consideración la naturaleza árida de la isla. Antonio, junto con los otros hombres de la partida que se había adelantado, revisaron la estructura de piedra y examinaron la playa sin encontrar señales de los taínos.

En cuanto la playa fue declarada segura, el capitán Gil ordenó sacar a la cubierta los barriles de agua de la nave que estaban vacíos y ponerlos en las lanchas para transportarlos a tierra. Mandó también una pequeña carreta de madera, que fue llevada flotando a la playa, para transportar los barriles llenos desde el pozo a la playa. Trabajando juntos con eficiencia, los hombres llenaron los barriles y los retornaron a la bodega del barco en menos de una hora. Los miembros de la expedición tuvieron el resto de la tarde libre para hacer lo que mejor les placiera.

Unos cuantos hombres, incluyendo a Antonio, aprovecharon para bañarse con agua dulce en el pozo, tomando turnos usando cubetas de madera para lavarse. Cuando le tocó su turno, Antonio empezó por enjuagar su ropa. Se restregó y se enjuagó, echándose agua fresca sobre la cabeza para eliminar el salitre y el sudor que se acumulaban cada día que pasaban en el mar. Tras recoger su ropa, Antonio se echó a andar de regreso a la playa, acompañado por el joven Miguel. La vista del sol que se ponía, medio oculto por la isleta rocosa que se veía a cierta distancia de la costa, los hizo detenerse. Una franja oscura de nubes rompía la luz del sol en rayos que se disparaban gigantescos a través del cielo. En primer plano se veía la silueta de la nave anclada y miles de aves marinas revoloteando de un lado al otro a su alrededor.

—Hay belleza en esta islita árida —le murmuró a Miguel, quien asintió en silencio. En la playa, se sentaron en la arena a mirar la escena desenvolverse.

—Sentado aquí después de bañarme, me doy cuenta en mi fuero interno, de que ya no soy marinero —le confesó Antonio a Miguel—. Tal vez me estoy poniendo viejo, pero ya no me gusta estar en un barco lleno de gente.

—No está tan mal —dijo Miguel—. Y acuérdate de que sólo falta un poco para que lleguemos a San Juan.

—Ya sé. Pero estoy impaciente por llegar y ver qué nos espera. —Antonio no dijo más, pero en su mente podía ver una pequeña casa con sus tierras de labranza. Tendría que esperar a que la *Santa María* llegara a San Juan, pero se preguntaba si tendría la paciencia para esperar a que su sueño se hiciera realidad una vez que llegara ahí.

Otros hombres se les reunieron en silencio. Más tarde encendieron una fogata y se pasaron buena parte de la noche intercambiando historias, aunque todas las conversaciones terminaban hablando de San Juan y las fortunas que ahí les esperaban.

Los tres indígenas estaban parados en la arena blanca; parecían sombras bajo la difusa luz de las estrellas.

—Ya han llegado —gritó el vigía desde el bauprés.

—Envíen una lancha a recoger a nuestros invitados —ordenó el capitán a la tripulación que esperaba.

Todo estaba listo para embarcarse rápidamente para San Juan después de que llegaran los taínos. Mucho antes del amanecer, la nave levó ancla y zarpó tomando rumbo al sur hasta que dejó atrás los arrecifes que bordean la playa de Mona. Una vez en alta mar, la *Santa María* cambió de curso rumbo al este-sureste. La luz del alba se reflejaba en los acantilados de Mona, que se hundían bajo el horizonte azul del mar tropical. Durante tres días navegaron sin novedad rumbo al este, en contra de los vientos prevalecientes, buscando a San Juan.

Sibanacán y sus dos compañeros pasaban la mayor parte del tiempo en la proa de la nave. Todo lo que veían— la nave con sus velas, sus jarcias y su madera intricadamente grabada—les fascinaba, pero más que nada parecían disfrutar asomarse por la barandilla y sentir el viento en sus caras. Juan González y Antonio, por iniciativa propia y por órdenes de Ponce de León, encontraban tiempo para hablar con los caciques. Se enteraron de que el cacique Agüeybaná era el líder más poderoso de la isla pero que estaba viejo y no estaba bien de salud. Su hermano, llamado también Agüeybaná, un hombre voluntarioso en la flor de su vida, estaba listo para asumir el liderazgo. De acuerdo con los caciques, casi todos los taínos sabían de la presencia de los españoles por historias que habían corrido desde el primer desembarque del almirante Colón en Borikén en 1493. Otras visitas de navíos españoles, la mayoría a la costa oeste de Borikén, junto con las noticias que traían los taínos que viajaban a La Española, habían mantenido viva la curiosidad por los recién llegados a su tierra. Ni González, ni Dos Santos, pudieron descubrir si los taínos de Borikén se habían ya formado una opinión sobre los españoles. Sibanacán mantuvo una actitud neutral que ninguno de los traductores pudo penetrar.

—¡Tierra a babor! —gritó el vigía desde lo alto del palo mayor.

Era la mañana del cuarto día después de dejar la isla de Mona. Como por arte de magia, todos los miembros de la expedición, hasta los que estaban trabajando en las profundidades de la bodega, oyeron el grito y llegaron a cubierta, juntándose entusiasmados en la barandilla de babor. Sin la ventaja de la altura del palo mayor, tuvieron que esperar hasta que las crestas de las olas les ofrecieran un vistazo de tierra. Pero cada vez que la veían se desgañitaban emocionados.

—Ahí está —exclamaron varias voces a la vez.

—¿Esas son montañas o nubes?

—Son montañas, tonto —sonó la respuesta anónima a la anónima pregunta, aún cuando nadie estaba seguro de qué era lo que veían. Después de un rato los hombres se cansaron de estirar el cuello para ver la tierra y volvieron a sus tareas. Sin embargo, el resto del día los miembros de la expedición no dejaron de mirar hacia el norte mientras la tierra que iba a ser su nuevo hogar, su nueva aventura, se acercaba cada vez más.

En el castillo de popa, Ponce de León y el capitán Gil escudriñaban la costa tratando de identificar un sitio apropiado para desembarcar.

—Dos Santos —le dijo Ponce de León a Antonio, que estaba a cargo del timón en ese momento—. Traiga a Sibanacán. Vamos a averiguar qué sabe sobre el paradero de Agüeybaná.

—Sí, señor.

Otro miembro de la tripulación se hizo cargo del timón mientras Antonio cumplía con sus órdenes. Pronto estaba de regreso con los taínos.

—Quédese aquí para traducir —le ordenó Ponce de León a Antonio, quien no dejó de notar la importancia de la confianza que se depositaba en él—. ¿Reconoces esta costa? —le preguntó Ponce de León a Sibanacán señalando hacia tierra.

—Sí. No muy lejos tengo mi *yucayeque* —Antonio usó la palabra taína para decir pueblo, que, como muchas otras palabras eran ya de uso común en La Española.

—¿Dónde está el yucayeque de Agüeybaná?

—Más lejos, más allá del lugar en donde hay una angosta abertura en la tierra y donde nadan los peces grandes.

El capitán Gil y Ponce de León se miraron entre sí y luego a Antonio.

— ¿Estás seguro de lo que has traducido? —le preguntó don Juan a Antonio.

—Entendí cada palabra —dijo Antonio, algo molesto por tener que defender su capacidad—. Lo que les he dicho es lo que dijo.

Ponce de León se volvió hacia Sibanacán.

— ¿Nos puedes decir cuando lleguemos a ese lugar?

—Es por eso que estoy aquí —respondió el taíno con toda seriedad—. El sitio donde hay una abertura angosta en la tierra es más allá de esa tierra —dijo señalando una lengua de tierra que se extendía hacia el mar en la distancia—. Después de ahí, no falta mucho para llegar a nuestro destino.

El capitán Gil usó la información de Sibanacán para navegar alrededor de la lengua de tierra. Al moverse la masa montañosa al oeste, se pudo ver «el lugar donde hay una abertura angosta en la tierra». Sibanacán se refería a la boca de una bahía con dos promontorios masivos, uno frente al otro, que dejaban una angosta abertura al océano. El capitán Gil propuso entrar a la bahía y explorarla, pero Ponce de León, que estaba ansioso por llegar a Agüeybaná, rechazó la idea. Al pasar, el capitán pudo ver las aguas tranquilas de la ensenada y tomó nota mentalmente de que en un futuro debía volver a explorar, pues se veía tan perfecta.

La *Santa María* navegaba ahora tan cerca de la costa que sus pasajeros podían reconocer los detalles del paisaje. La vegetación era parecida a la que habían dejado atrás en Mona— árboles pequeños y matorrales espinosos que crecían en tierras rocosas. De la topografía abrupta nacían morros y formaciones rocosas que se extendían hacia el mar, donde las olas se estrellaban contra ellas. Dondequiera que no había rocas, playas de arenas blanquísimas reflejaban el sol de tal modo que desde la nave las podían ver con toda claridad.

—Tierra adelante —gritó el vigía.

—¿Qué es? —preguntó el capitán Gil.

—Parecen pequeñas islas, justo antes del cabo. —El hombre señalaba en dirección a lo que veía.

—¡Viro a estribor! —ordenó el capitán—. Buscaremos aguas más profundas —le dijo a Ponce de León—. Su indio nos puede decir cuándo volver hacia tierra.

—No quiero ningún retraso —dijo Ponce de León impacientemente.

—Será menos retraso que si encallamos —contestó el capitán bruscamente—. No tenemos cartas de estas aguas y no estoy por atravesarlas guiado por un salvaje medio desnudo. —El capitán Gil se mantuvo firme. Respetaba la posición de Ponce de León como líder de la expedición, pero en lo que se refería a navegar, él estaba a cargo de la nave.

—Haga lo que tenga que hacer. —Ponce de León frunció los labios, aguantando el enojo. Caminó a la borda y miró hacia tierra, perdido en sus pensamientos.

En cuanto la *Santa María* se encontró en aguas profundas el capitán modificó el rumbo hacia el este-noreste. Minutos después Sibanacán se acercó a Antonio.

—Ahí es donde nadan los peces grandes —dijo señalando hacia una bahía en forma de media luna que la nave estaba pasando.

—¿Qué quiere decir con eso?

—Cuando los días son más cortos, aquí se juntan peces grandes. Bailan en las olas y soplan agua al aire.

Antonio asintió, comprendiendo que el taíno estaba hablando de ballenas.

—¿Dónde está Agüeybaná? —preguntó.

—En Cayabo, donde un río llega al mar, no lejos de aquí. Ahí es donde se puede encontrar a Agüeybaná.

Antonio transmitió la información al capitán Gil, quien de nuevo condujo el navío hacia tierra. Todos los ojos a bordo escudriñaban el mar en busca de arrecifes, o la costa en búsqueda de un río. Pocas horas después, con ayuda de Sibanacán, hallaron el río. Una franja de manglares seguía el exiguo flujo del arroyo principal, que era apenas visible desde la nave. Gil se sentía agradablemente sorprendido de que el río desembocara en una caleta bien protegida, un detalle que Sibanacán no había mencionado. Donde el río desembocaba al mar no había turbulencia, ni ninguna otra indicación de la mezcla de aguas dulces y salobres, excepto por una serie de bajíos creados por el fango que arrastraba el río. Un grupo de pequeñas islas coralíferas formaba una barrera contra el oleaje del mar abierto. El capitán Gil decidió fondear lo más cerca posible de la playa al oeste del río.

Como si surgieran de la arena, cuatro indígenas aparecieron en la playa. Estaban juntos en la arena y en su modo de mirar hacia la nave era evidente su curiosidad. A bordo, uno de los compañeros de Sibanacán los saludó y acto seguido, sin dar ningún aviso, brincó con soltura sobre la borda al mar. De entre la tripulación salieron gritos alborotados ordenándole detenerse, pero nadaba vigorosamente y rápidamente llegó a la playa.

—No se preocupen por él —gritó Ponce de León—. Echen las lanchas al agua.

Entonces señaló a su asistente que se aproximara.

—¿Sí, señor?

—Prepare una partida de desembarque, bien armada con diez hombres. Y vaya a mi camarote y traiga el cofre de madera que se encuentra bajo la cama.

—Sí, señor.

Todos abordo estaban emocionados por haber llegado a San Juan. Antonio trató de recordar cómo había sido quince años antes, cuando por primera vez cruzó el Atlántico con el Almirante Colón. Aquella vez habían navegado a todo lo largo de la costa sur de San Juan, hasta fondear en la costa occidental. Antonio no pudo desembarcar durante la estancia de dos días, pero recordaba una tierra hermosa, de montañas altas y bosques de exuberante follaje verde. Y recordaba las historias de los que sí habían alcanzado a desembarcar. Decían haber visto una villa con una calle, una plaza y campos labrados con una gran variedad de verduras. Siempre le sorprendió que San Juan hubiese sido olvidada todos estos años considerando que estaba tan cerca de La Española. Excepto por unos cuantos viajes de exploración preliminares, la isla permanecía sin haber sido tocada por manos españolas.

Antonio sabía que la expedición de Ponce de León le ofrecía la oportunidad de tomar control de su propio futuro, estableciéndose como uno de los primeros colonos. A diferencia de su experiencia en La Española, esta vez emprendía el proyecto con un plan y la experiencia necesaria para llevarlo a cabo. La ingenuidad del joven marinero de quince años antes había desaparecido, y nada impediría la realización de sus metas.

Antonio se unió a la partida de desembarque en la cubierta y junto con Ponce de León, el capitán Gil, Sibanacán y el otro de sus compañeros indios que quedaba, se preparó para visitar a Agüeybaná. Antonio estaba armado con su espada y su cuchillo, y recibió un escudo redondo y una lanza. Ponce de León y dos de sus oficiales iban de armadura ligera con peto y espaldar, grebas y casco. Hizo falta que las lanchas hicieran dos viajes para transportar a todos a la costa. Una vez reunidos, con las lanzas en alto y los pendones ondeando al viento, la compañía resultaba un espectáculo impresionante a cualquier taíno que los viera.

Siguiendo los pasos de Sibanacán, marcharon al este, hacia el río, hasta que llegaron a una vereda que se internaba en la isla. Sin vacilar, Sibanacán tomó el camino, que seguía el lindero entre la vegetación terrestre y las cañas de la ciénaga que bordeaba el río. Más adelante, el río no sentía la influencia de la marea y se transformaba en un riachuelo que corría por el centro de un lecho prácticamente seco, de modo que la ciénaga desapareció. También el follaje cambió conforme se internaban en la isla. Los matorrales de la playa cedieron paso a árboles bien espaciados. La tierra estaba cubierta por pastos altos que fácilmente llegaban a la cintura.

—Mantengan los ojos abiertos en caso de una emboscada —se oyó que advertían desde la cabeza de la columna. El recordatorio del peligro no era necesario, todos los ojos estaban ya alertas y todas las manos empuñaban con fuerza las armas.

El yucayeque de Agüeybaná estaba sobre una colina desde donde se dominaba la ribera del río. La partida conocía bien el trazado de los pueblos taínos, no muy distinto de los de La Española. Varias docenas de las viviendas taínas tradicionales, bohíos, estaban ordenadas alrededor de un espacio abierto que quedaba al centro. Había bohíos de distintos tamaños, pero todos eran redondos, con paredes hechas de palos de madera entrelazados y techos cónicos de paja u hoja de palma. Se podían ver niños corriendo entre ellos. El sonido de sus risas llegaba hasta los españoles. El humo de las fogatas que flameaban al aire abierto perfumaba el aire con el aroma de la leña que ardía.

Un numeroso grupo de hombres taínos bloqueaba el avance de la partida. Varios llevaban puestos impresionantes penachos de plumas, brazaletes y collares, algunos de oro, acentuando su piel bronceada, que estaba cubierta con una variedad de dibujos en colores brillantes. Muchos de los hombres estaban desnudos, mientras que otros no usaban más que un taparrabos corto. Parado en el centro del grupo había un hombre viejo, vestido con un taparrabos largo que le llegaba a los tobillos. De su cuello pendía un disco dorado, delicadamente labrado, marcando el centro de su pecho. Antonio reconoció el *guanín*, símbolo de autoridad que usaban los caciques, y concluyó que estaba viendo a Agüeybaná. Los europeos avanzaron hacia los taínos y se detuvieron a una distancia desde la que podían hablar cómodamente.

Sibanacán fue el primero en acercarse a los taínos.

—Agüeybaná —dijo—. Le traigo a los hombre blancos. Han vuelto a nuestra tierra y desean conocerle.

—Es usted bienvenido, Sibanacán —replicó Agüeybaná—. Hablaré con estos visitantes.

Sibanacán le indicó a Ponce de León que se acercara, lo cual hizo en compañía del capitán Gil y de Juan González, quien fungía como intérprete.

—Mi nombre es Juan Ponce de León —dijo el comandante español a través de su intérprete—. Venimos a esta tierra a compartirla con ustedes como vecinos pacíficos.

—Si vienen en paz, entonces son bienvenidos —dijo el viejo jefe.

—Le traigo regalos en señal de nuestra amistad. —Ponce de León indicó que su cofre fuera colocado al frente. Los taínos vieron con curiosidad cómo abrió la caja, sacó una copa de estaño y se la presentó a Agüeybaná.

—Se usa para beber —explicó mientras el cacique admiraba el regalo con una sonrisa en la cara. Ponce de León extrajo otros artículos, baratijas para los españoles, que había elegido cuidadosamente por ser novedosos para los taínos.

El resto de la reunión fue cordial. Agüeybaná nuevamente le dio la bienvenida a su tierra a los visitantes y aceptó encontrarse con Ponce de León al día siguiente. La partida se retiró de la reunión bajo la mirada curiosa de todos los habitantes del yucayeque.

—¡Salió todo bien! —proclamó exultante Ponce de León a sus oficiales—. Mañana le daré unos cuantos regalos más y pronto estará cultivando alimentos para nuestra colonia y diciéndome todo lo que necesito saber sobre Boriken.

El regreso a la playa fue más tranquilo para los miembros de la partida. Alardeaban y bromeaban sobre sus planes para el futuro en la isla, seguros de que habían empezado bien con Agüeybaná. Al llegar a la playa se encontraron con casi todos los miembros de la expedición que habían desembarcado para sentir tierra firme bajo los pies. Esa tarde todos estaban alborozados. Construyeron una gran fogata y se reunieron a su alrededor para contar historias. Antes de que terminara la noche, varios de los presentes se levantaron a bailar alrededor del fuego al son de la música de una guitarra, una flauta y las palmadas rítmicas de los demás.

IV
TRAVESÍA ORIENTAL

Al día siguiente, Antonio se sintió decepcionado porque no le pidieron que fuera al pueblo taíno. Sintiéndose más a gusto después de su primer encuentro, Ponce de León optó por visitar a Agüeybaná solamente con unos cuantos de sus oficiales y Juan González, quien nuevamente fungió como intérprete. Durante esa segunda visita Ponce de León intercambió nombres con Agüeybaná, una costumbre taína que aseguraba la amistad mutua entre quienes participaban en ella. Con su nueva posición, Ponce de León pudo obtener fruta y otros alimentos de los taínos. Entretanto, Antonio y el resto de la tripulación se esforzaron en aprovisionar la nave con agua y cualesquiera otros alimentos silvestres que pudieron recolectar.

Durante la noche, tras tres días enteros en San Juan, el clima empezó a cambiar. Densas nubes cubrieron un cielo que en los días anteriores había brillado con la luz de un millón de estrellas. El fondeadero del barco estaba expuesto de todas direcciones excepto del norte, donde la isla de San Juan ofrecía algo de protección. Las bajas penínsulas que circundaban la caleta no obstruían el viento. La caleta ofrecía alguna protección contra las potentes olas de alta mar, que se veían en la distancia rompiendo estruendosamente contra los arrecifes. Aún así, las aguas de la caleta estaban cubiertas de espuma y fuertes olas golpeaban la playa en la que hacía pocos días habían celebrado su llegada a Borikén. Los hombres, durmiendo a bordo, despertaron sintiendo la lúgubre sensación de un día húmedo y nublado. Por encima del aullido constante del viento, podían oír al capitán Gil gritando órdenes a su tripulación mientras corría de proa a popa, luchando contra las olas y el viento que trataban de lanzar a la *Santa María* contra la playa.

La tormenta se agravó según avanzó la mañana. Todos a bordo estaban ocupados pasando alimentos perecederos a las bodegas superiores del barco y asegurando objetos sueltos. Pasada algunas horas, el efecto combinado de la marea que subía y el viento inexorable vencieron a las dos anclas que mantenían seguras al barco. Con una sacudida repentina, la nave comenzó a moverse hacia la playa mientras las anclas, inútiles, se arrastraban bajo las olas. El caos reinaba a bordo. Los hombres corrían de un lado al otro, el miedo evidente en sus caras. Todos sentían cómo la quilla rozaba contra la arena. La nave se ladeó ligeramente a babor, mientras que a estribor las olas la aporreaban sin cesar.

El agua se colaba en el interior de la nave por todas las grietas. De vez en cuando una gran oleada lanzaba un torrente sobre la borda postrada. Todos los hombres habían sido enviados a ayudar a desaguar y sellar resquebrajaduras. Hasta Rodrigo, cuya responsabilidad principal era la cocina, se presentó a trabajar en la cubierta inferior.

Para el anochecer, lo peor de la tormenta había pasado. El capitán Gil siguió dando órdenes de achicar agua y proteger las provisiones. Al cabo, tras una cena de pan reseco, agua y, si tenían suerte, un pedazo de la fruta que les habían regalado los taínos, cada uno de los hombres exhaustos encontró un lugar donde refugiarse para pasar la noche.

El alba arribó llena de luz. De nuevo la *Santa María* se había encallado fuera del agua. La marejada y la pleamar de la tormenta se habían retirado, dejando al barco inmóvil sobre la arena seca. El capitán Gil retomó la labor de la noche anterior, dando órdenes a gritos para que los hombres se apuraran. Antes de que pudieran tomar el desayuno, todos estaban desembarcando provisiones en la playa para secarlas y para aligerar la nave. El sol estaba en su apogeo cuando se detuvieron a comer un guiso espeso que había preparado Rodrigo.

Tras el almuerzo había que regresar la nave al agua. La pleamar ocurriría en la tarde, pero apenas iba a alcanzar a la nave. Para facilitar que el agua llegara hasta ella, el capitán Gil supervisó la excavación de una zanja ancha que desde la orilla del agua rodeaba la nave. Una vez más todos los miembros de la expedición trabajaron juntos improvisando una variedad de herramientas para excavar. En dos horas la zanja estaba lista y pronto comenzó a llenarse de agua. Amarraron sogas a la nave y comenzaron a halar, pero entraba a la zanja tanta arena como agua y la tarea de mover la nave se volvió una faena penosa que avanzaba con gran dificultad. Algunos de los hombres trabajaban cavando en la arena y otros halando, todos maldiciendo bajo el intenso sol tropical.

Al anochecer la nave se hallaba a la orilla del mar. El capitán Gil sabía que estaría a flote para mediodía del día siguiente; también sabía que los hombres ya no tenían la energía para seguir trabajando en ese momento. Después de otro guiso, esta vez colmado de pescado y mariscos, todos se durmieron rápidamente, sin canciones, ni fanfarronadas, ni juegos.

La mañana siguiente se oyeron quejidos y lamentos conforme los hombres obligaban a sus músculos entumecidos y adoloridos a despertar. Antonio no quería pensar en el trabajo que el día deparaba. Todos podían ver que, durante la noche, la nave se había hundido en la arena suave; había mucho que cavar. Después de hacer sus necesidades detrás de unos arbustos cercanos, Antonio se echó agua a la cara y caminó un poco para aflojar sus músculos. A su izquierda podía ver la boca ancha de la bahía que se abría al mar. Más adelante en la playa, se encontraba una formación rocosa que bordeaba la costa. Junto a las rocas, en agua poco profunda, crecían mangles en cuyas ramas se posaban media docena de garzas deslumbrantemente blancas. El agua cerca de los mangles bullía con pequeños peces que salpicaban y saltaban en el aire, una sombra obscura persiguiéndolos. Tierra adentro, más allá del manglar y las rocas, la vegetación era de matorral agreste.

-Esta parte de la isla es árida y tiene poco encanto» —pensó Antonio, quien comenzaba ya a ordenar sus observaciones, anticipando el día en el que se establecería en su propia tierra en Borikén.

Unas llamadas repentinas desde la *Santa María* interrumpieron las cavilaciones de Antonio. Corrió de regreso a la compañía y se incorporó a los que cavaban. Gil se había equivocado en sus cálculos. No fue sino hasta la pleamar de la tarde que la tripulación logró poner a la *Santa María* a flote. Unos cuantos tripulantes saltaron a bordo y orientaron las velas de modo que facilitaran el trabajo de la tripulación que se esforzaba en llevar al barco a aguas más profundas.

—¡Mierda, por fin! —exclamó Rodrigo una vez que liberaron la quilla de la nave. Estaba harto de estar sentado al sol ardiente mientras cocinaba sobre una fogata. A nadie le daría más gusto volver a bordo.

Por la mañana del día siguiente regresaron las provisiones a la nave. Varios taínos que habían estado observando con curiosidad los sucesos de los días anteriores, se aparecieron con canastas llenas de frutas y verduras. Ponce de León expresó su agradecimiento ante este gesto y para corresponderlo les hizo un regalo de un corte de tela de algodón. Terminado el trueque, la nave volvió a zarpar.

Al capitán Gil le dio gusto volver a estar en el mar. El viento soplaba vigoroso y constante. Las aguas estaban relativamente tranquilas, pero aquí y allá se veía espuma sobre la superficie. Gil encaminó a la nave hacia afuera en línea recta, alejándose de la tierra como si quisiera estirar las velas y escapar de ese sitio que casi había atrapado a la expedición.

Cuando la costa se perdió en el horizonte y las montañas se volvieron un esbozo en la distancia, Ponce de León se acercó al capitán Gil.

—Capitán, preferiría navegar más cerca de la costa. No podemos aprender mucho sobre la isla si navegamos en mar abierto.

—Vuestra merced tiene razón, pero la nave necesita el mar abierto tras haber estado varada en la playa. Tenemos suerte de que no haya sufrido mayores daños. La próxima vez que amenace mal tiempo, me dirijo mar adentro. Hemos encallado dos veces en esta expedición y no pretendo permitir que vuelva a suceder —dijo Gil frustrado porque la *Santa María* hubiera quedado varada dos veces en tan corto tiempo.

—Está bien, capitán. Sin embargo —continuó Ponce de León con una sonrisa divertida—, no soy hombre de mar. Si no le molesta, me deja en tierra firme antes de navegar hacia un huracán.

—Trato hecho —dijo el capitán Gil y dio la orden de cambiar de rumbo al piloto.

Las aguas eran profundas y la *Santa María* pudo navegar cerca de la costa. Antonio disfrutaba de observar esta nueva tierra. En la distancia surgían montañas altas que formaban un muro impresionante paralelo a la costa. Percibió que el litoral accidentado ofrecía numerosos y excelentes fondeaderos. La *Santa María* entró a algunos de estos para explorar su potencial. Antonio observó que la vegetación en tierra seguía siendo del tipo que se encuentra en tierras áridas. Aunque habían visto numerosos arroyos que desembocaban en el mar, era claro que este lado sur de San Juan era seco y presentaría dificultades a quien tratase de cultivar la tierra ahí.

Pasados dos días la *Santa María* cambió curso en dirección al noreste. Los llanos de la costa terminaron. En su lugar, el terreno montañoso se extendía hasta el agua, con acantilados desnudos tocando el mar, coronados de abundante vegetación. La flora árida de la costa sur estaba ausente, reemplazada por espesa jungla, verde y misteriosa. Hacia estribor, en la distancia, los tripulantes podían ver el perfil de una isla grande. Las aguas que navegaban eran menos profundas y el mar cambió de un azul oscuro a un verde claro.

Las islas al este de San Juan estaban pobladas por los feroces indios caribes. Como precaución, Ponce de León ordenó tener más vigías de día y noche. Hasta la fecha, cada encuentro de españoles con caribes había sido violento, empezando con el almirante Colón quien, en su segundo viaje al Nuevo Mundo, desembarcó en una isla que bautizó Santa Cruz. Ahí fueron emboscados por una gran banda de caribes. Estos temibles nativos pelearon como demonios. Solo la ventaja del acero de sus espadas y la pólvora en sus arcabuces permitieron a los españoles sobrevivir la emboscada. De los taínos en La Española aprendieron que los caribes periódicamente atacaban las islas vecinas, tomando prisioneros y llevándoselos a sus poblados. Se rumoraba que los caribes eran caníbales con los hombres que tomaban prisioneros, y que retenían a las mujeres como esclavas. Ahora que iban a ser vecinos, Ponce de León anticipaba que los encuentros con los caribes serían más frecuentes.

En varias ocasiones los vigías observaron *canoas* en la distancia. Ponce de León deseaba interceptar uno de estos grupos de indios y dio la orden para que el barco navegara más cerca de la costa, pero las canoas nunca se acercaron. Un día claro y tranquilo, la *Santa María* navegaba a lo largo de la costa hasta cerca del anochecer cuando el capitán Gil ordenó anclar en una pequeña bahía resguardada, con un riachuelo que desembocaba en ella. La bahía, en forma de herradura, tenía altos acantilados cubiertos de maleza abrazando sus aguas. En la playa una franja de arena fina y dorada daba frente a aguas transparentes. El barco descansaba sobre aguas que parecían vidrio. Tan claras eran que, aún en la atenuada luz, se podía ver la cadena del ancla a través del agua hasta el fondo, donde el ancla se encontraba sepultado en las arenas de la bahía.

Varios hombres fueron enviados al riachuelo a reponer las provisiones de agua, mientras otros pescaban. Ocupados con sus tareas, nadie notó a los tres taínos que surgieron de la selva cerca de la boca del río. Los hombres con los barriles de agua se sorprendieron tanto de ver a los indios que por poco volcaron su pequeño bote de remos. Rápidamente remaron al barco. En poco tiempo Ponce de León se encaminaba a la orilla con un grupo de acompañantes que incluía a Antonio. Según se acercaban a la playa, Antonio observó que los taínos estaban vestidos formalmente de acuerdo a sus tradiciones. Los taínos eran todos varones y lucían tocados de plumas. Uno usaba taparrabo, mientras los otros dos estaban al descubierto. Todos tenían sus cuerpos pintados densamente con vistosos patrones, de manera que era difícil distinguir que iban desnudos. Cargaban armas, arcos y flechas y *macanas*, garrotes largos de madera endurecida. Pero lo que más interesaba a los visitantes europeos eran los aretes dorados de oreja y de nariz que lucían los indios.

Ponce de León se acercó a los taínos de forma respetuosa, y a su lado Antonio servía de intérprete. Se enteraron de que había muchas villas taínas en esta región de San Juan; que el cacique local se llamaba Humaca, y que el oro se encontraba buscando con cuidado en las quebradas de las montañas. Los indios aprendieron que los visitantes blancos eran sirvientes de un rey poderoso, y que estaban interesados en establecerse en Borikén. El encuentro no duró mucho. Obviamente satisfechos con lo que habían aprendido, los taínos repentinamente entraron en la jungla y desaparecieron.

En la pequeña comunidad del barco no pasó mucho tiempo antes de que todos supieran del oro de los indios y surgieran grandiosas historias de riquezas en la isla. El encuentro reanimó a los miembros de la expedición, cuyos músculos todavía recordaban el trabajo de sacar a flote el barco pocos días antes. Las tareas se completaron más rápidamente y las órdenes del capitán fueron obedecidas con toda eficiencia.

Navegar la costa oriental de San Juan resultó ser un reto. Cerca de la orilla había numerosos bancos de arena. Las aguas desconocidas eran relativamente llanas y requerían sondeo constante y vigías alertas para mantener la nave en aguas libres de arrecifes entre la isla grande de San Juan y una serie de islotes hacia el este. La dirección y fuerza del viento obligaban al capitán a corregir su rumbo con frecuencia hasta encontrar el ángulo correcto para las velas. A pesar de las dificultades de la navegación, no había persona a bordo que no apreciara la belleza de esas aguas cristalinas bañando islas vírgenes con playas de arena blanca. Al oeste, San Juan se veía coronada de altas montañas que se derramaban hacia el mar, formando imponentes farallones cubiertos por un tapiz de vegetación. Por lo alto, una variedad de aves jugueteaban en las corrientes de aire, curiosas de ver esta pequeña isla flotante.

Empezaba a anochecer cuando la *Santa María* se aproximó a un estrecho pasaje que daba al mar abierto al norte de San Juan. El capitán Gil, prefiriendo hacer el cruce a la luz del día, decidió anclar en las aguas protegidas de un desconocido islote que marcaba el fin del pasaje al oriente de San Juan. La mayoría de los marineros y pasajeros disfrutaron la oportunidad de bañarse en las aguas transparentes que flotaban el barco como en cristal derretido. Antonio se quitó sus zapatos y saltó del barco a reunirse con sus compañeros en el agua. Después de un día de sol implacable el agua se sentía fría y rejuvenecedora. Cada poro en su cuerpo se contrajo al contacto con el agua. Revitalizado, Antonio nadó hacia la playa. Le sorprendió encontrar que la blanca arena bordeando la isla se sentía áspera. Mirando de cerca notó que no era arena como la que él conocía, sino coral y caracoles triturados. Era, sin embargo, suficientemente fina como para que uno pudiera caminar sobre ella sin problema.

Las luces de cubierta del barco ya estaban encendidas cuando Antonio trepó la escalera de soga a su costado. Fue el último en salir del agua. Después de escurrir su camisa, bajó a ponerse pantalones secos y se dirigió a la cocina. El baño en el mar y la caminata en la isla le habían abierto el apetito, y esperaba recibir un poco de contrabando de comida de su amigo Rodrigo.

—Don Rodrigo, ¿qué tiene para un marinero hambriento? —preguntó Antonio con voz amigable.

—¡Sal de aquí! —ladró Rodrigo—. Nada abre el apetito como el agua, y todos en el barco han pasado por aquí pidiendo comida. Comerás cuando todos coman. Y no esperes nada especial. Será como todos los días: sopa de pescado y pan viejo. —Volteándose, continuó con sus faenas.

Antonio supo quedar callado.

A la mañana siguiente, en la tiniebla del temprano amanecer, todos a bordo se despertaron con los gritos alarmantes del vigía de cubierta.

—¡Algo se mueve en la playa! ¡Sale del agua! —el joven adolescente no podía ocultar el miedo en su voz.

El capitán Gil, y hasta Ponce de León, subieron a la cubierta a ver qué pasaba, temiendo un ataque de los indios Caribe. Todos podían ver el movimiento en la playa. Los hombres compartían la tensión del momento mientras miraban hacia la playa a través de las sombras del amanecer, tratando de identificar lo que veían.

—¡Idiotas! Son tortugas —tronó la voz de Rodrigo—. Están poniendo huevos.

Esa declaración de lo obvio relajó a todos, sobre todo al vigía, quien en su ignorancia de esos animales se había dejado vencer por sus supersticiones. Ahora se enfrentaba a semanas de burlas y escarnecimiento de sus compañeros de barco.

Una vez identificadas, el capitán Gil envió un contingente de hombres a cosechar media docena de tortugas y sus huevos. No podía dejar de aprovechar esta oportunidad de reponer sus reservas de carne y huevos frescos.

La arena coralina, blanqueada por el sol tropical, se tornó roja bajo las tortugas decapitadas, vueltas sobre sus caparazones. Sus aletas agitaban el aire, como despidiéndose después de una larga visita. Al final, la sangre llegó al agua. Hilos escarlatas se extendían en las aguas cristalinas, una invitación a toda bestia marina de rapiña. Antes de que los carniceros volvieran a bordo, las aguas alrededor de la *Santa María* se encontraban infestadas de tiburones.

Acercándose el mediodía, el capitán Gil ordenó desplegar las velas y levar el ancla. Con sumo cuidado, el barco navegó alrededor de los arrecifes que circundaban la pequeña isla refugio y avanzaron en torno a los imponentes promontorios que marcaban el extremo noreste de San Juan. De ahí, la *Santa María* estableció rumbo al oeste con vientos favorables de popa. El capitán se sentía menos preocupado con su barco ahora que navegaba las profundas aguas azules del Atlántico, avanzando acertadamente entre las olas coronadas de espumas.

Según el sol se acercaba al horizonte, el capitán Gil deliberó con Ponce de León antes de dirigir el barco hacia la costa en busca de un ancladero. Ponce de León consultó sus notas de un viaje exploratorio previo. La gran bahía que era su meta debía estar cerca, y no querían dejar de encontrarla por viajar a oscuras. Al fin, la *Santa María* encontró aguas protegidas entre una pequeña isla rocosa cubierta de aves marinas y una punta de la costa donde la arena playera hacía transición con un arrecife al borde del agua.

Todos en la *Santa María* estaban de buen humor esa noche; con las barrigas llenas de carne fresca, el barco en anclaje seguro y ya cerca de su destino en San Juan. Una brisa suave y refrescante soplaba del noreste, creando un ambiente placentero en la cubierta del barco. Antonio se acomodó sobre una soga enrollada cerca de la proa. El suave chapoteo de las olas sonaba de fondo y por lo alto las dispersas nubes no podían ocultar el cielo prendido de estrellas. Con Antonio estaban los hermanos Gabriel y Miguel, y otros dos que buscaban alguien que se interesara en un juego de dados. Los ojos de Gabriel se avivaron cuando vio los dados.

—Ya veo que le gusta jugar —dijo Antonio a Miguel, quien cambió de lugar para apartarse del juego.

—Desde que era niño. Y te lo advierto, sabe jugar. Yo he aprendido a no jugar cuando él está en el partido.

—Yo no juego mucho —dijo Antonio, disfrutando la competencia que tenía en frente—. Pierdo la mayoría de las veces y trabajo demasiado fuerte por mis pocas monedas para estar regalándolas así. De cualquier modo, gracias por la advertencia acerca de Gabriel.

Usando la cubierta como mesa, Gabriel y sus contrincantes se concentraban en su juego. Sus llamadas y gritos atrajeron a una pequeña multitud. En cada tiro de los dados las voces subían y se hacían apuestas. Antonio se puso de pie para observar mejor la acción. La expresión miserable en la cara de Gabriel indicaba que las cosas no le iban bien. Después de unas jugadas difíciles, Gabriel llegó a un punto de decisión en el juego; una tirada final decidiría si ganaba o perdía todo lo apostado. Después de pelearse por hacer apuestas finales, el grupo de hombres entró en un silencio repentino. Gabriel miró a su hermano quien ofreció su apoyo con una sonrisa. Besó los dados y los tiró torciendo expertamente su muñeca. Dos segundos después Gabriel lanzó sus brazos al aire exclamando victoriosamente. Fue un juego difícil y sin mucho lucro, pero lo ganó y eso también tenía valor. Los otros dos jugadores se alejaron maldiciendo su mala suerte, mientras los que apostaron por él felicitaban a Gabriel por su excelente juego y su inspiradora buena suerte.

La mañana siguiente se palpaba el entusiasmo en la tripulación. El arrecife que se extendía hacia el mar y que había forzado al barco a navegar alejado de la costa ahora se encontraba cerca de la orilla. Esto permitió a la *Santa María* navegar más cerca de tierra. Se podían observar claramente los manglares, uvas playeras y otra vegetación, intercaladas con playas de arena dorada. Este patrón costero se interrumpió abruptamente por una cala rocosa que daba a una laguna. De ese punto en adelante la tierra se elevaba formando un imponente acantilado con las olas rompiendo amenazadoramente sobre piedras y corales a su fondo. Aunque las aguas azul oscuro eran obviamente profundas, el capitán Gil ordenó alejarse más de la costa.

—No voy a encallarme de nuevo en este viaje —se juró a sí mismo.

—Ahí está —exclamó Ponce de León señalando hacia adelante—. ¿Ves donde el acantilado baja al agua? Esa es la entrada a la bahía. Al otro lado no hay acantilado. ¿Ves?

—Ya veo —respondió el capitán Gil—. Mantenga el rumbo y prepárese para un giro a babor —ordenó al timonel.

El segundo de abordo reaccionó al mandato del capitán gritando órdenes a los marineros, preparándose para participar en la intrincada danza de velas y cuerdas y madera crujiente que permitía que la nave se moviera con inesperada facilidad sobre las aguas.

En menos de media hora, el barco rondaba el promontorio identificado por Ponce de León y entraba en la bahía que era su destino en San Juan. Todos a bordo subieron a cubierta para ser testigos de la llegada. El barco proseguía cautelosamente a media vela. En la proa, los marineros escudriñaban el agua, buscando rocas y bancos de arena. Según se internaban en la bahía, la expresión del capitán se transformó en una de admiración.

—Esta bahía es asombrosa, le dijo a Ponce de León—. Podríamos anclar la flota española completa y todavía tendríamos espacio para maniobrar sin dificultad.

—Yo sabía que iba a apreciar este lugar, capitán —Ponce de León dijo con una sonrisa—. Tenemos que explorar el área y tratar de encontrar lugar adecuado para desembarcar y establecer un campamento.

Con gran cautela, la *Santa María* procedió a navegar alrededor de la bahía, que se extendía desde la entrada al mar en un gran óvalo hacia el este. La voz fuerte de un marinero que sondeaba las aguas marcaba el ritmo para la tripulación, como un hilo musical de fondo. Los acantilados que daban al mar obstruían el viento resultando en aguas tranquilas en la bahía, pero la brisa que quedaba era suficiente para continuar navegando el barco. En varias ocasiones, el capitán ordenó anclar y marineros en botes de remo se acercaron a la orilla buscando tierra seca para desembarcar.

Hacia el norte, el área con los acantilados estaba muy expuesta y rocosa, y no se observaba ninguna fuente de agua dulce. Llegando al extremo interior de la bahía, es punto este, el bote de remos siguió lo que parecía un pequeño río, pero lo encontraron tupido de manglares. Hacia el sur, los españoles sólo encontraron manglares y extensas marismas, donde las nubes de mosquitos ahuyentaron a los hombres. Al extremo oeste de la bahía podían observar una lengua de arena que se extendía hacia un pequeño islote rocoso. Las aguas en esa parte de la bahía resultaron ser poco profundas y no podían acomodar a la *Santa María*.

Antes de anochecer el capitán encontró un lugar protegido en el extremo norte de la bahía, cerca de la boca al mar. Muchos de los tripulantes nadaron a la orilla y se les podía ver escalando rocas y bañándose en las aguas mansas. Ponce de León y el capitán Gil se encontraban cerca del timón.

—Estaba seguro de que encontraríamos un sitio adecuado para desembarcar en una bahía de este tamaño —dijo Ponce de León—. Debo admitir que estoy decepcionado. Estoy ansioso de dejar este barco y emprender la colonización de esta isla.

Dicho esto, el capitán Gil enderezó su postura y miró a Ponce de León gravemente.

—Sin insulto a su nave capitán —dijo Ponce de León dándose cuenta de la reacción del capitán Gil—. No se ofenda. Tiene que entender que yo soy hombre de tierra y tengo la misión de establecer un asentamiento en San Juan y desarrollar la colonia. Si lo que digo es ofensivo es porque está oyendo la voz de mi impaciencia.

—Entiendo cómo se siente —dijo Gil, más relajado—. ¿Cómo quiere proceder?

—Hay otros fondeaderos más al oeste, no lejos de aquí. Sin embargo, ninguno se compara a esta bahía.

—Sin duda —interrumpió Gil—. Este lugar es verdaderamente extraordinario.

Ponce de León sonrió ante el entusiasmo del capitán. Era obvio que, como marinero, el capitán valoraba las aguas protegidas de la bahía y su potencial en favor de la nueva colonia.

Al día siguiente el barco zarpó con el ligero resplandor del sol naciente en el horizonte oriental. Lentamente la *Santa María* cruzó la entrada a la bahía, cobrando velocidad según pasaba a aguas más profundas expuestas al azote de los vientos alisios. Al caer la tarde, la *Santa María* entraba en un pequeño golfo donde un río desembocaba al mar. Después de una noche de ansiedad, el barco fue descargado y todos, excepto los marineros de la tripulación, se trasladaron a tierra.

Esa primera noche en la isla de San Juan fue una de celebración. Se prendió una gran fogata y los hombres se reunieron después de comer. Hablaron del nuevo asentamiento y de lo que harían en los próximos días. Según avanzó la noche, se dieron cuenta de los curiosos sonidos nocturnos. Sobre todo, un ritmo muy particular de dos notas que los rodeaba. La canción parecía surgir de mil lugares a la vez. Era apacible y, aunque algunos hombres se dejaron espantar por la superstición, después de un rato se desvaneció al fondo de la noche con los sonidos más familiares de grillos y otros insectos. Días después aprendieron que esa canción de la noche provenía de una diminuta rana que llamaron *co-quí*, en eco a la doble nota de su canto.

Tarde en la noche, se contaron los a menudo repetidos sueños de riquezas y oro, dando ánimo a la compañía y recordando a todos por qué estaban ahí. Antonio escuchaba sabiendo que su propia historia y sus sueños eran distintos. Soñaba con tener un lugar propio. No quería grandes haciendas y riquezas, simplemente la libertad de ser su propio amo. Nunca, desde que dejó a su madre, había tenido la oportunidad de ser verdaderamente independiente. Siempre a la merced de otra persona: un tío que no lo quería, capitanes, gobernadores, almirantes; todos dirigiendo su vida.

Antonio dejó su mente vagar a sus primeros días como marinero. Se acordó de cómo, a los pocos meses de llegar a Lisboa, su tío, un ambicioso pero fracasado comerciante, vendió sus servicios al capitán de una nave local por unas pocas monedas de plata. Rodolfo Pedroza, su primer capitán de buque cuando Antonio tenía unos diez años, era prepotente y abusivo y no le importaba nada el bienestar de su tripulación, ni siquiera el del joven Antonio. Por tres años Antonio sufrió bajo su mando hasta el día, durante un viaje por la costa atlántica de África, cuando navegaron río arriba buscando una aguada en uno de los miles de ríos procedentes del misterioso interior del continente. Antonio desembarcó con otros que buscaban escape del rancio buque. Deambuló por su cuenta siguiendo el paso de un riachuelo hasta que encontró una pequeña gruta acentuada por un salto de agua que caía como seda dentro de una piscina natural formada en rocas, rodeada de flores y follajes tropicales. El joven de catorce años jamás había visto un lugar tan bello y se tardó en volver al río. Cuando por fin regresó, encontró que el capitán Pedroza lo había abandonado. El buque se había ido.

El temor se apoderó de Antonio cuando se dio cuenta de su aprieto. Más que nada, temía pasar la noche en la jungla, de manera que empezó a caminar río abajo con la esperanza de llegar al mar. Eventualmente llegó a un área de extensas dunas justo a tiempo para ver los últimos rayos de lo que debió haber sido una impresionante puesta del sol. Frente a él, oía el romper de las olas. Queriendo alejarse de la jungla, caminó sobre la arena en dirección a la orilla. En la duna más cercana al agua encontró un gran arbusto y se arrastró debajo de su follaje. Ahí hizo una depresión en la tibia arena y quedó dormido, acompañado por la canción rítmica de las olas.

Antonio despertó a tiempo de ver desvanecerse las últimas estrellas sobre el horizonte occidental. Se sorprendió de lo bien que había dormido, algo que atribuyó a la gran sensación de alivio que sentía de estar libre de Rodolfo Pedroza. Pasó un largo rato sentado en su albergue, observando el baile de las olas y pensando en muchas cosas. Era todavía temprano cuando Antonio vio a un grupo de hombres instalando trampas para peces cerca de la boca del río. Se acercó a ellos nerviosamente. Tenía hambre y sed. Con señales de mano pudo explicar su situación. Los pescadores habían visto el barco el día antes y se les hizo fácil entender de dónde pudo surgir este muchacho de piel pálida. Antonio pasó un rato observando a los pescadores completar sus faenas. Uno de los pescadores de más edad, llamado Fulaya, fue el primero en acercarse a Antonio. Le ofreció agua, pan y fruta, y el joven aceptó la bondad con manos temblorosas. Después de comer, Antonio se quedó acompañando a Fulaya y pasó el resto del día ayudando a tender las trampas y redes. Al fin del día, según los hombres empacaban sus aparejos y pesca, Fulaya se acercó a Antonio y lo invitó a quedarse con él. Fulaya sonrió con ternura al ver el obvio desahogo de Antonio. El viejo señor era un respetado dignatario en Dikya, una villa pesquera localizada donde el río Koumba se une a otros ríos de paso al mar. Vivía con su esposa y tres hijas y estaba contento de darle la bienvenida a otro hombre en su hogar, sin importar sus orígenes extraños. Fulaya pudo traer a Antonio a Dikya sin dificultad. El joven no era una amenaza para nadie en la villa, y ya había probado su capacidad de trabajar; además, Fulaya había accedido a hacerse responsable de albergarlo, así que no era una carga para más nadie.

Dikya fue el hogar de Antonio por tres años. Cada día crecía más fuerte y cada día le era de más ayuda a Fulaya y su familia. En Dikya aprendió a integrarse de lleno en una sociedad completamente ajena y desarrolló un gran respeto por ese grupo de personas que los ignorantes llamaban 'primitivos'. En Dikya también aprendió del amor por primera vez, enamorándose de Ayainda, la hija menor de Fulaya.

—Ayainda, ayuda a Anto —ordenó Fulaya a su hija usando el nuevo apodo dado a Antonio.

—Sí, padre —Ayainda sonrió con su respuesta, pero no tenía idea de cómo cumplir su nueva tarea.

Al principio no fue fácil. Ayainda y Anto tuvieron que inventar un nuevo idioma que les permitiera comunicarse hasta que, poco a poco, Anto aprendió la lengua de Dikya. Ayainda era una niña de doce años, de carácter alegre que encontraba humorosos los esfuerzos de Anto por ajustarse a su nuevo mundo. Actividades rutinarias que los aldeanos daban por sentadas, como la forma correcta de comer guiso de pescado o cómo verter agua de una vasija de barro, se convertían en aventuras divertidas con Anto. Su primer intento en participar en un baile con otros jóvenes de la aldea dio origen a una historia humorosa que fue narrada por generaciones. El pobre Anto era tan torpe que derribó a varios bailarines antes de que Ayainda lo apartara de los otros. Afortunadamente, Anto era buen estudiante y, aunque nunca dejó de necesitar la ayuda de Ayainda para superar los retos de integrarse en la comunidad de Dikya, sí se hizo mucho más autosuficiente.

Inesperadamente, un día apareció un barco europeo en el río Koumba y Antonio enfrentó la decisión más importante de su vida. Desde el día que fue abandonado había esperado ser rescatado. Pero en ese momento, con su oportunidad flotando en el Koumba, le entraron dudas. ¿Sería mejor volver a la tripulación de un barco, o quedarse en Dikya, donde era respetado y parte de una familia? ¿Y si el capitán resultaba ser un villano como Pedroza? ¿Y qué pasaría con Ayainda? ¿Pero, quería pasar el resto de su vida en una pequeña aldea de pescadores a las orillas del Koumba? Ya había visto mucho en su corta vida y sabía que existía un vasto mundo más allá de Dikya.

Antonio nadó hasta el barco para conocer al capitán, Francisco Dos Santos. Dos Santos era un hombre delgado, de estatura media cuya apariencia era dominada por una tupida melena de pelo negro. Una vez pasada la sorpresa de encontrar a un muchacho blanco en el medio del África salvaje, este hombre honesto y astuto inmediatamente captó el dilema de Antonio. Hablaron un rato y Antonio le agradó al capitán, quien le convenció de unirse a su tripulación. Incluso le ofreció extender la estadía del barco para que pudiera despedirse y organizar sus cosas.

Antonio dudaba su decisión, pero Fulaya le ayudó a facilitar sus transición.

—Anto —le llamó, moviendo su mano para invitar al muchacho a su lado. Anto caminó despacio hasta el hombre que se había convertido en un padre para él—. Puedo ver que estás preocupado. Habla conmigo.

—Me han invitado a irme en el barco, pero no estoy seguro de que deba ir.

—¿Tienes dudas de quedarte en Dikya?

—Algunas —dijo Anto calladamente—. Siempre pensé que me iría, pero —pausó—, me gusta estar aquí, contigo y Ayainda y los otros.

—Lo sé. Pero eres joven. Tienes una larga vida por delante. —Fulaya puso una de sus manos callosas sobre la rodilla de Antonio y lo miró a los ojos—. Nunca pensé que vivirías aquí toda tu vida. Tu mundo es otro, diferente, allí en ese barco. —Fulaya esperó, en busca de una reacción en la cara de Anto—. Puedes volver con tu gente. Pero recuerda que siempre tendrás un hogar aquí. —Los grandes ojos negros de Fulaya estaban llenos de lágrimas que no caían.

No fue fácil despedirse de los que lo habían ayudado y le habían ofrecido tanto. Pero lo más difícil fue despedirse de Ayainda. Él la echaría de menos más que a nadie, sobre todo después de esa última noche en Dikya, cuando Ayainda calladamente lo visitó en su cama sabiendo que nunca volverían a estar juntos.

En dos días los españoles construyeron un bohío rudimentario para usar de albergue. Ponce de León ordenó a la nave que regresara a la isla de Mona para recoger suministros previamente programados para almacenamiento allí. Ya había hecho arreglos de antemano con el apoderado de su hacienda en Yuma para que la Mona fuera usada como base de suministros para la expedición a San Juan.

La noche antes de que el barco zarpara, Antonio visitó a Rodrigo en su cocina.

—Mi amigo, me parece que mañana tomamos diferentes caminos —dijo Antonio dándole un manotazo al grueso hombro de Rodrigo como gesto amistoso.

—Sí, pero regresaremos antes de que te des cuenta.

Antonio se sentó en un taburete y apoyó los codos en el mostrador que usaba Rodrigo para preparar sus comidas.

—¿Qué te parece este lugar? —preguntó.

—Honestamente —contestó Rodrigo—, yo creo que van a irse de aquí en un par de semanas. Tienen buen acceso a agua y tierra que parece prestarse para sembrados; pero el ancladero es pura mierda. Y una nueva colonia necesita buen acceso a barcos y comercio.

—Creo que puedes tener razón, pero espero que estés equivocado. Tengo planes para esta isla y estoy listo para hacerlos realidad. —Los ojos de Antonio delataron su inquietud de por fin llegar y asentarse en San Juan—. Ya exploré el área y tienes razón, los suelos en estas partes son buenos, sueltos y sin muchas piedras, y el bosque no es muy denso. Podría tener una pequeña granja establecida en menos de un año.

Rodrigo miró a Antonio apenado por lo que iba a decir.

—Creo que te estás adelantando un poco. Tú sabes cómo son las cosas; primero se construye la casa del gobernador, después la del cura, y después, tal vez, un lugar para los hombres. Los patrones siempre encuentran otras prioridades sin tomar en cuenta a los marineros o trabajadores. Tú lo viste en Santo Domingo, nos usaban hasta que caíamos muertos —después de pausar continuó hablando, aparentemente recordando algo que dejó de mencionar—. Y debes empezar a cagar oro si crees que te van a dar tierra para tu uso personal. La tierra es para los caballeros ricos, para que se hagan más ricos.

Antonio se puso serio. Miró a sus manos ásperas y callosas por los años de estar trabajando para la ganancia de otros. Sabía que Rodrigo tenía razón en lo que decía.

—Comprendo lo que dices, pero tengo un plan. No es mi intención pasar mucho tiempo trabajando para otros en esta isla.

Rodrigo sonrió a su amigo y se agachó para sacar una botella de un gabinete. De seguido, llenó dos tacitas con el contenido de la botella.

—Por tu futuro en San Juan. Espero que seas tu propio patrón la próxima vez que te vea.

—Salud —celebró Antonio, haciendo una mueca mientras el ron acre le quemaba la garganta.

Las predicciones de Rodrigo acerca del destino de la expedición resultaron correctas, pero no precisas. La *Santa María* zarpó como se planeó. Mientras tanto, Ponce de León organizó a los hombres para completar las tareas requeridas en un nuevo asentamiento. Algunos hombres cazaban, pescaban y recolectaban frutas, otros exploraban el área y planeaban futuros huertos y sembradíos, otro grupo se dedicaba a construir albergues rudimentarios y otras necesidades para el asentamiento, y, finalmente, algunos fueron enviados a buscar oro a lo largo del río y sus afluentes. Este último grupo era el menos importante para la supervivencia inmediata del asentamiento, pero era fundamental para la moral de los hombres. La más pequeña partícula de oro sería suficiente para validar los sacrificios y el trabajo fuerte de establecer un nuevo asentamiento. En pocos días los mineros volvieron con evidencia de que la colonia de San Juan era una empresa que valían la pena y esfuerzos.

Según el verano avanzó hacia el otoño, los vientos alisios se hicieron más fuertes y las aguas del mar más turbulentas. El valor de un buen ancladero se hizo evidente cuando regresó la *Santa María*. La pequeña bahía, con su estrecho paso sobre el arrecife, presentaba un gran reto para el capitán Gil en la nueva estación. Las dificultades para asegurar y descargar el barco hicieron que Ponce de León considerara la búsqueda de un mejor lugar para el asentamiento. Le tomó al líder de la expedición un mes más que al cocinero del barco para darse cuenta de que la nueva colonia necesitaba un ancladero seguro.

Durante un encuentro con unos indios curiosos, Antonio aprendió que el río próximo al asentamiento se llamaba Ano. También averiguó que más al este existía un río más caudaloso, el Toa, que quedaba a un día de distancia caminando. Con esta información, Ponce de León encabezó a un grupo de hombres, Antonio entre ellos, en busca del río Toa y mejores condiciones para un asentamiento permanente; en particular buscaban mejores condiciones para un atracadero. Exploraron el área por dos semanas sin encontrar lo que buscaban. El río Toa era bastante más grande que el Ano, pero aun así no se podía considerar navegable ni para la carabela más pequeña. Además, daba al mar en un área de bajíos impredecibles, sin protección alguna contra los caprichos del clima. Al oeste del Toa encontraron una bahía que les dio esperanza, pero se dieron cuenta de que los arrecifes que la protegían también servían como barrera para cualquier barco.

Ponce de León y sus hombres regresaron al asentamiento del río Ano con planes de hacer mejoras para establecer un puerto adecuado para los barcos y sus importantes cargas de provisiones. Otra vez Ponce de León envió a la *Santa María* a la isla de Mona. Mientras tanto, ordenó la construcción de un muelle y una carretera para conectar con el asentamiento. Lo que la naturaleza no ofrecía, los españoles lo proveerían a través de su trabajo.

A su regreso, la *Santa María* encontró un muelle sencillo listo para su uso, y muchas otras mejoras. Esa misma tarde empezó a llover ligeramente. Sin embargo, desde el campamento en la costa se podían ver densas nubes que se acumulaban a lo largo de las montañas en el centro de San Juan. No había duda de que en las montañas llovía mucho más que en la costa. Llovió ininterrumpidamente por dos días. El techo del bohío que servía de albergue principal empezó a gotear y después a chorrear, hasta que era igual de fácil evitar el agua afuera que adentro. Durante la noche el río Ano creció y comenzó a desbordarse. Antes del amanecer el asentamiento estaba inundado hasta los tobillos y los vigías tocaron la alarma.

Ponce de León se reunió apresuradamente con el capitán Gil y entonces comenzó a dar órdenes.

—No nos podemos ir en el barco debido a la marea baja y la oscuridad. Carguen todo lo que puedan llevar y reúnanse en el sendero del este.

—¿Nos vamos? —llamó una voz anónima en la oscuridad.

—De vuelta a la gran bahía que exploramos hace unas semanas —contestó Ponce de León. Le molestaba tener que explicar sus órdenes, sin embargo, en esta ocasión le pareció que lo ameritaba—. ¡Ahora apúrense! —dijo sin dejar espacio para más preguntas—. El agua crece rápidamente.

Gil y sus hombres se fueron inmediatamente, teniendo que vadear el agua que les llegaba al pecho antes de tener que nadar el último tramo hasta la *Santa María*. Mientras tanto, los otros hombres rescataban provisiones y materiales de la inundación. Llenaron dos carretas con todo lo que les cupo. Aún así, todos en el grupo, incluso el líder, tuvieron que cargar con provisiones en su escapada de la inundación.

Mojados y de mal humor, caminaron hacia el este a través de un amanecer sin sol. Apenas se detuvieron a descansar hasta que llegaron al río Toa cerca de mediodía, justo cuando la lluvia cesó. El río crecido cortaba el paso. Ponce de León decidió aprovechar para descansar a los hombres y reorganizar la expedición para que pudieran viajar mejor. Antonio, junto a los hermanos Miguel y Gabriel, se encargaron de descargar las carretas para recargarlas con más cuidado. Así pudieron acomodar todo el equipo y provisiones para que los hombres pudieran caminar sin carga.

Se enviaron escuchas río arriba y abajo en busca de un vado para cruzar el río. Reportaron el río muy crecido y la corriente demasiado fuerte para poder cruzar ese día. Ponce de León conocía este tipo de río que surgía de las montañas, y sabía que en uno o dos días bajaría la corriente. De modo que montaron campamento y esperaron a que la isla se drenara.

Después de una noche de sueño cansado, los hombres dieron la bienvenida al nuevo amanecer con su promesa de calidez y la oportunidad de secarse, pero no sin primero cruzar el río. Con los caballos tirando y los hombres empujando, las carretas fueron dirigidas a través de un vado rocoso con una corriente fuerte que arremetía contra los hombres alcanzando sus rodillas. Una vez al otro lado, el grupo avanzó rápidamente. El terreno era llano y podían abrirse paso en la vegetación sin mucha dificultad. Al caer la tarde llegaron a una pequeña cresta, y desde lo alto pudieron ver a la distancia el puerto que era su destino. Ponce de León se sintió más tranquilo al ver el panorama familiar y ordenó a sus hombres establecer campamento junto a un arroyo de agua clara que fluía suavemente a través de la arboleda. Aunque consideró proseguir para llegar a la bahía, al final decidió darle a la compañía la oportunidad de descansar y recobrar sus fuerzas. Los hombres comieron, bebieron, se lavaron, y todos, excepto los vigías, se quedaron dormidos poco después del anochecer.

Antes del mediodía del día siguiente, el grupo había cortado un sendero a través de los manglares que bordeaban la orilla de la bahía. En menos de una semana habían construido un bohío para albergue en el costado interior de los manglares, un muelle en la bahía, y habían despejado un camino para conectar los dos. Cuatro semanas después, Ponce de León decidió mudar el asentamiento otra vez. La humedad, los mosquitos y la falta de acceso a agua dulce habían hecho impráctico e incómodo el asentamiento en la bahía. Después de buscar por la zona, encontraron un mejor lugar para establecerse, al costado de una colina, de frente a la brisa y con agua potable cercana. El principal inconveniente de la nueva ubicación era que estaba algo alejado del puerto, pero no lo suficientemente lejos de los manglares para evadir a los mosquitos por completo. Ponce de León llamó al nuevo asentamiento villa de Caparra, e inmediatamente ordenó la construcción de su casa y una cárcel—ambas de piedra—una iglesia, y de un camino amplio que llegara al puerto. Era noviembre de 1508 y, desde su nueva base de operaciones, Ponce de León anticipaba que España gobernaría en San Juan Bautista por muchos años.

DOS SANTOS
II

Así dicen las historias que me contaba mi abuelo,
De un mundo en paz y tranquilo,
De un pueblo lleno de un amor profundo,
De un sol y una luna que mi isla cuidaban.

¿Dónde está la india taína?
¿Dónde está su hombre con valor?
Mucha gente no los encuentran
Porque no los buscan dentro de su corazón.

—Francisco Xavier de Aragón
De su poema 'Los seres de tu pasado'

V
LA CELDA

La villa de Caparra contaba con pocos edificios. Uno de los más sólidos era la cárcel, hecha de piedra. Era también uno de los primeros construidos y sin duda el más pequeño. La cárcel fue localizada a propósito en un lugar expuesto a los rayos del sol tropical desde la mañana hasta el anochecer. Consistía en una sola celda cuadrada, con apenas espacio suficiente para dos hombres. El suelo de arcilla en la celda estaba seco, excepto por una esquina donde los presos hacían sus necesidades. El hedor de los desechos se aliviaba por un flujo débil de aire fresco que entraba en la celda a través de dos ventanas que consistían de pequeñas grietas en las paredes de piedra.

La cárcel estaba ocupada por dos hombres. El más joven, Rodolfo, era un cabo en el ejército, menor de 25 años de edad, alto, de peso mediano con el pelo oscuro y los ojos marrones. Dos días antes se había emborrachado y, durante una acalorada discusión, golpeó a un sargento que cometió el error de mencionar a la madre de Rodolfo como tema de discusión. Aguardaba corte marcial al día siguiente. Esperaba y deseaba recibir azotes como castigo, pero que no lo degradaran de rango. Esto último sería una vergüenza frente a sus compañeros y resultaría en una reducción de su paga que no podía manejar. Los azotes serían un castigo inmediato y, después de una semana de dormir boca abajo, todo volvería a quedar igual que antes. Independientemente de la sentencia, juró no volver a beber de nuevo, al menos no en la compañía de superiores.

El compañero de celda de Rodolfo era Antonio Dos Santos. Antonio estaba postrado en el suelo con una enconada herida de bala en el lado izquierdo de su espalda. Mugre y sangre coagulada cubrían su enmarañado pelo castaño y su ropa hecha jirones. Sólo sus ojos verdes desmentían su condición de derrotado. Irradiaban una paz interior que contrastaba con la apariencia enferma de su cuerpo y las malas perspectivas para su futuro—ya que, Antonio era el primer prisionero condenado a muerte en la recién establecida colonia de San Juan Bautista.

Se acercaba el mediodía y ambos prisioneros aguardaban en silencio. Rodolfo estaba de pie junto a la ventana que daba a la brisa. Antonio, demasiado débil para ponerse en pie, prefería permanecer acostado junto a la puerta. Ésta estaba mal colgada creando brechas a lo largo del marco que permitían que el aire se colara en la celda y diluyera su recia atmósfera.

—Llevo aquí dos días y no has dicho mucho —espetó Rodolfo súbitamente—. No me gusta ver a nadie en tu condición, pero si lo que dicen es verdad, parece que te lo mereces.

—¿Qué dicen de mí? —preguntó Antonio en un susurro.

—De acuerdo con el sargento, antes de que lo derribara por supuesto, traicionaste a la corona y al gobernador. Pero peor aún, traicionaste a la Santa Iglesia y a Dios mismo. Dijo que renunciaste a Dios y aceptaste el dios de los indios. Si esto es verdad, probablemente estoy pecando sólo por hablar contigo.

—No te preocupes —dijo Antonio con calma, sin apenas levantar la vista—. Tu alma no sufrirá porque me hables. No te voy a seducir de la iglesia. —Hizo una pausa para moverse dolorosamente a una posición más cómoda—. Si quieres —dijo con un poco de duda—, te cuento lo que me pasó.

Tendido en el calor, al lado de su excremento, Antonio se dio cuenta de que nadie sabía por qué había hecho lo que había hecho. Él nunca tuvo la oportunidad de explicarse en su juicio somero, aunque no hubiera importado. Ahora su compañero de celda presentaba la única oportunidad para que alguien conociera su verdad. Sin embargo, temía que Rodolfo le rechazara.

—Adelante —respondió Rodolfo para alivio de Antonio—. Cuéntame tu historia. Me ayudará a pasar el tiempo. Me vuelve loco estar encerrado.

Antonio sonrió. Lentamente se sentó apoyado contra el marco de la puerta. En esta posición la herida se le hacía más dolorosa, pero podía respirar mejor. Así procedió a contarle a Rodolfo cómo llegó a estar en esta situación.

VI
EL SUEÑO

Como la mayoría de sus compañeros, Antonio trabajó duro en la construcción de la villa de Caparra. Entre otras tareas, le tocó construir el techo de la cárcel en que ahora se encontraba preso. Cada vez que se organizaba una expedición para explorar la región, Antonio era invitado como intérprete. Consideraba la exploración de nuevas tierras una experiencia excitante. Las expediciones no sólo servían como un respiro del trabajo agotador en la villa, sino que también le ofrecían la oportunidad de explorar el país en el que estaba seguro de que por fin establecería su hogar. En estos viajes se familiarizó con la geografía de la zona y estableció contactos con algunos de sus habitantes nativos.

Después de dos años en Caparra, Antonio comenzó a notar similitudes con la situación que había dejado atrás en La Española. Una vez más las disputas políticas atrasaban el establecimiento de la colonia. El año previo, Ponce de León fue nombrado gobernador interino por el rey, y casi de inmediato el nombramiento fue cuestionado por Diego Colón, hijo del fallecido almirante Cristóbal Colón, quien reclamaba todas las tierras descubiertas por su padre. Diego Colón, por su propia iniciativa, nombró a Juan Cerón como gobernador y a Miguel Díaz como alguacil de la isla de San Juan. En el momento en que los dos hombres llegaron a Caparra para reivindicar sus posiciones, Ponce de León los arrestó. El próximo barco en zarpar cargaba a los hombres de Colón en cadenas. Después de un año de pleitos, el rey hizo una proclamación otorgando a Ponce de León el gobierno oficial de la isla. Sin embargo, los rumores indicaban que Diego Colón continuaría con sus reclamos sobre la isla. Ponce de León, con el fin de luchar contra el desafío inminente a su cargo, impulsó la construcción acelerada de Caparra, y estaba ansioso por establecer otros asentamientos alrededor de la isla.

Antonio no quería pasar más tiempo en la construcción de nuevos asentamientos, pero la situación política lo condenaba a eso. Estaba convencido de que la única forma en que podría mejorar su situación era convirtiéndose en propietario de tierras, y tenía un plan para lograrlo.

—Señor gobernador —anunció el secretario formalmente—. Antonio Dos Santos está aquí para verle. Dice que usted lo conoce.

—Déjalo entrar y dile al contable que necesito verlo hoy acerca de estos registros —respondió Ponce de León sin levantar los ojos de su trabajo.

Recién nombrado gobernador unas pocas semanas antes, estaba esforzándose en asegurar que todo el trabajo administrativo se completara correctamente; la meticulosidad de los emisarios de la corona era bien conocida. Todos los productos de la colonia debían registrarse y todos los impuestos serían pagados definitivamente. Si iba a retener los títulos y fondos requeridos para establecer la colonia, tenía que impresionar a la corona con su capacidad de administrarla adecuadamente. El buen manejo de los registros y la contabilidad en asuntos de la colonia seguramente agilizarían sus peticiones al rey.

Antonio entró en la pequeña oficina en la casa del gobernador. Frente a él había un robusto escritorio de madera donde el gobernador escribía afanosamente en un registro. La pared detrás del gobernador tenía una ventana con vistas al pueblo. Antonio avanzó hacia el escritorio y esperó nerviosamente. Sabía que estaba corriendo un riesgo con lo que se proponía hacer, y no sabía cómo iba a reaccionar el gobernador.

Ponce de León terminó de escribir y guardó su pluma cuidadosamente, a fin de no derramar tinta en sus papeles. Alzó la mirada hacia Antonio, se levantó y caminó alrededor del escritorio para saludarlo.

—Es bueno verte, Antonio —dijo el gobernador. Era media cabeza más alto que Dos Santos, con los hombros anchos, y una negra barba puntiaguda salpicada de canas. El gobernador se comportaba con la confianza de un soldado veterano. Le gustaba hablar con hombres como Antonio. A través de ellos se daba idea del ánimo de los colonos. Además, le recordaban de los tiempos en que era más un hombre de acción y menos un administrador.

—Gracias, señor. Por favor perdone que le moleste. Tengo una petición —Antonio dudó un segundo y tomó aliento antes de continuar—. Es más bien como una oferta que quiero hacerle.

—Esto suena interesante. ¿Qué tienes para ofrecerme? —dijo el gobernador con una sonrisa.

Antonio habló rápidamente.

— Me gustaría explorar la isla para usted.

—¿Qué quieres decir? Todos estamos aquí para explorar y colonizar esta tierra —dijo notando el nerviosismo de Antonio—. Te conozco desde nuestro viaje con el Almirante

Colón. Sé que eres un hombre inteligente. Relájate un poco y dime lo que tienes en mente. Aquí, siéntate —dijo el gobernador señalando una silla al lado de sus escritorio. Luego regresó a su propia silla—. Adelante—le dijo a Antonio.

—Bueno, señor, me he dado cuenta de que la mayor parte del esfuerzo de la colonia está dedicado a la construcción de Caparra y a la búsqueda de oro. La única zona explorada es a lo largo de la costa norte. Si me permite, señor, me gustaría ser su explorador. Conozco la lengua de los taínos. Dos de ellos se han ofrecido a guiarme hacia las montañas. Podría ir con ellos, explorar un tiempo y después volver a informarle lo que encuentre. De esta manera, usted tendría la ventaja para reclamar las mejores tierras.

Ponce de León miró atentamente a Antonio durante unos segundos que parecieron una eternidad.

—¿Estarías trabajando para mí o para la corona? —preguntó el gobernador inesperadamente.

La pregunta aterró a Antonio. Le creó un dilema de escoger entre el gobernador o la corona.

—Yo trabajaría para usted, pero siempre para la gloria de la corona —respondió cuidadosamente.

—¡Bien contestado Antonio! —exclamó el gobernador dando una manotada al escritorio—. ¿Y cómo te beneficias tú en este plan?

—Pues verá señor, lo único que quiero es un poco de terreno. Un parcela donde pueda cultivar la tierra, mantener unos animales y tal vez tener una familia. —Calculando la reacción del gobernador, continuó—. Con su permiso señor, pero después de los años en Santo Domingo y el trabajo aquí, estoy cansado de la construcción. Ayudé a construir tres asentamientos en La Española y he trabajado duro aquí, pero el próximo edificio que yo construya quiero que sea el mío propio. A mi edad, me gustaría asentarme un poco.

El gobernador se recostó hacia atrás y miró por la ventana a la nueva villa en construcción. Antonio esperó en silencio su respuesta. Había dicho lo que le tocaba. Ahora le correspondía a Ponce de León decidir si aceptaba su oferta o lo llamaba un tonto.

Antonio no sabía cuánto simpatizaba Ponce de León con su deseo de trabajar la tierra. Ponce de León era poco común entre los conquistadores, pues reconocía la necesidad de establecer asentamientos permanentes y autosuficientes en las nuevas colonias. Como gobernador, sabía que el tener agricultores, molineros, herreros y otros artesanos era tan importante como encontrar oro. Él mismo había hecho su fortuna, no de oro, sino de la venta de suministros de alimentos a los buques que viajaban a España desde Santo Domingo.

—Me gusta tu idea —dijo el gobernador, apartándose de la ventana—. Quiero que te vayas tan pronto como sea posible. Hazlo calladamente. Le diré a tu capataz que has sido asignado a trabajar para mí.

—Gracias señor. Puedo salir en tres días.

—Vuelve mañana a la misma hora. Quiero darte instrucciones acerca de qué buscar. Te puedes ir —dijo el gobernador, volviendo a su escritorio—. Y acuérdate, este es un asunto privado.

—Sí señor, entiendo. Gracias. Buenas tardes gobernador. —Antonio dio vuelta hacia la puerta y salió de la oficina.

Mantuvo la cara seria hasta que estuvo afuera. Tan pronto como el caluroso sol de la tarde golpeó su rostro lo saludó con una sonrisa. Por su mente corrían mil pensamientos y planes. Por sus esfuerzos de explorar la isla, algo que le agradaba hacer de todos modos, se convertiría en terrateniente. El dinero que había ahorrado sería suficiente para obtener semillas y tal vez incluso para comprar un par de animales. Sabía que iba a trabajar el doble de duro cuando lo hiciera para su propio beneficio. Por primera vez en su vida sintió que su futuro tenía propósito, y le gustó la sensación.

Eufórico por su éxito y con una maravillosa sensación de alivio de completar su visita al gobernador, se dirigió hacia el sur a través del poblado. Los que lo vieron tuvieron que mirar dos veces para reconocerlo. Antonio era más conocido por ser una persona relativamente seria, pero esa tarde flotó a través de Caparra con una sonrisa inexplicable en su rostro. Más allá de la pared que servía de perímetro defensivo, se encontró con la vereda hacia el interior de la isla. Después de un corto plazo pasó a otro sendero que lo llevó a un claro en la maleza utilizado como campamento por los taínos cuando visitaban a Caparra para negociar. Antonio estaba seguro de que el campamento y los negocios también eran utilizados por los taínos para espiar a los españoles.

En el tiempo transcurrido desde la fundación de Caparra, las relaciones con los taínos habían permanecido amigables. Varios caciques habían visitado a Ponce de León en el nuevo poblado. Antonio sirvió de intérprete en estas ocasiones y sabía que los taínos tenían curiosidad por las personas de raza blanca, pero también tenían cautela. Estaba seguro de que sabían acerca de los malos tratos recibidos por sus parientes en La Española.

Antonio vio a dos hombres taínos según se acercaba al pequeño claro. Desde lejos gritó un saludo. Antonio sabía que los taínos eran personas pacíficas, pero en La Española también aprendió que eran capaces de luchar. Era prudente no sorprenderlos cuando uno se acercaba a su campamento. Los taínos respondieron y Antonio se alegró de ver que eran los mismos dos hombres con quienes había hablado un par de días atrás. Él había hecho arreglos con ellos para que sirvieran como guías en su excursión al interior de la isla.

—Saludos, amigos —dijo Antonio cuando los hombres se acercaron, vestidos con taparrabos simples y adornados con joyería de concha.

Se había reunido con ellos varias veces antes. Parecían estar siempre juntos, al menos cuando visitaban Caparra. En sus conversaciones con ellos tuvo la sensación de que tenían gran curiosidad de los recién llegados a su mundo. En una visita anterior, cuando Antonio les pidió ser guiado al interior de la isla los hombres respondieron con entusiasmo

—Saludos —respondieron Taibaná y Moné en unísono. Los taínos eran, por lo general, de menor estatura que los españoles, con el pelo negro lacio y la piel profundamente bronceada. Taibaná era alto comparado con otros taínos, y esbelto. Su compañero, Moné, era más bajo de estatura, con los hombros anchos y una constitución sólida y muscular. Ambos tenían el pelo cortado de manera uniforme alrededor de la cabeza, parecido al estilo que Antonio había visto usar a los taínos de La Española.

—He hablado con mi cacique. Voy con ustedes a visitar a su gente —dijo Antonio sin demora. Sabía que los taínos eran sucintos en su hablar, lo cual ayudaba a Antonio, ya que su vocabulario era limitado y se le hacía más fácil ser conciso.

—Bien —dijo Taibaná—. Estamos listos.

—Necesito tres días. Entonces podremos partir —explicó Antonio.

Taibaná miró a Moné, quien asintió con un ligero movimiento de la cabeza, y luego indicó a Antonio que estaba de acuerdo.

—Estoy agradecido —dijo Antonio—. Nos encontraremos aquí.

De nuevo Taibaná y Moné mostraron su consentimiento, entonces se despidieron y volvieron a su campamento.

Antonio los observó mientras se alejaban. Desde sus días en África había admirado a los pueblos más primitivos. Envidiaba lo que aparentaba ser una vida menos complicada. Sus preocupaciones eran fundamentales: asegurar alojamiento, comida y seguridad. Por lo que Antonio podía ver, parecían alcanzar estos objetivos con el más mínimo esfuerzo. Contrastaban fuertemente con los europeos. A menudo, Antonio se preguntaba si la ropa más exuberante, los grandes edificios y las avanzadas herramientas y armamentos realmente ofrecían una vida mejor.

Pasó los siguientes dos días preparándose para el viaje. No era dueño de muchos bienes y no necesitó mucho tiempo para vender lo que tenía. Como veterano de varias expediciones terrestres Antonio sabía lo importante que era viajar ligero. Llenó una bolsa, teniendo en cuenta que tendría que cargarla por su cuenta sobre terreno montañoso.

Tal como estaba previsto, Antonio se reunió con el gobernador una vez más. Ponce de León describió su deseo de encontrar tierras llanas con un buen suministro de agua, cerca de un fondeadero para barcos o con fácil acceso a Caparra. Tenía planes de sembrar cultivos y criar ganado para comerciar con España. Quería propiedades de alta calidad para proveer a la futuras generaciones de su familia. Finalmente, también decidieron que Dos Santos volvería a reportarse con el gobernador en seis meses.

Su última noche en Caparra, Antonio salió de madrugada y en silencio enterró todo el dinero que había ahorrado durante años. Encontró un lugar apartado del pueblo donde el pequeño tesoro permanecería intacto. Planeaba regresar a estos ahorros cuando tuviera su tierra. Después de camuflar el escondite, regresó enseguida a la cabaña que compartía con otros hombres. La anticipación y la ansiedad le impedían dormir a pesar de que sabía que tenía que descansar para el largo día que venía.

Todavía en la oscuridad, mientras sus compañeros de casa disfrutaban del profundo sueño que llega antes del amanecer, Antonio recogió su vieja espada, un cuchillo y su mochila de viaje, cuidadosamente preparada de antemano, antes de salir silenciosamente de la cabaña. Se dirigió al extremo sur de la aldea devolviendo casualmente los saludos de aquellos pocos que ambulaban a esa temprana hora. Sus amistades sabían que ahora trabajaba para el gobernador y que salía a un viaje largo. Todo estaba listo para ejecutar su empresa. Sabía que el momento en que saliera de Caparra marcaría el fin de una etapa de su vida y el comienzo de otra nueva, la cual esperaba que lo guiara el resto de sus días.

Antonio se encontraba de ánimo contemplativo mientras caminaba al claro en el bosque donde lo esperaban sus nuevos compañeros. Según llegaba al campamento de Taibaná y Moné, las nubes en el horizonte empezaban a blanquear, perdiendo los tonos dorados del amanecer. Los árboles a su alrededor permanecían inmóviles, pero resonaban con el canto de los pájaros y coquíes, cuya canción de dos notas parecía florecer por todas partes en la isla.

—Saludos —dijo Antonio a los taínos. Observó que estaban empacados y listos para salir. Tal prontitud lo sorprendió; no daba lugar a la posibilidad de demora.

—Saludos, Antonio —respondió Taibaná.

Moné asintió en señal de saludo al recién llegado. Como solía ocurrir en sus conversaciones, Taibaná era el principal portavoz. Moné no dejaba de poner atención, pero permanecía en silencio la mayor parte del tiempo.

—Si salimos ahora, podemos llegar al yucayeque antes de la puesta del sol —sugirió Taibaná.

—Bien. Estoy listo —respondió Antonio, ansioso por entrar sin demora en la nueva etapa de su vida.

Una ligera sonrisa transformó el rostro de Taibaná. Era obvio que el guía taíno también estaba ansioso por ponerse en marcha. Antonio se preparó. Para llegar a la aldea taína antes del anochecer tendrían que mantener un ritmo agotador. A Antonio le gustaba Taibaná y su espíritu fogoso. Era amistoso, inteligente e interesado en aprender acerca de los españoles. Aunque apenas lo conocía, Antonio pensó que Taibaná personificaba muchas de las cualidades que le gustaría ver en su propio hijo, si alguna vez tuviera uno. Anticipaba tener una buena amistad con el joven taíno.

Moné dijo algo a Taibaná, demasiado rápido como para que Antonio lo entendiera, entonces recogió su bolsa y sus armas y comenzó a caminar hacia el sur. Taibaná, que ya cargaba su garrote, al que llamaban *macana*, y su arco y flechas, le señaló a Antonio que lo siguiera. De esta manera se encaminaron por el sendero rumbo al corazón de Borikén.

VII
CEIBA

Los dos hombres indígenas caminaban a un ritmo rápido y constante a través del bosque. De vez en cuando se detenían a esperar a Antonio. A pesar de que era fuerte, la condición física de Antonio no era atlética, y encontró difícil mantener el paso impuesto por sus compañeros, que eran más jóvenes y físicamente más fuertes. Alrededor de mediodía, con el sol en lo alto, se detuvieron al lado de un riachuelo para descansar y comer. Moné se puso en cuclillas balanceando su bolsa frente a él. De ella sacó una colección de frutas y un poco de pan sin levadura, *casabi*, elaborado con *yuca*. Sin preguntar, compartió la comida con sus compañeros. Antonio conocía el casabi por sus tratos con los taínos en La Española. Aunque le pareció un poco soso, era sustancioso y buena comida para los viajes. Estaba dispuesto a aceptar la comida que se le ofreció. Había traído un poco de pan y queso duro de Caparra, pero decidió guardarlo para otra ocasión.

Después de un rápido almuerzo Antonio se acerco al agua para rellenar la bota de vino que le robó a uno de sus compañeros de casa y que utilizaba como cantimplora. Sin disimular su curiosidad Taibaná lo siguió hasta el riachuelo. Bajo la atenta mirada de Taibaná, Antonio abrió la cantimplora y la llenó. Luego volvió a colocar la boquilla y sacó el pequeño tapón que permitía salir una estrecha corriente de líquido del contenedor. Al apretar el saco de cuero, Antonio dejo escapar un chorro de agua que llegó con facilidad al otro lado del riachuelo. Taibaná retrocedió con los ojos abiertos de sorpresa. Antonio sonrió y le ofreció el saco a Taibaná. El indio tomó el objeto y lo apretó. El chorro de agua golpeó a Antonio justo entre los ojos. Taibaná dejó caer la bota y dio un paso atrás. Temía la reacción del español. Moné mirando de lejos, dio uno pasos hacia adelante.

Antonio instintivamente volvió la cara y se llevó las mano a los ojos. Se escurrió el agua de la cara y se volvió a mirar a Taibaná. Intencionalmente le dio una mirada seria al joven por un segundo y luego se echó a reír. Taibaná miró a su amigo Moné, y de vuelta a Antonio y entonces comenzó a reírse de sí mismo. La relajación de tensión entre ellos fue casi palpable.

La mayor parte de la tarde caminaron hacia el sureste a un paso constante, cruzando una serie de colinas. Antonio se disponía a proponer un descanso cuando, de repente, el bosque desapareció. Habían llegado a un amplio claro de forma semicircular delimitado por un río al otro extremo de donde ellos se encontraban. Delante de ellos, empezando desde el borde del bosque, se extendía una zona agrícola con exuberantes jardines. Dos anchos caminos, que asemejaban calles bordeadas de pequeños árboles, dividían el área en forma transversal. Entre las parcelas cultivadas y el río en la distancia se encontraba un yucayeque taíno.

La aldea indígena se extendía bajo la sombra de un par de árboles gigantescos que crecían lado a lado, de forma imponente sobre los bohíos al extremo oriental. Las ramas de los árboles cubrían la mayoría del yucayeque. Cada árbol tenía un sistema de raíces enrevesado apuntalando los enormes troncos que surgían de ellas.

Bajo los árboles, el yucayeque consistía en unos veinte bohíos, organizados en forma de óvalo alrededor de una plaza central llamada el *batey*. El batey estaba delineado por una serie de rocas, algunas se destacaban por ser altas, otras más bajas, colocadas para crear figuras circulares y triangulares al contorno del rectángulo central de la plaza. Todos las estructuras del yucayeque estaban construidas de postes de madera y paja u hojas de palma. Los techos de los bohíos, en forma de conos invertidos, estaban enmarcados con postes y cubiertos con paja y hojas de palmas cuidadosamente tendidas. En el extremo oeste del batey se encontraba la casa del cacique, el *caney*, que era más grande que los bohíos, y contrario a estos, de forma rectangular.

—Este es mi hogar —anunció Taibaná con una mezcla de orgullo y alegría. Antonio podía entender la impaciencia del joven para ponerse en marcha esa mañana.

—Es un lugar hermoso —dijo el español.

Una vez más volvieron sus recuerdos de África. La aldea taína le recordaba a la aldea en la costa oeste de África que mucho tiempo atrás le sirvió de hogar durante varios años. Antonio podía apreciar la disposición ordenada del yucayeque, y como demostraba un fuerte contraste con la forma caótica de los asentamientos en que vivió desde que llegó de España. La Isabela y Nueva Isabela, en La Española, fueron abandonadas antes de quedar bien establecidos, y Caparra tenía solo un año desde su fundación. Sólo Santo Domingo, después de varios años de estabilidad y trabajo, había comenzado a tomar cierta forma que un visitante podría considerar agradable.

—¿Tiene nombre tu yucayeque? —Antonio le preguntó a Taibaná.

—Ceiba —contestó—. Como los árboles que lo protegen.

Con entusiasmo el joven taíno comenzó a caminar hacia la derecha, siguiendo un sendero que circundaba las tierras cultivadas que los taínos llamaban *conucos*.

Se acercaron a la aldea desde el oeste y fueron directamente al caney. Una vez los viajeros fueron vistos, la noticia se extendió rápidamente a todos los residentes del yucayeque. En cuestión de minutos todos los bohíos se vaciaron y los tres hombres se encontraron rodeados de los aldeanos que hablaban entusiasmadamente y examinaban con curiosidad al hombre blanco con barba. Antonio, cansado y con la excitación nerviosa de ser el centro de atención, vio como las caras de la multitud se fundían en una combinación de los rasgos de esta gente, con piel bronceada, pómulos altos, ojos oscuros y estrechos, y espeso cabello negro cortado en forma pareja alrededor de la cabeza, algunos con un mechón de pelo cayendo hacia abajo por la espalda. Además, no pudo dejar de notar que la mayoría estaban desnudos, sus cuerpos adornados con símbolos y diseños en colores brillantes.

Antonio estaba empezando a sentirse algo abrumado cuando, de repente, todos los presentes se quedaron en silencio. Tres hombres de apariencia seria se acercaron. El de delante llevaba joyas que lo identificaban como el cacique. Antonio lo reconoció, pero no dijo nada.

—Bienvenido, Taibaná. Bienvenido, Moné —dijo el líder en una voz fuerte que correspondía con la impresión que daban sus anchos hombros y su torso cuadrado.

—Estamos contentos de regresar a nuestro hogar, cacique Gurao. Traemos un visitante. Es uno de los hombres blancos y quiere vivir con nosotros. Habla bien y sabe reír. Su nombre es Antonio —dijo Taibaná explicando la presencia del hombre blanco.

Gurao miró atentamente a Antonio. Sus ojos inteligentes parecían absorber todos los detalles de este extraño que había entrado en su yucayeque. Lentamente, pero con confianza, caminó alrededor del nuevo visitante mientras continuaba su inspección. Antonio se mantuvo en calma y permitió que el cacique lo examinara.

—Te he visto antes en el yucayeque de los hombres blancos —declaró Gurao cuando terminó su inspección.

—Es un honor que se acuerde de mí —dijo Antonio sorprendido de que lo recordara.

En los primeros días de Caparra dos caciques se habían acercado a la villa. Uno de ellos era Gurao. En esa ocasión, Antonio sirvió de interprete a Ponce de León. Ese contacto inicial fue amistoso y las relaciones con los taínos seguían relativamente pacíficas.

Gurao asintió ligeramente. Antonio se dio cuenta que la mente del cacique deliberaba activamente la decisión de extenderle la bienvenida a este extraño. De repente, anunció su decisión en voz alta para que todos pudieran oír.

—Antonio, llegaste aquí con amigos. Seas bienvenido en paz.

—Estoy muy agradecido cacique Gurao —respondió Antonio respetuosamente.

Sin decir más, el cacique se volvió y entró en su caney seguido por sus dos escoltas. Esto puso fin a la ceremonia y al instante los tres viajeros fueron rodeados nuevamente por la multitud curiosa. Taibaná fue asediado por un grupo de mujeres de las que más tarde Antonio supo que eran sus hermanas y su esposa. Moné fue recibido formalmente por varios hombres y una mujer joven que actuaba tímidamente. Mientras tanto, Antonio era el centro de atención para los muchos que habían oído hablar de los recién llegados visitantes a su tierra, pero que nunca habían visto uno.

Después de unos minutos, Taibaná tomó a Antonio por el brazo y lo llevó a su bohío en el extremo opuesto del yucayeque, más cerca de las enormes ceibas. Moné seguía de cerca. Cuando empezaron a caminar, la multitud se dispersó; todos regresaron de nuevo a sus tareas diarias. Sólo los niños pequeños continuaron con ellos, riendo y retozando mientras cruzaban el batey.

Taibaná vivía en un bohío cubierto por las ramas expansivas de las ceibas. Estas proveían sombra hasta bien entrada la tarde, cuando los dorados rayos de sol lograban colarse por debajo de las ramas. Adyacente a la casa de Taibaná había un segundo bohío ocupado por sus padres y dos hermanas. Un sendero muy gastado conectaba ambos hogares. La exuberante vegetación que arropaba los dos bohíos también servía para unirlos.

El área alrededor de la entrada del bohío estaba cuidadosamente organizada con flores y un colorido seto de arbustos. El interior era sorprendentemente amplio. Dos hamacas colgaban de los postes de soporte, algunos artículos del hogar se encontraban apilados cuidadosamente en el suelo o en estantes, mientras otros colgaban del techo. En lo alto, cerca de la cúspide de la cubierta cónica, Antonio notó que colgaba una bolsa de malla, llena de lo que parecían ser huesos.

Antonio estaba intrigado por esta oportunidad de aprender más acerca de los taínos. En La Española las relaciones entre ellos y los españoles habían sido belicosas desde el principio. Tuvo la oportunidad de visitar varios yucayeques en los primeros días de la colonización. Sin embargo, se trataba de visitas formales, donde se desempeñó como intérprete y los blancos siempre fueron vistos con recelo, y cuando no, con hostilidad absoluta. La única vez que llegó a establecer relaciones más personales con los taínos fue cuando trabajaban y vivían con los españoles, por lo general como esclavos.

—Te quedarás aquí conmigo y Mayaco —dijo Taibaná a Antonio, señalando a su esposa.

Mayaco era una joven pequeña y hermosa. Tenía el pelo y tono de piel típica de su gente, pero era la forma en que su rostro se iluminaba cuando sonreía que acentuaba su atractivo. Se aferró al brazo izquierdo de Taibaná como si nunca lo fuera a soltar.

—Vamos a colgar una hamaca adicional más adelante —concluyó sonriendo mientras miraba los ojos adoradores de su esposa.

En respuesta a una señal tácita, Moné dio un golpe a Antonio en el hombro y señaló que lo siguiera. Cuando salieron del bohío, una lona tejida cubrió la puerta desde el interior. Antonio se sonrió en silencio.

Una radiante puesta del sol plateada expuso en silueta colinas que ocultaban el horizonte lejano. En anticipación a la noche, se encendían fogatas delante de los bohíos. Moné llevó a Antonio al vecino hogar de los padres de Taibaná. Allí fueron recibidos y les ofrecieron comida—un espeso guiso de verduras, casabi y fruta. Había sido un día largo y ahora que la emoción de llegar al pueblo se pasaba, Antonio recordó lo hambriento que estaba. Siguiendo el ejemplo de Moné, comió lo que se ofrecía. La familia de Taibaná miraba al español con curiosidad, pero no trataron de establecer conversación. Esto no le molestó a Antonio, que solo quería concentrarse en su comida.

Después de comer, expresaron su agradecimiento

y caminaron hasta el río donde se lavaron e hicieron sus necesidades. A medida que volvían a los bohíos vieron a Taibaná y Mayaco de pie junto a la fogata frente al hogar de sus padres. Una vez juntos, Moné se despidió de Taibaná y su familia y se dirigió a otro bohío.

—Él va a dormir en el bohío de su mujer —explicó Taibaná en respuesta a la mirada perpleja de Antonio.

—¿Estás cansado? —preguntó Mayaco, atenta a las necesidades de su huésped.

Antonio pausó un par de segundos antes de responder con un categórico *sí*.

Mayaco lo llevó al bohío que sería su hogar en Ceiba. Le mostró su hamaca y se aseguró de que tenía todo lo que necesitaba para pasar la noche. Acostándose en su hamaca la necesidad de sueño lo abrumó con rapidez. Cayó dormido pensando en lo sorprendido que estaba por la bondad y ternura de Mayaco. Había estado viviendo entre hombres vulgares por demasiado tiempo; no se había dado cuenta de lo mucho que extrañaba la compañía de mujeres y su capacidad de traer dulzura a la vida de un hombre.

Una a una, las fogatas en todo el yucayeque fueron extinguidas y todos los sonidos humanos quedaron en silencio. Era el momento en que la naturaleza ofrecía su serenata a sus crías. Las ranas del río, junto con los coquís y los grillos de tierra, combinaron sus cantos para crear una canción nocturna de complejidad mística. La música rodeó toda la aldea en una canción de cuna que llevó a su benévola gente a las profundidades del sueño.

La mañana siguiente, Antonio abrió los ojos y sufrió la inquietud común de los que despiertan en un lugar extraño. Miró a su alrededor y se dio cuenta de que estaba solo en el bohío. Se tomó unos minutos para recordar los acontecimientos del día anterior y su misión de explorar y aprender sobre esta tierra. Con un poco de cuidado se levantó de su hamaca y salió afuera. La aldea estaba llena de gente, ocupados en diferentes tareas. Se les podía ver pescando en el río, atendiendo los conucos y reparando sus bohíos. Un pequeño grupo de personas se reunieron alrededor del caney del cacique.

Al no ver a ninguno de sus compañeros, Antonio regresó al bohío y comió un rápido desayuno de pan y queso que trajo de Caparra. Cuando salió de nuevo, se encontró con Taibaná.

—Duermes mucho. ¿Todos los hombres blancos

duermen tanto? —preguntó el taíno en tono de broma, pero no sin curiosidad.

—No. Estaba cansado por la larga caminata. Normalmente me levanto temprano —explicó Antonio.

—Hoy te quedas conmigo —dijo Taibaná cambiando abruptamente de tema—. Más tarde te encuentras con Gurao.

Ese día, ya acortado por dormir tarde, pasó como un torbellino. Antonio llegó a ver gran parte del yucayeque y conoció a muchos de sus habitantes. Descubrió que estaba teniendo algunas dificultades acostumbrándose a los taínos y a su entorno. Sus previas visitas a otros yucayeques habían sido cortas y no proporcionaron experiencia adecuada para acostumbrarse a las diferencias en el estilo de vida que estaba presenciando en Ceiba. Más difícil para él era la costumbre taína de no llevar nada de ropa. Se dio cuenta de que la mayoría de los adultos vestían algún tipo de joyas hechas de conchas, piedras o madera. La mayoría de ellos también pintaban sus cuerpos en colores brillantes. Sin embargo, a excepción de las mujeres casadas o como protección al realizar ciertas tareas, los taínos comúnmente andaban desnudos. Esto hizo mella en Antonio que estaba acostumbrado a la vestimenta conservadora española. A pesar de que sabía de antemano que los taínos no se cubrían a sí mismos, nunca había tenido la experiencia de ser la única persona que llevaba ropa y no pudo evitar sentirse cohibido.

Le resultaba particularmente difícil acostumbrarse a ver mujeres desnudas. Los asentamientos del Nuevo Mundo no tenían muchas mujeres. A menudo, pasaban meses en que las únicas mujeres que veía existían en las memorias de su mente. Ahora, de repente, Antonio se encontró en medio de una comunidad de mujeres hermosas que sólo usaban pintura para cubrir sus cuerpos. El punto de vista de Antonio, sin embargo, fue positivo. Nunca había compartido la opinión de muchos de sus compañeros marineros de que los indios eran como animales. Su experiencia en África le había enseñado a apreciar las culturas nativas y sabía que los taínos tenían mucho que ofrecer. Después de unas horas de visitar y hablar con diferentes personas, la indiferencia de los taínos se le transmitió a Antonio y él comenzó a sentirse más a gusto entre ellos.

Antonio se dio cuenta de que las personas se mantenían ocupadas, pero que no había prisa en sus actividades. Cualquiera que fuera el trabajo, parecían confiados y las tareas se completaban con facilidad. La estructura social taína incluía a los *nitaínos*, quienes actuaban como asistentes del cacique y retenían una posición de importancia, y los *naboría*, que eran el equivalente a la clase trabajadora de los taínos. Los naboría trabajaban bajo la dirección de los nitaínos.

Todo el día la risa de los niños se oía de fondo. A lo largo de la tarde, los hombres, por lo general en grupos de dos o tres, regresaron a la aldea con las presas de sus incursiones de caza y pesca. Las aves y los peces se entregaban a las mujeres que estaban cocinando en distintas fogatas.

A última hora de la tarde, un joven de aspecto serio trajo noticia de que el cacique Gurao deseaba reunirse con el visitante. Sin demora, Taibaná llevó a Antonio al cacique. El caney de Gurao tenía un techo levemente inclinado que se extendía del lado sur, con vistas al río y las colinas más allá. Un grupo de hombres estaban sentados a la sombra de ese techo, alrededor de un pequeño fuego y fumando de una pipa similar a otras que Antonio había visto en La Española. Los dos visitantes se acercaron al grupo sentado y esperaron a ser presentados. Después de otra ronda de la pipa, Gurao invitó a los recién llegados a sentarse con un gesto.

—Saludos, Antonio —declaró el cacique formalmente.

Estaba sentado en un *dujo*, una silla baja suntuosamente tallada, dando espalda al caney y de frente al panorama del río. Sobre su pecho colgaba un guanín, el disco de oro, curiosamente tallado, que era simbólico de su autoridad como cacique.

—Saludos, Gurao —respondió el español con cautela después de tomar su asiento frente al cacique.

No estaba seguro de qué esperar de este encuentro con Gurao, pero sabía que era importante mostrar respeto al cacique. Su destino estaba en manos de este hombre. Con el apoyo del cacique podría pasar a otras aldeas y continuar con su misión; pero sin él, podría morir en Ceiba y nadie en Caparra se daría cuenta, ni le darían cuidado.

Gurao procedió a presentar a sus tres compañeros: dos ancianos y Yuquiel, el chamán o *behique* para el yucayeque. Los dos ancianos parecían gemelos sentados juntos a la derecha del Gurao. Tenían arrugas profundas en el rostro y mechones de cabello blanco que contrastaban con el restante pelo negro. Yuquiel se sentó cerca del cacique y frente a los ancianos. El behique era un hombre pequeño con los ojos alerta y el pelo largo que llegaba a media espalda. Iba adornado con varios amuletos que colgaban de su cuello y pulseras en los tobillos y las muñecas.

—Tu gente ha estado en Borikén por más de un ciclo de las estaciones. Eres el primero que veo solo. ¿Por qué dejaste a tu gente? —preguntó Gurao sin perder tiempo en ir al grano.

Antonio tuvo la misma sensación que cuando se entrevistó con Ponce de León. Sabía que sus respuestas dictarían las decisiones del cacique.

—Soy recién llegado a Borikén. Ustedes viven aquí. Viajo para aprender acerca de ustedes y de Borikén para que podamos ser buenos vecinos.

—¿Tu gente permanecerán en Borikén?

—Sí. Construyen Caparra como su hogar. —Antonio quería ser honesto, pero no veía ninguna ventaja en dar demasiados detalles. De todas formas, no tenía idea de si Gurao aceptaba sus respuestas. El cacique permanecía sentado estoicamente, ni su rostro, ni su tono de voz delataban la menor idea acera de sus pensamientos.

Gurao guardó silencio durante unos momentos antes de hacer su siguiente pregunta. Entre otras cosas estaba considerando qué hacer con su visitante. ¿Debía permitir que se quedara? ¿Representaba un peligro para su pueblo? Gurao había conocido al cacique de los blancos y lo recordaba como un hombre corpulento con pelo puntiagudo en la barbilla. También recordó cómo Antonio sirvió de intérprete y el respeto que mostró a su cacique. Basándose en sus observaciones, Gurao estaba seguro de que Antonio no era una persona de gran posición en su pueblo. El tratar de influenciarlo no afectaría las acciones de los hombres blancos en Caparra. Sin embargo, Antonio ofrecía la oportunidad de aprender más acerca de los recién llegados. Además, pensó que, como estaba solo, no era una amenaza para su yucayeque; y esta era la principal preocupación de Gurao como cacique.

—¿Cuéntame de tu gente? —preguntó finalmente.

Antonio esperó un instante para ordenar sus pensamientos antes de responder.

—Nuestro cacique es Juan Ponce de León. Él es un gran guerrero. Vivimos en yucayeques como Caparra, con casas de madera y piedra. Comemos verduras, pescado y carne. Tenemos conucos como ustedes, para cultivar nuestro alimento. También tenemos animales que criamos en nuestros pueblos para comida.

—Tenemos yucayeques en Aytí —continuó, usando el nombre taíno de La Española—, pero nuestra tierra de origen, llamada España, está muy lejos, al otro lado del mar. Viajamos en canoas, mucho más grandes que las de ustedes, llevando muchas personas y sus cosas.

La mayor parte de lo que el español dijo, Gurao ya lo sabía. Había visto las grandes canoas que llevaban a los hombres blancos, y los edificios de piedra en Caparra. De la presencia de hombres blancos en la vecina Aytí, se había informado en reuniones de caciques. Gurao estaba interesado en saber que los hombres blancos cultivaban sus propios alimentos. En su breve visita a Caparra había visto algunos pequeños conucos, pero no se veían muy productivos. Tampoco entendía cómo podían criar animales. En Borikén no existían grandes mamíferos terrestres, por lo tanto, la cría de animales era un concepto ajeno a la cultura taína de la isla.

—¿Qué animales crían? —pregunto Gurao.

—Tenemos muchos animales; algunos para comida y otros para el trabajo. No sé sus nombres en su idioma.

Gurao asintió comprendiendo.

Instado por una idea, Antonio se inclinó hacia el fuego y agarró el extremo de un trozo de madera. Usando la punta endurecida al fuego comenzó un tosco dibujo de un caballo en el suelo arcilloso. Los taínos a su alrededor observaban con interés. Después de un par de minutos se detuvo, apuntó a la figura y explicó que era un caballo. Gurao se puso de pie para mirar por encima del hombro de Antonio.

—Conozco ese animal. Lo vi de pie detrás de tu cacique cuando fui a Caparra. Pensé que era un monstruo —exclamó.

—Usamos los caballos para trabajar. Son muy fuertes. Nos cargan y mueven cosas pesadas —explicó Antonio.

Uno a uno, Antonio dibujó para sus anfitriones esbozos de los animales más comunes en granjas y explicó cómo eran utilizados. Gurao sólo pudo reconocer a los perros, el otro animal que había visto en su corta visita a Caparra. Sospechaba que los demás animales eran los mismos que, varios años antes, los hombres blancos habían dejado libres en una playa del oeste de la isla. Los taínos del cacique Urayoán observaron a los visitantes con los animales en la playa, y desde entonces se habían visto a los extraños animales en las proximidades de algunos yucayeques del oeste.

Antonio se sentía más cómodo. Era evidente que el cacique y sus consejeros simplemente tenían curiosidad acerca de sus nuevos vecinos y su manera de vivir. Sus preguntas eran básicas y razonables, teniendo en cuenta que no sabían nada de los europeos.

Después de regresar a su asiento el chamán se acercó a Gurao y tuvieron un breve intercambio en voz baja. El cacique se volvió hacia Antonio.

—Háblame de tus dioses y sus poderes. —Obviamente, estaba tratando de aplacar la curiosidad de Yuquiel.

La sensación de confianza que Antonio sentía, se desinfló de repente. La religión era un tema que prefería evadir. Los temas de religión y política tendían a crear problemas. Antonio había visto más personas sufrir por sus opiniones y creencias que por cualquier otra causa. Una vez más decidió que la verdad, aunque fuera limitada, era la estrategia más prudente para responder a preguntas sobre la religión.

—Tenemos un solo Dios y él tiene todo el poder —dijo Antonio.

—¿Cómo puede ser? —interrumpió Yuquiel—. Un dios que es responsable de lo bueno y lo malo. Esto no es posible.

Con una mirada brusca a Yuquiel, Gurao señaló a Antonio para que continuara.

—Tenemos behiques llamados sacerdotes. Ellos enseñan acerca de Dios. Nuestro Dios es bueno, somos como sus hijos. —Antonio tuvo que hablar de forma sencilla porque le faltaba gran parte del vocabulario necesario para explicar términos religiosos, y porque no tenía idea de cómo empezar a explicar los principios del catolicismo a los taínos.

Yuquiel estaba a punto de decir algo cuando el cacique lo detuvo.

—Ya es suficiente —dijo con firmeza—. Otro día hablaremos de nuevo.

—Eres bienvenido a quedarte en Ceiba —dijo dirigiéndose a Antonio. Entonces, sin pestañear sus ojos, se volvió hacia el joven taíno sentado con Antonio.

—Taibaná —dijo claramente—, es tu invitado.

Terminó su declaración con un gesto de despacho. Taibaná inmediatamente se incorporó y Antonio siguió sus pasos. Gurao dirigió su atención a otros asuntos y, sin decir otra palabra, los dos hombres dejaron la consulta con el cacique.

Antonio sintió alivio de que el interrogatorio terminara. Le pareció que todo había ido bien; no insultó a nadie y había sido aceptado como invitado en el pueblo. No estaba seguro de lo que se esperaba de él en calidad de invitado, pero contaba con Taibaná para hacérselo saber.

VIII
AIMÁ

Dos semanas pasaron y Antonio no podía recordar la última vez que había estado tan relajado y feliz. «Tal vez —pensó—, no desde su tiempo en Dikya, con Ayainda, en África». Sus 17 años en el Nuevo Mundo habían estado llenos de trabajo y decepciones. Había pasado la flor de su vida persiguiendo un sueño, sin nada que mostrar por ello. Ahora, esta gente sencilla le estaba enseñando que había otros destinos además de ése tan difícil que él se había propuesto para tratar de lograr su sueño. Era irónico que la vida sencilla de los taínos parecía proporcionarle todo lo que podía desear, sin las complicaciones del sistema español de terratenencia. Antonio pudo ver el valor de la forma en que los taínos llevaban sus vidas.

Como huésped en el yucayeque, Antonio recibió atención para que estuviera cómodo. Dormía en el bohío de Taibaná y compartía la vida de la familia extendida de su anfitrión. Los taínos eran un pueblo sociable, por lo que no fue difícil para la familia de Taibaná absorber a otra persona en su hogar. Además, tener al hombre blanco como su invitado trajo un nivel de distinción a la familia, y los enalteció en el yucayeque.

Como Antonio había esperado, él y Taibaná se habían convertido en buenos amigos. Compartían mucho tiempo en varias tareas alrededor del yucayeque. Juntos pescaban en el río, ayudaban a recoger madera y hojas de palma para un nuevo bohío, y trabajaban en el techo de paja de su propia vivienda. A Antonio le gustaba la forma alegre en la que el joven taíno vivía su vida. Era obvio que Taibaná estaba exactamente donde quería estar en su vida—donde necesitaba estar.

En lo más profundo de su ser, Antonio estaba celoso. Nunca había podido tener ese sentido de pertenencia a un lugar y estar cómodo consigo mismo. Siempre había algún otro lugar donde hubiera preferido estar, alguna otra cosa que hubiera preferido hacer. De niño vivió en la extrema pobreza, su madre no pudo dedicarle tiempo, y su barrio era peligroso y feo. Los buenos recuerdos de su niñez eran cosa rara: la mano de su madre sobre su frente cuando estaba medio dormido en la cama; un cliente de buen corazón contándole historias de sus aventuras en el mar; la vez que encontró una moneda debajo de una mesa. Más tarde, su vida de marinero fue una lucha constante de supervivencia, compartiendo escasos recursos con hombres que eran mayores, más grandes y más violentos que él. De nada servía que el capitán Alfonso Pedroza guardara un lugar especial en su alma oscura para los miembros más jóvenes de su tripulación. Su situación mejoró bajo el mando de Francisco Dos Santos, quien no necesitaba de amenazas y violencia para ser líder de su tripulación. No obstante, la vida de marinero seguía siendo competitiva y brusca, con cada hombre teniendo que demostrar su masculinidad a través de la fuerza y habilidad, y con una buena dosis de manipulación política.

Estando con los taínos empezaba a creer que tal vez, por fin, había encontrado su lugar. No se olvidó de su contrato con Ponce de León. Además, su mente se aferraba obstinadamente a ese sueño de toda la vida de obtener un predio a su nombre. Sin embargo, por primera vez, Antonio cuestionó su sabiduría. ¿Había otros caminos que podía seguir? Mucho antes, en Dykia, se había enfrentado a una decisión similar. Entonces era un adolescente con un mundo de oportunidades y el apoyo de un buen hombre, Francisco Dos Santos, guió su decisión. Ahora, con toda una vida a sus espaldas, se sentía capaz de considerar un cambio de planes para su vida si se le presentaba la oportunidad. Se preguntó si los taínos le estaban mostrando el camino.

Una mañana, Antonio se despertó antes del amanecer. Taibaná y Mayaco aún dormían. Se dio cuenta de que la canción usual del bosque nocturno estaba callada. En silencio permaneció en su hamaca dándole al sueño toda oportunidad de conquistar su desvelo. Pero no sucedió. En vez, quedó completamente despierto. Decidió ir al río para lavarse y esperar el amanecer. Con cuidado, se deslizó fuera de su hamaca y salió del bohío. El pueblo estaba en silencio. En lo alto, por encima de las ramas de los árboles protectores, el cielo sin luna estaba despejado y cubierto con un manto de estrellas.

Caminó hacia el río, pasando los bohíos vecinos silenciosamente. Según se acercaba al agua, la silueta de una mujer surgió de la luz de las estrellas. Acercándose llamó en voz baja para anunciarse y no alarmarla.

—¿Quién está ahí? —preguntó la mujer en una voz que Antonio creyó reconocer.

—Antonio, el hombre blanco —respondió.

—¿No te dio mi hermano una hamaca cómoda? —dijo la mujer con una risa ligera.

—¿Aimá, eres tú?

—¿No me reconoces? —respondió juguetonamente.

—¿Qué haces aquí a estas horas?

—Estaba esperándote —dijo sin pausa y en toda seriedad.

Antonio sintió una oleada de sensaciones subir por su espalda y luego precipitarse hasta sus pies. Algo en la forma en que dijo el último comentario lo expuso a sentimientos que no había experimentado en mucho tiempo. Sabía de las desgracias románticas sufridas por Aimá y se había permitido fantasear acerca de ella. Sin embargo, hasta ahora, nunca había tenido indicación que podría estar interesada en él.

Aimá era la hermana mayor de Taibaná. Era una mujer hermosa, de apariencia robusta. Alta en comparación con otras mujeres taínas, con senos bien formados que complementan perfectamente sus generosas caderas y un vientre suavemente redondeado. Aimá nunca se había casado. En dos ocasiones, años antes, tuvo pretendientes; las dos veces los hombres murieron mientras la cortejaban. Uno de ellos murió en una escaramuza con los indios caribes; el otro, compartiendo una hamaca con ella. Desde entonces, ningún hombre le había dedicado su atención. Luchó contra la tristeza de su soledad con la fuerza de su reconocido sentido del humor. A veces su poderosa risa se oía en todo el yucayeque, ahogando el sonido estrepitoso de los niños jugando. Ella compartía su amplio espíritu con todos en el pueblo, pero especialmente con los niños. El amor que no podía compartir con hijos propios se lo dio en abundancia a los del yucayeque.

Con Antonio aproximándose, ella se volvió hacia el agua y se sentó en una roca que había sido utilizada para ese propósito muchas veces antes. Él se sentó junto a ella. La luz de las estrellas bastaba para verse el uno al otro con claridad pero rodeado de sombras. El río gorgoteaba suavemente a sus pies con sus aguas avanzando ansiosamente hacia el mar.

—¿Cómo sabías que estaría aquí? —preguntó Antonio.

—No lo sabía, pero aquí estás —dijo ella. Vio la expresión confusa en el rostro de Antonio y miró hacia el otro lado del río. Después de un momento continuó— Algunas noches vengo aquí a mirar el río. Es mejor que estar sola en mi hamaca. Esta noche yo sabía que el río me traería un regalo.

—No podía dormir tampoco. Vine aquí a esperar el amanecer. Tal vez el río también me ha dado un regalo.

—¿Aceptas tu regalo? —Aimá preguntó, sentada con su espalda recta, volviéndose a mirar a Antonio a los ojos, sin esconder nada de sí misma.

Antonio sintió tal emoción que quedó paralizado. Después de unos segundos que parecieron una eternidad, se acercó más a Aimá. Moviéndose lentamente, consciente de cada momento, la besó. Un beso suave, sin prisa, destinado a calmar la sed de dos personas que no habían bebido por muchos años.

Al final, ella se apartó. Tomando su mano, lo llevo río arriba donde había una conjunto de peñascos que el río había pulido. Allí, bajo un manto de estrellas, hicieron el amor. En su pasión fundieron las diferencias de sus culturas. Allí, la esperanza eterna de la humanidad fue llevada a un clímax de realidad por el suave balanceo de dos cuerpos encontrándose por primera vez.

A la madre de Aimá le tomó solo un instante pare darse cuenta de que Antonio y su hija eran amantes. Al fin del día todos en el yucayeque estaban enterados. Dondequiera que iba Antonio fue recibido con sonrisas sapientes, y en algunos casos, con un comentario coqueto. Toda esta actividad reflejaba el cariño que la gente le tenía a Aimá. Había esperanza de que el visitante le brindara la compañía que tan obviamente anhelaba y que ninguno de su propio pueblo se atrevía a darle.

La relación de Antonio con Aimá no cambió mucho su rutina, ya que él había estado viéndola diariamente mientras asistía a Taibaná con sus quehaceres. Cuando querían privacidad la encontraban en cualquiera de sus bohíos. Por la noche ella iba a su hamaca, poniendo fin a sus noches de soledad. El regocijo que sentía en su relación con Aimá reforzó en Antonio su deseo de permanecer con los taínos. El contrato con Ponce de León ahora le parecía de poca importancia. Su sueño de ser dueño de una finca empezaba a desvanecerse ante la opción mucho más atractiva de vivir en Ceiba con Aimá a su lado.

IX
LA CAZA

Una radiante mañana, refrescada por una fuerte brisa del noreste, Antonio se encontraba hablando con Aimá frente a su bohío. Al otro lado del batey, más allá de los bohíos, el viento azotaba los cultivos ya crecidos. Arrodillada cómodamente, Aimá molía yuca expertamente para la preparación de casabi, el pan de los taínos, que servía como elemento básico de su dieta. Antonio disfrutaba la refrescante brisa sobre su torso descamisado. Había adoptado el vestido taíno para sí mismo, excepto que su modestia española requería el uso de un taparrabos, aún cuando no había ninguna necesidad práctica para ello. El resto de su cuerpo estaba cubierto generalmente con pinturas en los mismos patrones utilizados por Taibaná. Además de ser decorativa, descubrió que las pinturas ayudaban a proteger su piel del sol y de los insectos.

Taibaná, que había sido llamado al caney por el cacique Gurao, se acercó a la pareja irradiando entusiasmo.

—¡Amigo, mañana vamos a cazar *carey*! —exclamó, refiriéndose a las tortugas marinas que eran consideradas un manjar en Ceiba.

—¿Dónde encuentras el carey? —preguntó Antonio.

—Hay una playa a un día de distancia donde vienen a poner sus huevos cada noche. Salimos mañana antes del amanecer y pasamos la noche allí —explicó—. Cuando volvamos tendremos carne para todos en el yucayeque y celebraremos la caza y la cosecha de los conucos con un *areito*.

Este último comentario puso una sonrisa en la cara de Aimá. Los areitos, celebraciones de baile y música que podían durar varios días, eran sus fiestas favoritas. Estaba contenta de que el areito de la cosecha por fin llegara; tenía mucho que celebrar. También sabía que Taibaná estaba siendo pretencioso, dando a entender que el areito celebraba la caza. Este areito se llevaba a cabo cada año para celebrar la cosecha, y todos sabían que el cacique estaba preparándose para anunciar la fecha del evento. Aimá también había notado que las muchachas del yucayeque se reunían para preparar *chicha*, la bebida principal del areito. La chicha se preparaba con el jugo de maíz masticado y necesitaba estar listo días antes del areito, a fin de que fermentara y se pusiera más potente. Sin embargo, no podía fermentar demasiado tiempo o sería imposible beberlo. La chicha era la bebida favorita de Gurao y él no se arriesgaría a perderla. Aimá estaba segura de que el areito se llevaría a cabo, sin importar los resultados de la expedición de Taibaná.

—Voy a ir con ustedes para asegurarme que los cuentos de la caza no se exageren —dijo Aimá para incitar a su hermano.

—Los hombres para la caza ya han sido seleccionados —le contestó.

—No te preocupes Taibaná, nadie me extrañará aquí. Además, yo puedo cargar más carne que cualquiera de los muchachos que van de caza contigo.

Taibaná la fulminó con su mirada. Su respuesta quedó frustrada porque sabía que ella tenía razón. Taibaná iba de caza con un grupo de jóvenes. La caza del carey no requería ninguna habilidad especial y no era peligrosa. No obstante, siempre resultaba una excursión emocionante para los jóvenes del yucayeque. Para algunos sería su primera contribución de alimentos para la comunidad. Taibaná también necesitaba gente para ayudar cargar las bolsas de carne y las conchas de carey de vuelta al yucayeque. Aimá, todavía sentada, miró a Taibaná y le regaló una sonrisa que derritió su corazón.

—Siempre haces lo que te da la gana. Necesitas un esposo que te diga qué hacer —dijo Taibaná, y automáticamente sus ojos miraron a Antonio.

—Ella no es mi esposa, amigo. Pero sí es tu hermana —Antonio le dijo a Taibaná con una sonrisa. Antonio había estado calladamente disfrutando la discusión entre los hermanos y sabía que era mejor no involucrarse.

—Muy bien, ven con nosotros. Me voy a asegurar de que cargues la bolsa más grande —dijo Taibaná a su hermana.

—Gracias hermanito, tendré cuidado de no caminar demasiado rápido para que no se queden atrás —dijo mientras su sonrisa pícara se convertía en una risa contagiosa que los dos hombres no pudieron resistir. Aimá sabía manipular a Taibaná para que hiciera lo que ella decía, pero a él no le importaba. Disfrutaba de la compañía de su hermana más que la de muchos hombres y sabía que podía contar con ella para trabajar más que nadie. Pasaron el resto del día organizando la excursión.

A la mañana siguiente, antes de la salida del sol, Taibaná pinchó a Antonio para despertarlo. Fuera del bohío, un grupo se seis niños de entre nueve y doce años estaban ocupados preparándose a la media luz de una pequeña fogata. Antonio se mojó la cara con agua de una vasija de barro y sacó la bolsa de viaje que había preparado la noche anterior. Le habían aconsejado viajar ligero, por lo que sólo llevaba un poco de fruta y casabi. Para este viaje se puso sus pantalones, sus botas y decidió traer su vieja espada. Para participar en una excursión de dos días se sentía más confiado con su ropa española.

Poco después llegó Aimá y pronto la pequeña banda estaba en camino. Siguieron la vereda a través de los conucos. La partida de Ceiba fue presenciada por las plantas maduras de yuca, maíz, maní y pimientos creciendo detrás de los pequeños árboles que bordeaban el camino. Más atrás, escondidas en la oscuridad, habían otras plantas que proporcionaban al yucayeque gran variedad de alimentos y fibras.

Entraron en el bosque a lo largo del mismo camino que llevó a Antonio a Ceiba. El grupo se organizó en una fila con Taibaná a la cabeza, seguido de los seis niños, Antonio, y Aimá de última. El denso bosque bloqueaba la mayor parte de la difusa luz estelar, por lo que se hacía difícil ver el suelo. La compañía se movía en silencio, ya que incluso para los ágiles taínos, la oscuridad del bosque exigía plena concentración mientras caminaban. Antonio se encontró con que tenía que esforzarse para mantener el paso de sus compañeros, que eran mucho más jóvenes que él y conocían el camino.

La primera luz de la mañana los encontró cambiando de sendero. El nuevo camino se desvió ligeramente hacia el este. Antonio no estaba seguro de a dónde se dirigían. Él había explorado el área alrededor de Caparra y había visto una serie de playas y lagunas al este de la aldea. Se preguntó si ese era su destino.

Alrededor de media mañana se detuvieron junto a un arroyo para descansar y comer. Para entonces, los niños ya estaban hablando y bromeando entre sí. Cada uno de ellos predecía la captura del carey más grande. Uno de ellos predijo que su carey sería tan grande que el behique contaría la historia de cómo un solo animal pudo alimentar a todo el yucayeque por días.

Los tres adultos se sentaron en las rocas junto al arroyo. Disfrutaban al escuchar las interminables bromas de los jóvenes. Taibaná recordó haber participado en una excursión parecida a esta.

—Llegamos a la playa tarde por la noche y encontramos mucho carey poniendo huevos —contó a sus compañeros—. Trabajamos toda la noche acumulando toda la carne que pudimos cargar. Apenas descansamos antes de regresar al yucayeque.

Estábamos tan cansados que ni siquiera nos emocionamos al llegar a Ceiba. Era la primera vez que habíamos trabajado tan duro. Ni siquiera después de jugar juegos y corretear durante todo un día me había sentido tan cansado. Sin embargo, también recuerdo el orgullo que sentí cuando el cacique nos dio las gracias por traer comida para el yucayeque.

«Estas fueron lecciones valiosas», pensó Taibaná. Y se preguntó cómo los niños bajo su cuidado soportarían el trabajo que les esperaba.

Continuaron moviéndose, cruzando colinas y valles estrechos. La vegetación cambió de densa selva tropical a un bosque más seco y abierto. Entrada la tarde, llegaron a la cima de una colina en un lugar donde un enorme árbol se había caído, despejando el área de ramas y abriendo una vista de la costa norte de la isla. Ante ellos, la tierra bajaba a la llanura costera. Poco más allá del fondo de la colina donde estaban parados, estaba la orilla de una gran laguna que llegaba casi hasta el océano. Antonio la reconoció de una visita previa. El camino que estaban siguiendo bordeaba el lado oeste de la laguna. Al este de la vereda, la tierra baja y los pantanos eran imposibles de cruzar a pie. Hacia el oeste, a lo lejos, Antonio vio la gran bahía utilizada por los residentes de Caparra. Estaba demasiado lejos para poder determinar si había alguna nave anclada.

—He visitado esta laguna antes —comentó Antonio—. Queda a medio día caminando de Caparra.

—¿Crees que veremos a algún español? —preguntó Taibaná.

—No creo —explicó Antonio—. Vamos a estar cerca de la laguna. Los españoles prefieren el terreno seco hacia el oeste.

Taibaná asintió comprendiendo.

—¿Llegaremos a la playa antes de que caiga el sol? —preguntó Antonio.

—Depende de lo rápido que caminemos —contesto Taibaná.

Sin aviso, como si la pregunta hubiera sido un desafío, Taibaná empezó a andar por el sendero a un ritmo más rápido. Los muchachos se apresuraron a seguir con Aimá y Antonio animándolos. En poco tiempo bajaron la colina y se esforzaron por alcanzar a Taibaná.

Al principio avanzaron rápidamente. El entorno consistía de árboles espaciados con hierbas cortas a sus pies. La topografía de ondulantes colinas descendía hacia la laguna.

Acercándose al borde del agua, llegaron a un punto bien definido de transición en la vegetación. El grupo súbitamente dio frente a una densa espesura de manglares que crecían a lo largo de un arroyo que alimentaba la laguna. Estos árboles, con su telaraña de raíces, parecían formar una barrera impenetrable.

—Síganme como antes —dijo Taibaná—. Cruzaremos los árboles y nadaremos al otro lado.

Sin otra palabra Taibaná se incorporó en la maza del manglar. Los niños lo siguieron uno a uno. Con gran agilidad se trasladaban de raíz a raíz imitando a su líder. Antonio iba más lento. Su físico más grande era una desventaja que se sumaba a su mayor edad cuando trataba de moverse a través de los espacios reducidos creados por las raíces enredadas. Además, su espada se atascaba continuamente contra el follaje. Aimá lo seguía pacientemente para no dejarlo solo.

El resto del grupo ya había cruzado cuando el español y la mujer llegaron al estrecho arroyo. En el lado norte del arroyo esperaba otra gruesa pared de manglares bordeando la orilla del agua. Poco a poco, los dos rezagados entraron en el agua color marrón, mientras trataban de mantener sus bolsas de viaje secas. El fondo del arroyo estaba cubierto de hojas y otra materia orgánica, que, mezclada con arcilla fina creaba un barro espeso y pegajoso. Antonio cometió el error de pisar firmemente en el fondo, y al instante se hundió hasta las rodillas. Tuvo que extraerse haciendo palanca con una rama de mangle. De la otra orilla podía oír a los niños riendo, disfrutando del espectáculo.

—Ven Antonio —lo llamó Aimá en medio del arroyo—. No puedes caminar. ¡Nada!

Maldiciendo entre dientes, se dejó caer en el agua y salpicó la corta distancia hasta el otro lado. Le entregó su bolsa a uno de los niños y se trepó de nuevo en las raíces. Una vez más la compañía se echó a andar sobre las raíces del manglar. Esta vez, pese a la incomodidad de la ropa mojada, Antonio se aseguró de mantener el mismo ritmo que los muchachos, quienes jugaban mientras avanzaban brincado de una rama a otra.

Pasados los mangles, rápidamente buscaron un terreno elevado. Taibaná ordenó a todos que comieran antes de que oscureciera. Antonio se sentó con Aimá y compartieron su comida. Se sentía infeliz en sus pantalones mojados. Se dio cuenta de que se había acostumbrado a usar los taparrabos taínos y ahora se sentía confinado en su ropa europea.

—El mar está detrás de esa colina —dijo Taibaná

señalando hacia el norte—. Vamos directos al agua, y entonces caminaremos a lo largo de la orilla hasta llegar a la playa de los carey.

No les tomó mucho tiempo llegar a la colina que daba al mar. Desde allí podían ver las olas rompiendo en una costa arenosa. La vegetación a lo largo de la playa era en su mayoría arbustos con arboledas dispersas. Una estrecha línea de dunas cubiertas de hierbas y enredaderas llegaba hasta la orilla del mar. En diferentes puntos se podían ver manglares extendiéndose sobre el agua, desafiando al mar para crear más tierra. Los muchachos se animaron al ver el océano. Aún poseían una abundancia de energía y entusiasmo que Antonio encontró envidiable.

Casi a la carrera avanzaron hacia el mar. Con excepción de un encuentro con un grupo de arbustos espinosos, este último empujón al agua salada no tuvo complicaciones. Alcanzar el agua fue uno más de una serie de pequeños logros que resultaban en celebraciones por parte de los niños taínos. Los muchachos dejaron caer sus bolsas en la arena y riendo corrieron precipitadamente a entrar en el apacible mar. Los tres adultos siguieron su ejemplo. Las aguas frescas limpiaron sus cuerpos y recargaron los músculos cansados. Antonio se quitó sus botas y las vació del barro que había recogido al hundirse en el fango del manglar.

Con algo de esfuerzo, Taibaná consiguió que todos salieran del agua y se prepararan para la última etapa del viaje. Mirando hacia el oeste, los últimos rayos del sol iluminaban una punta de tierra en la distancia que marcaba el extremo opuesto de la curvada playa donde caminaban. Frente a ellos, hacia el este, estaba la arenosa punta de tierra que definía el otro extremo de la playa semi-circular.

La playa era estrecha, pero sin obstrucciones. Caminando por la orilla del agua avanzaron más rápidamente que en cualquier otro momento de su largo día de excursión. Ya oscuro, llegaron a la punta de tierra en unos pocos minutos. Adelante podían ver dos amplias playas arqueadas, similares a la que dejaban atrás. Taibaná señaló la segunda punta de tierra en la distancia; ese era su destino. El promontorio bajo a donde se dirigían podía verse bajo la luz de la luna creciente, formando una silueta contra las estrellas que se mezclaban con el mar en el horizonte. Había una brisa constante y suave que mantenía a raya a los mosquitos e hizo de ese anochecer la parte más agradable de su viaje.

El grupo llegó al final de la playa con la luna flotando libre sobre el horizonte. Les cerró el paso una entrada que fluía con aguas que originaban en un denso manglar que se extendía tierra adentro. La entrada de agua estaba bordeada por los mangles, creando otra barrera para la compañía de Ceiba. Esta vez, Taibaná los condujo por aguas poco profundas casi todo el camino alrededor de los árboles, hasta el borde de la entrada. Después de nadar a través de las aguas oscuras del canal, el fondo subió súbitamente y pudieron caminar de nuevo alrededor de los mangles en el lado norte de la entrada.

Una vez fuera del agua, el grupo se encontró frente a un promontorio rocoso dos veces más alto que Antonio. Treparon la piedra áspera coralina. Abajo, del lado de tierra, podían sentir el manglar pantanoso extendiéndose en la oscuridad. Desafiando a los rayos de la luna, el bosque salobre parecía atrapar toda la luz. No podían ver los árboles, pero podían sentir su presencia. El pantano era el origen de inquietantes sonidos raspantes y chasquidos, muy distinto a la melodiosa música nocturna del bosque de montaña. Instintivamente los niños se acercaron a los adultos.

—Casi hemos llegado —dijo Taibaná tratando de animar a los niños—. No se preocupen, no tenemos que cruzar esos árboles.

Siguieron el terreno alto a lo largo del promontorio que iba paralelo a la costa. Solo las plantas más resistentes podían tolerar el suelo rocoso y el salitre. Continuaron hacia el norte a lo largo de la cresta, abajo a la izquierda había una estrecha playa de arena, a la derecha, el manglar oscuro. Poco a poco el camino se volvió hacia el este y empezó a bajar hasta llegar a la arena de una playa. Las olas, impulsadas por el viento, rompían contra la playa. Delante de ellos, mirando hacia lo lejos, habían altas, pero estrechas, dunas de arena. Los mangles podían verse como sombras que abrazaban el lado interior de las dunas. Una variedad de hierbas, enredaderas y arbustos cubrían el terreno, atrapando y anclando la arena y ayudando a expandir las dunas.

—Las tortugas llegarán en cualquier momento —dijo Taibaná al grupo—. Vamos a extendernos a lo largo de la playa. Avisen en voz alta cuando vean una. Yo decidiré cual vamos a matar.

Después de descansar por unos minutos Taibaná fue con los muchachos para asignarles posiciones. Cada joven cazador se sentó solo a vigilar cuanta playa podía abarcar bajo la luz de la luna y las estrellas. Aimá y Antonio se quedaron en el lugar donde primero llegaron a la playa. Mientras Antonio recolectaba leña, Aimá hábilmente encendió una pequeña fogata en un hoyo que cavó en la arena. Al poco tiempo las llamas iluminaban la arena con un brillo dorado. Antonio se sentó junto a Aimá, quien yacía de espaldas mirando las estrellas. Rápidamente se quedó dormida, arrullada por la música rítmica de las olas.

Antonio miró al océano y su mente viajó a su otra vida como marinero. El mar había sido su compañero por muchos años, antes de llegar a las Indias. Echaba de menos esa vida, pero sabía que nunca podría—y realmente, tampoco quería—volver a ella. El tiempo permitía suavizar los recuerdos de sus años en el mar. Era fácil recordar su tiempo con Francisco Dos Santos, y olvidar su terrible experiencia con el Capitán Pedroza. Pero incluso con don Francisco, como él lo llamaba, su situación siempre fue algo impredecible.

Recordó la noche cuando fue convocado al camarote de don Francisco.

—Antonio —dijo —, voy a dejar el barco el mes que viene, cuando naveguemos a Cádiz. Es hora de dejar esta vida marina ingrata y regresar a mi hogar y familia. Seré más feliz si paso mis últimos años con ellos.

Un gran temor se formó en el vientre de Antonio; temor a ser abandonado como lo había sido en África; temor a perder a este hombre que era lo más parecido a un padre que había conocido.

—Te quiero como a un hijo —dijo don Francisco mirando a Antonio seriamente, pero con ternura—. Si te quedas en esta nave llegaras a ser un marinero viejo y nada más. A los propietarios no les importa la tripulación y no te puedo garantizar que el nuevo capitán no sea un hijo de puta. —Don Francisco podía ver la ansiedad en la cara de Antonio—. He oído —continuó antes de que Antonio pudiera decir algo—, que un capitán genovés navegó hacia el oeste y descubrió una nueva ruta hacia las Indias. Su nombre es Colón. Está planeando un segundo viaje y busca hombres para tripular una armada de barcos. —Antonio siguió mirando sin expresión, su vida estaba a punto de cambiar abruptamente y no había mucho que pudiera hacer al respecto—. Creo que debes considerar unirte a la tripulación de Colón. Habrán muchas oportunidades para un joven brillante como tú.

Habían pasado tantas cosas desde entonces; la despedida

de don Francisco sabiendo que nunca lo volvería a ver; los sentimientos de soledad, miedo y entusiasmo con su nueva aventura a las Indias; las luchas en el nuevo asentamiento de La Isabela; la expedición a través de La Española; la construcción de Santo Domingo y Caparra; y más recientemente, su vida con los taínos. Miró a su lado y vio a Aimá durmiendo. Durante años había querido y buscado permanencia y compañía en su vida; quería su propio hogar. Su corto tiempo con Aimá había reforzado este deseo y lo había hecho parecer más que un sueño. En silencio se inclinó, la besó suavemente y se acostó junto a ella. La caminata a la playa había sido físicamente exigente. Se dejó vencer por la necesidad de descanso que sentía su cuerpo.

—Taibanáaaaaa! —gritó el más joven de los niños.

Taibaná se levantó de donde estaba sentado, en el lado opuesto de la fogata de Antonio y Aimá.

—Quédate descansando si quieres —le dijo al soñoliento español mientras levantaba la vista para ver lo que estaba pasando—. A las tortugas les toma tiempo poner los huevos. No las tocamos hasta que terminan.

Antonio asintió con un ligero movimiento de la cabeza antes de voltearse a reclamar su cálido nicho en la nuca de Aimá. Taibaná se alejó del fuego para encontrarse con el niño excitado.

Minutos después otros dos muchachos avisaron a voz alta la arribada de más careyes. En poco tiempo una veintena de los grandes reptiles se arrastraban pesadamente a través de la playa hasta las dunas. Una vez allí, comenzaron a construir sus nidos mientras los niños observaban fascinados. En el agua los careyes son animales elegantes y ágiles, como pájaros en vuelo. Pasan sus vidas en el medio acuático, buscando tierra solo para completar su reproducción.

En tierra, sus movimientos son torpes; programados por instinto para completar su singular propósito y regresar al agua. El frágil vínculo con la tierra dentro del ciclo de vida de estos antiguos seres, había hecho posible que los taínos las cazaran con facilidad para usar su carne y sus caparazones.

Taibaná instruyó a los niños siguiendo las tradiciones transmitidas de generación en generación. Con gran respeto, seleccionaron dos de los animales más grandes. Siguiendo las instrucciones de Taibaná, los niños no las molestaron mientras ponían sus huevos. Antonio y Aimá se acercaron cuando la primera finalizó su tarea y empezó su regreso a las olas. Cuando llegó cerca del agua todos los jóvenes del grupo se arrimaron ansiosamente a un costado del animal y, haciendo un esfuerzo coordinado, levantaron al carey y la dejaron caer sobre su caparazón. Algunos de los muchachos gritaron emocionados. El viejo animal yacía indefenso, batiendo sus aletas ineficazmente en el aire, con la cabeza colgando hacia abajo, dejando al descubierto el pescuezo. Taibaná se acercó a la criatura y, sin vacilar, elevó su hacha y la dejo caer fuertemente haciendo un tajo profundo en el cuello del carey, matándola instantáneamente. De repente se hizo el silencio, sólo el oleaje permaneció inafectado.

—Alimentará a nuestro yucayeque —dijo Taibaná a los niños, algunos de los cuales habían retrocedido, espantados por la agudeza de la muerte que acababan de presenciar—. La recordaremos en el areito. Y ustedes —dijo señalando a los jóvenes juntos de pie—, siempre la tendrán en sus recuerdos de esta expedición.

Permanecieron en silencio por un largo rato. Entonces, el mayor de los muchachos se acercó solemnemente al carey y la tocó en homenaje silencioso. Los otros le siguieron instintivamente, como pidiendo perdón a la tortuga y, a la misma vez, agradeciéndole los regalos que estaban a punto de tomar de ella.

—Debemos ir por otro carey —dijo Taibaná con delicadeza.

Sabiendo lo que les esperaba, los muchachos se comportaron con más seriedad en el manejo del segundo animal. De nuevo se agruparon a un lado y la levantaron, pero les faltó fuerza para invertir al inmenso carey. Saltaron hacia atrás cuando soltaron al animal, que chocó fuertemente contra la arena y continuó avanzando hacia el océano. Los adultos se unieron a los jóvenes taínos y con un gran esfuerzo lograron invertir al carey en el segundo intento.

Esta vez, la muerte del carey fue menos impactante para los niños, porque ya sabían qué esperar. Después de que los niños repitieran su ritual de respeto con el cadáver de la bestia, Taibaná dividió al grupo en dos equipos para descuartizar los animales y preparar la carne y las conchas para el regreso a Ceiba.

Aimá llevó a Antonio y a dos de los niños al primer carey que mataron. El español le ofreció a Aimá un pequeño cuchillo que llevaba en una de sus botas y le mostró cómo se podía utilizar. Ella se maravilló de la capacidad del cuchillo para cortar limpiamente a través de los resistentes tendones del carey. Trabajando en conjunto con unos raspadores de piedra y la daga española, terminaron su trabajo mucho antes que Taibaná, quién trabajaba con el animal más grande y no tenía la ventaja de usar un cuchillo de acero. Luego, movieron el caparazón del carey al agua para terminar la limpieza y enjuagar su interior. Uno de los niños fue enviado a recoger algunas hojas gruesas de uva de playa para cubrir el fondo de los cestos de bejuco usados para cargar la carne.

Una vez terminada su tarea, el equipo de Aimá fue a ayudar a Taibaná y su grupo. Mientras trabajaban encorvados sobre el gigantesco caparazón, Aimá y uno de los niños comenzaron a preparar las cestas para la carne. El trabajo era arduo y sucio, aún así, todos en el grupo estaban entusiasmados con la idea de terminarlo y volver al yucayeque. Los jóvenes se imaginaban los rostros orgullosos de sus padres cuando regresaran con suficiente carne para alimentar a todos en Ceiba. En su entusiasmo, no pensaban en la larga caminata de vuelta con pocas horas de sueño. Su vigor aún todavía no había sido puesto a la prueba.

Aimá empezaba a preguntarse si el niño que envió a recoger hojas se había quedado dormido. «¿Por qué no estaba de vuelta?»

—Voy a ir a buscar a ese muchacho —le dijo a su ayudante.

Comenzó a caminar por la playa con los ojos fijos en las dunas de arena. De repente, de la oscuridad delante de ella vio a su joven pupilo corriendo desesperadamente hacia ella. El niño no se detuvo mientras se acercaba a Aimá.

—¡Corre! —gritó con voz de pánico mientras agarraba y tiraba de la mano de Aimá—. ¡Corre, hay caribes en la playa!

A la mención de caribes una sensación de frío corrió por la espalda de Aimá. Todos los taínos sabían acerca de los guerreros caribes. Eran el gran enemigo de su pueblo.

Conduciendo al joven con fuertes zancadas, Aimá corrió hacia los otros que estaban a punto de acabar su trabajo con el segundo carey.

—Taibaná —dijo Aimá esforzándose por mantener el control—, hay caribes en la playa.

—¡Es verdad, es verdad, yo los vi! —dijo el niño todavía de la mano de Aimá. El temor en sus ojos era inconfundible. Se aferraba a Aimá mientras se balanceaba de un pie al otro.

Taibaná se acercó al muchacho, se puso en cuclillas y lo miró a los ojos.

—Dime lo que viste —dijo con una voz calmante.

—Hay estos —dijo el niño levantando cuatro dedos—. Estaban saliendo de una canoa.

—¿Te vieron?

—No —dijo con certeza—. Yo estaba debajo de un árbol cuando los oí. Estaban hablando pero no les entendía.

—¿Viste algo más? —preguntó Taibaná pacientemente.

—Se veían espantosos y tenían armas.

Taibaná se levantó acariciando la cabeza del niño.

—¿Qué hacen aquí? —preguntó Antonio pensando en voz alta. Reconocía el peligro que enfrentaban; años antes Antonio había sido miembro de un grupo de desembarque que tuvo que luchar por su vida después de caer en una emboscada de los caribes en la isla de Santa Cruz.

—Parece ser un grupo de incursión —respondió Taibaná—. Deben haber visto el fuego.

Hizo una pausa, obviamente contemplando su siguiente paso. Taibaná sabía que el destino del grupo dependía de él.

—No voy a rendir la carne —anunció con una firmeza que no dejó dudas, los puños cerrados en su pecho—. Hay demasiadas huellas en la arena y no podemos huir de ellos. ¡Debemos enfrentarnos a los caribes y derrotarlos!

Su mente trabajaba, tratando de encontrar una manera de vencer a los enemigos. Su formación como cazador lo llevó a desarrollar un plan. Atraería a los caribes hacia una trampa, igual que haría con cualquier otra presa.

—Ustedes dos y Antonio quédense conmigo —dijo Taibaná señalando a los dos muchachos mayores—. Aimá, lleva al resto de los niños al pequeño acantilado y escóndanse en silencio. Vayan ahora, déjenlo todo. —Su tono de voz no permitía discusión alguna.

—Tengan cuidado —dijo Aimá a los dos hombres. Entonces se volvió y corrió al acantilado con cuatro de los niños.

Olvidándose de su hermana, Taibaná dirigió toda su atención a los dos muchachos que estaban con él.

—Ustedes van a atraer a los caribes a una trampa —dijo con lo que parecía una sonrisa—. ¿Cuál de ustedes corre más rápido?

—Yo —dijo el más bajo de los dos.

—Tú esperarás junto al caparazón del carey grande —dijo Taibaná dirigiéndose al muchacho más alto.

Con urgencia, Taibaná dio instrucciones al muchacho más veloz.

—Comienza a caminar por la playa hasta que te vean. Mantén tus ojos abiertos, trata de verlos a ellos primero. Tan pronto te vean, corre de vuelta al caparazón grande. —Taibaná estaba de un ánimo exuberante, viendo en su mente los resultados de su estrategia. Su corazón latía aceleradamente—. Después van a correr juntos bajo el acantilado, por la arena. Manténganse cerca de la pared del acantilado. Allí, Antonio y yo atacaremos por sorpresa. ¡Asegúrense de que los caribes los estén siguiendo! —recalcó a los muchachos—. ¿Entienden? —Ambos muchachos asintieron.

Colocando una mano sobre el hombro del primer corredor y mirándolo directamente a sus ojos, Taibaná le dio sus instrucciones finales.

—Ve ahora, presta atención y corre como si estuvieses volando.

El muchacho estaba nervioso, pero los eventos estaban sucediendo rápidamente y no le dio tiempo para mostrar dudas. La inofensiva caza de carey se había convertido en su reto personal y estaba decidido a no fallar. Con confianza, se volvió y comenzó a caminar por la playa a un ritmo acelerado. El corazón de Taibaná estaba lleno de orgullo al ver al joven taíno alejándose.

El corredor había aceptado sus órdenes sin quejas ni vacilación. Él sabía que para que un niño taíno caminara hacia una banda de caribes bien armados se requería un valor ejemplar, y se preguntaba si, de niño, hubiera sido igual de valiente. Taibaná no quería desperdiciar ese valor. Empezaba a sentir el peso de los riesgos que estaba tomando con estas vidas tan jóvenes. Taibaná entonces se dirigió al muchacho más alto.

—Tú espéralo cerca del caparazón y aliéntalo a correr más rápido. Tan pronto estén juntos, sigan corriendo por la playa. Corran debajo del acantilado —reiteró.

El muchacho miró a Taibaná con miedo en sus ojos.

—Vas a estar bien —dijo el hombre taíno—. Acuérdate de que estaremos allí para ayudarte. —Le dio una palmadita al niño en el hombro y sonrió para alentarlo—. ¡Ahora, vete! —le dijo, y el muchacho se fue.

—Será mejor que nos ocultemos —dijo Antonio a Taibaná, quién no quiso apartar sus ojos del muchacho que desaparecía lentamente en la oscuridad.

—Vamos —dijo Taibaná. Ahora que su plan tan apresuradamente elaborado estaba en marcha, temía por las vidas de los jóvenes que confiaban en él. ¿Y si fracasaban? ¿Qué pasaría con Aimá y los niños más jóvenes? Con un gesto rechazó la vacilación. No era momento para dudas.

Apenas llegaron a la cima del acantilado cuando oyeron la conmoción en la playa. El primer corredor ya había sido descubierto. El grito de guerra de los caribes helaba el corazón.

—Espero que sepas cómo dar batalla, español —dijo Taibaná, sin quitar la vista de la playa—. Cuento contigo por el bien de los demás.

—No soy un guerrero, pero trataré de pelear como un taíno —respondió Antonio.

Taibaná despegó sus ojos de la playa por un instante y compartió una sonrisa malévola con Antonio.

—Les saltamos encima cuando nos pasen por abajo —instruyó señalando sobre el acantilado con su hacha de piedra—. Tienes que luchar para matar o te matarán a ti.

—Estoy listo —dijo Antonio, sosteniendo su espada en su mano izquierda y su cuchillo en la derecha. En su mente elevó una plegaria.

Antonio se concentraba fuertemente en cada detalle del momento cuando la figura de un joven corredor surgió de la oscuridad. Impulsado por el temor, el muchacho mantenía su ventaja sobre los caribes. Al lado del caparazón del carey el otro muchacho ondeaba sus brazos llamando frenéticamente a su amigo.

Los caribes estaban listos para batalla. Sus cuerpos estaban pintados de rojo con relucientes líneas blancas que parecían brillar con luz propia. Sus caras tenían dibujos que les daban un apariencia espantosa. Cargaban hachas de piedra y se podían ver arcos amarrados a sus torsos.

Antonio y Taibaná esperaban escondidos con sus armas listas. Vieron al primer corredor alcanzar el caparazón invertido del carey y unirse a su compañero. Los guerreros caribes se acercaban más a los dos niños. Taibaná tocó la muñeca de Antonio, indicándole que se pusiera en cuclillas. El estómago del español estaba hecho un nudo de nervios y tensión. Tal como estaba previsto, los muchachos corrieron debajo del acantilado que ocultaba al español y al guerrero taíno con los caribes a sus espaldas.

—¡Ahora! —dijo Taibaná, y a la vez ambos saltaron.

Antonio sabía que sorprenderían a los caribes. Mientras caía se dio cuenta de que los caribes miraban al frente. Flotando en el aire hacia los dos primeros guerreros, apuntó sus pies a la cabeza de uno y esperaba tajar al segundo con su espada. El impacto con los caribes lo aturdió momentáneamente. En su mente, sin embargo, los pensamientos corrían: «¡Levántate! ¡Levántate!» En segundos que parecieron minutos se puso de pie tratando de orientarse.

A su izquierda, en la arena, se encontraba el cadáver ensangrentado de un guerrero caribe con un corte de espada desde el hombro hasta medio torso. Frente a él, de rodillas, se encontraba el otro guerrero recuperándose del golpe a la cabeza. Antonio avanzó tambaleándose para acabar con él. De repente, el guerrero se levantó con hacha en mano. Corrió hacia Antonio y blandió su arma en un gran arco. El español esquivó el ataque y luego arremetió con su espada contra el flanco derecho expuesto de su enemigo. La espada oxidada atravesó la piel y se hundió entre dos costillas penetrando los pulmones. Antonio retorció la hoja de acero. El guerrero caribe se desplomó cuando el español extrajo su arma.

Estimulado por la fiebre de batalla, se volvió para ayudar a Taibaná. Al borde del agua vio al muchacho más grande levantar en alto un hacha de piedra y estrellarlo contra el cráneo de un caribe que yacía en la arena. Más allá, cerca de la pared del acantilado, Taibaná se enfrentaba con uno de los guerreros enemigos. Instintivamente, Antonio corrió hacia Taibaná dando un grito de victoria.

El caribe y el taíno estaban bien pareados, ninguno podía aventajar al otro. La llegada de Antonio rompió el empate a favor de Taibaná. El caribe, ahora solo, soltó sus armas y empezó a correr por la playa aterrorizado. Taibaná corrió tras de él, abordó al guerrero por la espalda y le rompió el cuello con un fuerte golpe de su hacha de piedra.

Cuando Taibaná se puso de pie Antonio resopló, dejando escapar la euforia de la batalla. Luego se sentó en la playa, sobrecogido por los acontecimientos de esa larga noche. En poco tiempo, todo el grupo se le unió. Los muchachos parecían abrumados y permanecieron en silencio sin saber cómo reaccionar. Lo que debió haber sido un sencilla aventura para obtener carne de carey se había convertido en una lucha por sus vidas. Esta había sido la primera experiencia con muertes violentas de los jóvenes, y el impacto fue estremecedor. Solo Aimá expresó su alegría por el hecho de que hubieran sobrevivido sin daño alguno, dando un abrazó a cada uno de los miembros del grupo. Entonces fue a consolar al muchacho que había matado a uno de los guerreros invasores. Este se encontraba sentado, sollozando convulsivamente junto a su compañero corredor. Aimá se sentó cerca del muchacho susurrando en su oído. En poco tiempo dejó de llorar, se incorporó y se acercó a los demás, una mirada de orgullo en sus ojos. «Verdaderamente que es mágico el efecto de Aimá en los corazones de estos niños», pensó Antonio.

Nuevamente Taibaná tomó control de la situación.

—Aimá, tú y los muchachos preparen la carne para el viaje de regreso —ordenó—. Antonio, tú ayúdame.

Los dos hombres recogieron las armas de los enemigos y arrojaron los cuerpos al agua lejos de donde el resto del grupo estaba trabajando. Después inspeccionaron la canoa de los caribes con la esperanza de que la pudieran utilizar para su viaje de regreso. La nave, tallada de un tronco de árbol enorme, resultó tener amplio espacio para todo el grupo más lo que llevaban.

Trabajando juntos cargaron la canoa sin demora. La mayoría de los niños estaban apiñados en el centro del bote, mientras Aimá y Antonio se sentaron en la proa y Taibaná dirigía desde la popa. Remaron hasta ganar un poco de distancia de las olas rompientes y entonces se dirigieron hacia el oeste. En poco tiempo estaban cruzando la entrada del manglar y entrando en aguas tranquilas, protegidas por un arrecife. A la distancia, a estribor, Antonio podía oír las olas rompiéndose sobre el coral. Las aguas de la bahía estaban tan tranquilas que no se podían oír las pequeñas olas que empapaban la playa a babor.

Empujados por un viento suave pero constante, avanzaron con prisa, siguiendo las sombras costeras creadas por la luna que se desvanecía. La mayoría de los muchachos se quedaron dormidos, apoyados uno contra el otro. Aimá tarareaba una canción mientras Antonio y Taibaná remaban a ritmo constante. Eventualmente alcanzaron las sombras de la playa al llegar al promontorio de arena que se extendía hacia el mar delante de ellos. A poca distancia se encontraba el lugar donde voltearían tierra adentro, siguiendo el mismo camino que los llevó al mar anteriormente. Atracaron la canoa y la descargaron sin dificultad. Nadie se quejó cuando Taibaná ordenó que todos durmieran lo que quedaba de la noche. Bajo los inquietos vientos alisios, a los agotados viajeros se les hizo fácil hallar el sueño.

X
EL AREITO

El alba llegó demasiado pronto. El grupo de caza caminaba con dificultad lastrados por la carne de carey, tomando turnos para cargar los dos enormes caparazones. Los muchachos estaban exhaustos física y emocionalmente. Su inocencia había sido vulnerada. Regresaban a su hogar después de haber sido testigos de muerte en la caza y en la batalla; experiencias inesperadas que fortalecieron a unos y marcaron a otros para siempre.

Poco después de la puesta del sol, el agotamiento que sentían cedió un poco cuando entraron orgullosamente al yucayeque. Amigos y familiares salieron de los bohíos para saludarlos y notaron las hachas de piedra y arcos en manos de los jóvenes. Taibaná condujo a los menores directamente al caney donde el cacique Gurao aceptaría sus dones para el yucayeque. Todos estaban presentes, curiosos por saber el origen de las armas.

—Traemos carne para el areito y las armas que capturamos en batalla contra los caribes —dijo Taibaná al cacique. Esa última frase envió una ráfaga de energía a través de la multitud.

Gurao levantó un brazo en petición de silencio.

—Bienvenidos —dijo mirando a los diferentes miembros del grupo—. Puedo ver en sus ojos que están cansados. Pasado mañana celebraremos el areito. Comeremos con agradecimiento la carne que traen y escucharemos la historia de la expedición. Por ahora, vayan a sus casas y descansen.

Inmediatamente un grupo de mujeres se dirigió a los caparazones de carey y la carne y se los llevaron. La partida de caza se dispersó, los niños acompañados de sus padres y otros parientes. Los viajeros, en la comodidad familiar de sus bohíos, se quedaron dormidos antes de que el coquí comenzara su canción nocturna.

La mañana siguiente Antonio se encontró más descansado, aunque su cuerpo seguía recordándole sus aventuras de los últimos dos días. Su pie derecho estaba lastimado por el impacto inicial con uno de los guerreros caribes, sus piernas le dolían por las horas de caminata y hasta sus hombros se sentían adoloridos por remar la canoa. Cojeó fuera del bohío y se sentó en una roca que había sido colocada para ese fin junto a la hoguera. Observó que el yucayeque estaba lleno de actividad.

Todos se estaban preparando para el areito. La excitación era palpable, incluso para el español que no estaba seguro de qué esperar. Antonio nunca había estado en un areito, pero sabía que era una especie de celebración con baile. Los esclavos taínos en La Española habían hablado de areitos que duraban toda la noche, en los que los participantes se quedaban dormidos mientras bailaban. Los sacerdotes católicos censuraron a los areitos como rituales paganos que debían prohibirse. Hicieron hincapié en que sólo la Santa Misa llevaba la verdadera palabra de Dios al pueblo—una lección que los taínos estaban destinados a aprender bajo pena de muerte.

Antonio nunca había sido un hombre piadoso. Cuando era niño nadie le enseñó acerca de la Iglesia, a excepción de las generalidades y las supersticiones que recogió en la calle. Más tarde, en África, aprendió que distintas personas rezan a distintos dioses de distintas maneras. La gente de su aldea en África eran algunas de las personas más decentes que había conocido, y no sabían nada de Jesús o María, o del Papa o de ningún otro detalle de la religión católica. Al mismo tiempo, había visto muchos sacerdotes permanecer impasibles mientras los esclavos taínos e incluso compañeros españoles eran víctimas de abusos, supuestamente en nombre de Dios. En última instancia, se dijo, las creencias y comportamientos básicos que definen el bien y el mal en una persona eran similares en todas partes. Vivía su vida con la esperanza de que, cuando el momento del juicio llegara, Dios reconocería a un hombre decente basado en algo más que el número de veces que fue a la iglesia. Esta opinión se reforzaba cada día que vivía con los taínos. La palabra *taíno* significaba *bueno* en su lengua. Antonio pensaba que este nombre era apropiado, ya que en los aspectos más fundamentales los taínos eran, de hecho, un pueblo bueno. «Seguramente —pensó—, Dios se da cuenta de esto».

Antonio permaneció sentado un largo rato, su mirada en los restos carbonizados de una fogata, perdido en sus pensamientos.

—Tu cuerpo está aquí pero tu mente está en otra parte —dijo Aimá, quien se había acercado sin ser percibida y permanecía de pie junto a Antonio.

El español la miró sorprendido.

—¡Oh! Lo siento, estaba pensando —dijo, mientras su mente volvió a acompañar a su cuerpo.

—Ya veo —dijo ella sentándose a su lado.

Echando un vistazo a Aimá, empezó a hablar.

—Me gusta este yucayeque. Realmente no tengo ninguna razón para irme de aquí. Mi futuro con el hombre blanco está lleno de trabajo fuerte y sufrimiento. Aquí me siento como si fuera mi hogar. ¿Crees que tu gente me aceptaría si pido quedarme? —Miró en los ojos de Aimá anticipando su respuesta.

—Yo te he aceptado —dijo ella en voz baja—. Ya has demostrado que eres amigo de los taínos, luchando con nosotros contra los caribes. Si estás dispuesto a vivir como uno de nosotros, no veo por qué no serías bienvenido.

Antonio sonrió sinceramente, se inclinó y suavemente acarició las mejillas de Aimá con el dorso de su mano. Ella lo miró a los ojos y respondió con una delicada sonrisa.

Pasaron el día juntos descansando y observando los preparativos finales para las fiestas del próximo día. En el extremo oeste de la aldea había una estructura cuadrada de madera y piedra que llamaban *barbacoa* que se convirtió en el centro de actividad en la preparación del areito. Un grupo de mujeres charlaban amistosamente mientras preparaban la carne del carey, condimentándola y envolviéndola en hojas. Otras trajeron leña y la apilaron. Aimá le explicó a Antonio cómo se utilizaría la barbacoa como una plataforma para cocinar las carnes y otros alimentos sobre una fogata.

Cerca del batey un grupo de niños, bajo la atenta mirada de un anciano, trabajaban limpiando escombros, enderezando las piedras que marcaban el área y asegurando que el suelo del batey estuviera liso y uniforme. Grandes vasijas de barro llenas de chicha fueron distribuidas alrededor del batey para que todos tuvieran acceso a la bebida. De vez en cuando se oía un canto rítmico procedente del bohío de Yuquiel. El behique estaba ocupado preparando los rituales religiosos que serían parte integral del areito.

Al anochecer, Antonio se sintió agotado de nuevo. Se sorprendió de que Aimá se viera fresca y descansada, como si el viaje a la playa nunca hubiese sucedido. Después de una pequeña cena, la familia de Taibaná se encontraba socializando fuera de sus bohíos ansiosamente esperando el anticipado día de fiesta. A Antonio, inmune a la emoción generada por el areito, le resultaba difícil mantener los ojos abiertos y se quedó dormido antes de que el cielo se llenara de estrellas.

El areito comenzó alrededor del mediodía del día siguiente. Tres tambores, dos hechos de caparazones de carey y un tercero de tronco de árbol ahuecado, habían sido colocados en una cama de esteras de hoja de palmas al costado norte del batey. Los percusionistas, dos hombres con idénticos tocados de plumas rojas, golpeaban un ritmo lento usando gruesos palos de madera. La población del yucayeque, acrecentada por visitantes de pueblos vecinos, comenzó a congregarse alrededor del batey.

La reunión presentaba un rico espectáculo de color y textura. Los presentes usaban pinturas corporales en abundancia de colores y patrones representativos de su rango y vínculos familiares. La mayoría de los adultos llevaban collares, pulseras, brazaletes y aretes hechos de coloridas conchas, plumas y piedras. Algunos llevaban joyas de oro, que brillaban bajo el sol tropical. Las mujeres lucían faldas cortas con brillantes diseños y los hombres vestían taparrabos.

Sin embargo, el cacique y su esposa eran quienes llevaban las prendas más impresionantes. El guanín dorado de Gurao colgaba de su pecho como un pedazo del sol. Cuando se movía, el disco de metal pulido reflejaba la luz solar como si estuviera encendido desde adentro. Gurao tenía sus orejas perforadas con múltiples pendientes de oro y concha, y de entre sus fosas nasales colgaba un sencillo anillo de oro decorado con abalorios. La parte superior de sus brazos estaba cubierta de brazaletes de tal forma que parecían estar blindados. Además del guanín, el arreglo de plumas en su cabeza hacía que el cacique se destacara de la colorida multitud. Un sinnúmero de deslumbrantes plumas blancas estaban exquisitamente dispuestas de tal modo que caían como una cascada sobre su espalda. La esposa de Gurao, de pie junto a él, llevaba un tocado de plumas similar al de su esposo. Su colorida falda se parecía a la de las otras mujeres, excepto que tenía paneles frontales y traseros que se extendían hasta los tobillos.

Gurao, de pie frente a su caney, levantó los brazos y los tambores dejaron de sonar.

—Doy la bienvenida a los visitantes que se unen a nosotros para el areíto. Celebramos nuestra cosecha con regocijo. Hoy son ustedes parte de nuestro yucayeque.

Una simple mirada del cacique indicó a los tambores que empezaran de nuevo. Esta vez tocaron un ritmo más rápido. Por encima del sonido de los tambores se oyó un grito desgarrador. La atención de la multitud se trasladó al camino en los conucos. Allí, Yuquiel bailaba una danza ritual celebrando las abundantes cosechas de la temporada. Moviéndose al ritmo de los tambores, la danza de Yuquiel hizo eco de la adoración de generaciones de taínos, un pueblo que vivía de la tierra y sabía cómo honrar su espíritu. Pasados unos minutos, Yuquiel terminó su baile lanzándose al sembradío y corriendo entre las plantas hacia su bohío.

Tan pronto como el behique dejó los conucos, del bosque surgió un grupo de unos cuarenta hombres y mujeres jóvenes vestidos con sencillos taparrabos, que corrieron hacia el yucayeque. Todos alrededor del batey comenzaron a gritar y exclamar con gran ánimo. Antonio se encontraba de pie junto a Aimá observando los acontecimientos, sin saber qué esperar.

—¿Quiénes son ellos? —pregunto.

—Son los jugadores de *bato*. Este año vamos a tener un juego antes de los bailes.

La multitud partió para permitir que los atletas desfilaran al batey. El grupo se separó en dos y cada equipo reclamó una parte del batey, que así se transformó en una cancha de bato. El colorido gentío se apiñó alrededor del batey formando una línea límite viviente para el área de juego. De repente, el sonido de los acelerados tambores cesó. Una vez más Gurao tomó control del encuentro con un movimiento rápido de un brazo. Detrás de él alguien presentó una bola hecha de fibras vegetales y caucho. Después de designar a los jefes de cada equipo, le entregó la pelota al jugador más cercano.

De inmediato la pelota pasó a la primera línea de los jugadores que se enfrentaban a sus oponentes. Los espectadores comenzaron a vitorear y gritar, elevando el nivel de entusiasmo para ellos y los jugadores. Sin previo aviso, la pelota estaba en el aire. El juego era sencillo pero exigente físicamente. El objetivo era mantener la bola en el aire sin el uso de las manos y pasarla al otro equipo. La pesada bola era algo irregular y tendía a rebotar de forma errática. Los jóvenes atletas se lanzaban a la pelota con abandono esforzándose por mantenerla en alto. En poco tiempo Antonio se vio envuelto en el contagioso entusiasmo de la multitud, que aplaudía cada intento dramático por salvar un punto. Después de alcanzar una puntuación predeterminada, uno de los equipos fue declarado victorioso. Los miembros del equipo ganador recibieron elogios por parte de la multitud y del cacique Gurao.

Para cuando terminó el juego de bato, todos estaban completamente inmersos en el espíritu festivo del areíto. Un grupo de músicos con diferentes instrumentos se reunió alrededor de los tambores y empezaron a tocar. Al instante, algunos empezaron a bailar en el batey mientras otros observaban, marcando el ritmo con sus pies. Los distintos instrumentos de percusión, entre ellos maracas y tambores, se complementaban con instrumentos de viento hechos de conchas marinas, cañas, madera y barro. A veces los músicos entraban al batey a bailar sin dejar de tocar sus instrumentos. La música rítmica estaba acompañada por el canto de los bailarines. Algunas de las canciones en los areitos recordaban acontecimientos importantes y personas del pasado taíno. Estas habían sido compuestas por el behique y su letra, parte del patrimonio del yucayeque, se recitaba sin cambios. Otras canciones, que recordaban acontecimientos más recientes, estaban llenas de improvisación y a menudo eran más alegres.

Antonio estaba con Aimá observando a los bailarines que se organizaron en filas paralelas. Una bailarina en la primera fila dirigía el baile y los otros danzantes repetían sus movimientos al instante. El baile se acompañaba con un canto siguiendo el mismo patrón. Primero el líder cantaba un verso y luego el grupo lo repetía. Antonio tenía dificultad para entender las palabras de la canción, pero al final se dio cuenta de que los bailarines cantaban sobre el juego bato, la habilidad de los jugadores y la camaradería de los equipos. Después del primer baile, la música continuó ininterrumpidamente con diferentes músicos alternándose los instrumentos. Los bailarines entraban y salían del batey siguiendo un protocolo que Antonio no podía descifrar.

—Voy a bailar esta canción —dijo Aimá, mientras se inclinaba hacia el batey—. Ven conmigo.

—¡No! —respondió Antonio rápidamente, dejando al descubierto su nerviosismo. Se sentía cohibido. Sin importar el tiempo que llevaba en Ceiba y los esfuerzos de Aimá por vestirlo como taíno, muchos de los visitantes lo veían con curiosidad y el escrutinio le hacía sentirse incómodo. Bailar sólo lo expondría más—. Ve a bailar. Yo te miro desde aquí —añadió, temiendo que ella insistiera.

Sin embargo, fue con alivio que vio a Aimá sonreír y saltar dentro de la fila de baile, que era un banquete de movimiento. Siguiendo el ritmo acelerado, su cuerpo sensual imitaba con gracia los pasos de la líder de la danza.

La tarde transcurrió con música constante y bailes. Gracias a los diestros preparativos del areito, nadie tuvo que trabajar ese día. Las comidas y bebidas estaban listas y todos estaban invitados a compartir a su gusto. La carne de carey era el plato principal y se complementó con pescado, camarones de río, una variedad de tubérculos, maíz, maní, cestas llenas de fruta, y el siempre presente casabi.

Tarde en el día Aimá y Antonio se sirvieron comida y se unieron a Taibaná y Mayaco que estaban sentados con Moné y su prometida, Guaína. Moné, quien se desempeñaba como mensajero entre yucayeques, era visto regularmente en Ceiba visitando a Guaína. Sin embargo, Antonio no lo había visto en varias semanas.

—Saludos Moné, es bueno verte de nuevo —dijo el español saludando también a Guaína.

Moné correspondió el saludo con una rápida inclinación de la cabeza y una mano levantada. Guaína sonrió.

No ha cambiado mucho, pensó Antonio.

—Tengo noticias... —Taibaná empezó a decir pero fue interrumpido por Aimá.

—¿Qué pasa ahora? —dijo burlonamente a su hermano—. La última vez que trajiste noticias acabamos en una pelea con los caribes y sin dormir durante dos días.

—No olvides que ganamos la pelea. Y esta noche comes los frutos de tus esfuerzos. —Taibaná sonrió confiado en que su réplica callaría a su hermana—. La noticia es —continuó sin darle oportunidad a Aimá para contestar—, que el cacique Guaraca de Guayaney ha convocado una reunión de sus caciques en la próxima luna llena. —Taibaná entonces miró a Antonio inseguro de continuar.

—¿Qué más? —preguntó Aimá—. Tú no eres Moné. Si tienes algo que decir, dilo.

Moné miró a Aimá con una ceja levantada, dejándole saber que estaba presente.

—Ha habido problemas con los hombres blancos —dijo Taibaná con cierta vacilación—. Vamos a visitar a Guaraca para aprender más, pero al parecer han habido luchas.

Antonio sintió un nudo de temor en el estómago.

—¿Quién trajo estas noticias? —preguntó.

—Yo —dijo Moné.

—¿Sabes más de lo que ha pasado? ¿Los taínos lucharon con los españoles? —preguntó Antonio con ansiedad evidente.

—Sabes lo que sé —respondió Moné calmadamente.

—Vas a venir con nosotros a la reunión —dijo Taibaná, tratando de consolar a Antonio—. Entonces nos enteraremos de lo que ha pasado.

Antonio estaba visiblemente perturbado. Después de vivir en Ceiba estaba más consciente que nunca de la vulnerabilidad de este pueblo, intrínsecamente pacífico. A pesar de que tenía la esperanza de que Ponce de León trajera un liderazgo distinto a San Juan, había visto el trato abusivo de los taínos en La Española desde que llegaron los europeos, sobre todo bajo el despiadado gobernador Ovando, y sabía que Ponce de León había participado en esa guerra. Allí, cualquier rebelión contra el dominio español había proporcionado la excusa necesaria para atacar a los nativos. Esta estrategia de mano dura resultó en que los españoles destruyeran aldeas enteras, matando a sus habitantes o esclavizándolos.

No quedó mucho de los taínos en La Española. Algunos vivían en asentamientos pobres bajo el control de sus amos blancos. Los más afortunados se retiraron a las montañas, lejos de los españoles.

Surgían sin cesar en su mente pensamientos de una claridad aterradora. ¿Cómo había podido ser tan ingenuo? Los españoles jamás coexistirían con los taínos. Intentarían dominar a los nativos de San Juan igual que hicieron en La Española. Una imagen del futuro se cristalizaba en su mente y en ese momento se dio cuenta de que tenía que elegir de una vez por todas: la vida con los taínos o la vida con los españoles.

Se sorprendió por sus sentimientos y por lo fácil que resultó la decisión; de ahora en adelante compartiría su destino con los taínos. La decisión fue una revelación. Ser honesto consigo mismo le hizo sentir que ya no tenía que guardar en secreto lo que sabía que era una mentira. Aunque sintió la alegría de aquel que encuentra su camino después de estar perdido, todavía retenía un gran temor en su corazón.

—Aimá, me tienes que enseñar a bailar en el areito —dijo Antonio.

—Sí —respondió Aimá. Pero también se dio cuenta de que las noticias de Taibaná lo seguían perturbando. Puso una mano cariñosa en su hombro—. Tenemos unos cuantos días antes del viaje —le dijo suavemente—. Hoy tenemos el areito, no dejes que tus pensamientos tristes interrumpan la celebración. Además, no tienes de que preocuparte; voy a ir contigo a la reunión de caciques.

—¡Ahora sí que tiene problemas de verdad! —exclamó Taibaná, incapaz de resistir la oportunidad de mofarse de su hermana. Su exclamación sirvió para liberar la tensión creada por la reacción de Antonio a la noticia; todos se echaron a reír a carcajadas. Hasta Moné sonrió, disfrutando del gusto con que su amigo hostigaba a su hermana.

—¡Tú te callas, cara de sapo! —Aimá alzó su voz sonriente sobre la risa de los presentes—. Fue tu bocota la que trajo las malas noticias.

—La única mala noticia es que hayas decidido venir con nosotros —dijo Taibaná.

Entonces ella lo empujó y él, en cuclillas, cayó hacia atrás sin dejar de reír. Antonio observó todo esto con una sonrisa en su rostro, pero sentía emociones encontradas. No podía sacudirse la preocupación por el posible significado de las noticias que había recibido.

El pequeño grupo de amigos estaba todavía sentado junto cuando llegó un mensaje de que Yuquiel quería ver a Taibaná y a Antonio. Sin demora se despidieron de sus compañeros y cruzaron el yucayeque para responder a ese llamado inesperado. Se detuvieron frente a la entrada cubierta del *bohío* del behique preguntándose qué querría de ellos.

—Saludos, Yuquiel —llamó Taibaná después de tocar suavemente en las cañas que enmarcaban la entrada—. Somos Taibaná y Antonio. ¿Nos llamó?

—Entren y tomen asiento —balbució una voz desde adentro del oscuro bohío.

Los amigos retiraron a un lado la tela gruesa que servía de puerta y entraron a otro mundo. Aquí vivían los espíritus del yucayeque. El aire en el interior del bohío estaba lleno de humo y tenía el fuerte aroma de las plantas quemadas en rituales secretos. El behique se encontraba acompañado por tres ancianos que estaban sentados en silencio detrás de él, contra la pared al fondo del bohío. Miraron a los nuevos huéspedes de Yuquiel con una sonrisa fija en sus caras. Los tres ancianos pusieron nervioso a Antonio con sus miradas. El español no estaba familiarizado con los rituales religiosos de sus anfitriones. En particular, desconfiaba de Yuquiel.

Cuando sus ojos se acostumbraron a la oscuridad, se dio cuenta de más detalles. Yuquiel estaba sentado en un dujo de frente a la puerta. Unas pequeñas rocas delineaban un círculo en el suelo delante de él. En el centro del círculo una fogata iluminaba un *cemí* delicadamente tallado del tamaño de un pequeño yunque. Antonio reconoció la efigie. Parecía que cada bohío tenía una de estas figuras, representativas de los dioses taínos. Sin embargo, este cemí era más grande y más elaborado que otros que había visto. El objeto triangular descansaba sobre una amplia base con tallados de fantásticas cabezas en cada extremo. El centro se elevaba desde la base creando un pico redondeado con un espacio hundido en el centro de la parte superior. Las tallas del cemí se acentuaban con colores brillantes; el área cóncava del pico estaba laminada en oro.

Yuquiel señaló a sus invitados que se sentaran a su derecha. Antonio siguió el ejemplo de Taibaná, asegurándose de permanecer fuera del círculo de piedra. Yuquiel entonces cerró los ojos y permaneció inmóvil por un largo rato. Todo estaba tranquilo en el interior del bohío aunque el areito seguía afuera.

—Esta noche —gritó el behique de repente, sorprendiendo a sus visitantes—, ustedes contarán la historia de su encuentro con los caribes. Estamos aquí para preparar sus cuerpos y sus mentes para que no titubeen en su historia. Seguidamente Yuquiel empezó a salmodiar mientras preparaba una mezcla de polvos que llamaban *cohoba*, en una pequeña cazuela de barro.

Taibaná miró a Antonio para tranquilizarlo y puso una mano en una de las rodillas de su amigo. Antonio no sabía si se le estaba ofreciendo apoyo o si Taibaná lo buscaba para sí mismo.

Yuquiel entonces pasó al interior del círculo de piedras y realizó un baile sencillo mientras continuaba su canto. Después de dar una vuelta al cemí, se agachó, lo levantó de brazos y lo trasladó directamente frente a sus invitados. A continuación cogió la cazuela de barro y colocó una pequeña cantidad de cohoba en el chapado de oro del cemí.

—Primero compartiremos el poder del cemí, y luego vamos a trazar nuestra historia —explicó Yuquiel mientras buscaba junto a su dujo, de donde extrajo un pieza de cerámica en forma de Y, con una caña hueca pegada a cada extremidad.

Yuquiel colocó el extremo con la caña doble en sus fosas nasales y lo mantuvo allí con una mano. Usó la otra mano para guiar la tercera caña al chapado de oro del cemí. Inhalando rápida y fuertemente, aspiró la mezcla de polvos en la nariz. Luego pasó el instrumento con las cañas a Taibaná, obviamente esperando que el joven emulara sus acciones.

Antonio se puso más ansioso. Sin duda le pedirían seguir a Taibaná en esta ceremonia. Había oído hablar acerca de la ceremonia de la cohoba. Cómo resultaría en que los demonios se apoderaran de su cuerpo. La mente de Antonio estaba llena de preguntas que no tenía oportunidad de preguntar; sin embargo, decidió dejarlas a un lado. Confiaba en que Taibaná no permitiría que lo lastimaran. Si su amigo estaba dispuesto a obedecer al behique, él también lo haría. «¿No me quiero unir a esta gente? —pensó para sí—. Entonces debo aceptar sus costumbres».

Taibaná no dudó. Tan pronto como Yuquiel puso más cohoba en el cemí, se inclinó, resopló aspirándola y le pasó las cañas a Antonio. Yuquiel miró de cerca al español, como si reconsiderara su decisión de incluirlo en el rito. Antonio le devolvió la mirada. Después de un breve momento el behique se relajó en su asiento y señaló hacia el cemí, la cohoba lista para ser inhalada. Moviéndose con calma, y asegurándose de imitar a su amigo con exactitud, Antonio ajustó las cañas en su nariz, se inclinó y aspiró el polvo fino. Inmediatamente sintió el deseo de estornudar, pero con esfuerzo controló el reflejo.

Aimá estaba hablando con Mayaco cerca del batey cuando una niña pasó corriendo con la noticia de que el behique se preparaba para contar una historia. Las dos mujeres miraron hacia el batey, sus ojos delatando la ansiedad que habían escondido dentro de sí desde que sus compañeros habían sido llamados por el behique.

—¿Crees que Antonio y Taibaná estarán con Yuquiel durante su historia? —preguntó Mayaco.

—Eso espero. No me gusta no saber lo que está pasando.

Las dos mujeres se acercaron al borde del batey, desde donde podían ver claramente el bohío de Yuquiel. En un momento, la mayoría de los presentes en el areíto se aproximaron en expectativa silenciosa. El residuo luminoso de la puesta del sol se había disipado. Numerosas fogatas bañaban el yucayeque con una luz dorada, ofuscando el brillo de las estrellas. Las sombras bailaban al ritmo de las llamas.

Del bohío de Yuquiel salió un joven corriendo. Aimá lo reconoció como uno de los músicos. Corrió alrededor del batey hacia uno de los tambores de carey y comenzó a tocar un ritmo acelerado y constante. Una vez más, la puerta tejida del bohío se abrió y la gente vio a Yuquiel salir seguido por tres ancianos, y finalmente Taibaná y Antonio. Yuquiel y los ancianos tenían su piel pintada de negro con rayas blancas en semejanza a los caribes. Yuquiel avanzó dentro del batey. Levantó un brazo y los tambores se detuvieron.

—Esta noche van a escuchar y ver la historia de Taibaná y Antonio y su batalla con los caribes —anunció a la multitud con una voz grave. Luego, sin pausa, él y los tres ancianos se trasladaron al extremo opuesto del batey, se sentaron con las piernas cruzadas, inclinaron sus cabezas y permanecieron inmóviles como estatuas.

En cuanto los cuatro hombres se sentaron, Taibaná y Antonio entraron en el batey. Se detuvieron, con Taibaná unos pasos delante de su amigo.

Aimá estaba confundida. Por regla general Yuquiel contaba la historia usando diferentes personas para representar personajes del cuento. Esta vez, sin embargo, Yuquiel estaba sentado a un lado y Taibaná tomaba el lugar del narrador. «Esto —pensó—, era un gran honor para su hermano». Ella también notó que Taibaná y Antonio miraban a través de la multitud, como si estuvieran solos en el batey. «¿Habían sido hechizados por Yuquiel?»

El sonido de la voz de su hermano interrumpió sus pensamientos. De repente, los ojos de Taibaná se animaron y su postura se relajó. En contraste, Antonio quedó detrás inmóvil, como hecho de piedra. Taibaná comenzó a contar la historia de la caza del carey. Con gran detalle describió el largo viaje del día hacia la costa. Habló de la llegada de los careyes, y cómo los mansos gigantes compartieron su sabiduría con los jóvenes y su carne con el yucayeque.

Aimá observó a su hermano de cerca. Ella nunca lo había visto así, totalmente absorto en el relato. Parecía que estaba reviviendo los eventos de la historia. Sus gestos y palabras estaban mostrando toda la emoción y la tensión de la noche que se encontraron con los caribes.

A continuación, Taibaná empezó a narrar el encuentro con sus enemigos temibles. De entre la multitud surgieron armas. Taibaná recibió su hacha de piedra, Antonio su cuchillo y espada, y a Yuquiel y a los ancianos se les dieron las armas caribes. En el lugar en la historia donde los caribes están corriendo por la playa Taibaná quedó en silencio y los tambores comenzaron a golpear un ritmo rápido. Se unió a Antonio y, con armas en mano, se pusieron en cuclillas en el borde del batey.

Yuquiel y sus compañeros tomaron sus armas. Llevados por los tambores, corrieron alrededor del batey lanzando el grito de guerra de los caribes, armas al aire, asustando a la gente. Con los ojos desorbitados y mostrando los dientes, expresaron el ardor rabioso de los guerreros caribes.

Aimá comenzó a temer esta recreación. Miró a su hermano y a su amante y vio las mismas caras y emociones que en la noche de la batalla. Esa noche lucharon contra verdaderos caribes y cuatro hombres murieron. Nerviosamente esperaba que el hechizo de Yuquiel no permitiera ningún derramamiento de sangre.

Un grito salvaje surgió de los hombres en cuclillas, cuando atacaron a sus enemigos simulados. La batalla escenificada no fue muy parecida a la original, pero fue más espectacular. En movimientos enormemente exagerados los hombres lucharon entre sí. A la larga, los caribes sucumbieron frente a sus adversarios uno a la vez. Con la muerte del último caribe, los tambores se detuvieron. El público estaba fascinado. Después de un momento, Taibaná y Antonio regresaron a sus posiciones originales en el batey. Allí Taibaná completó rápidamente la historia en un par de frases.

Esto liberó a la multitud, que se unió en un grito de victoria en aprobación de la historia. Aimá y Mayaco corrieron hacia sus compañeros; se veían tan ansiosas como si hubiera habido una verdadera batalla. Yuquiel y los ancianos se agruparon en silencio y se fueron al bohío del behique. En el fondo, la música empezó a tocar y los bailarines volvieron al batey; el areito festivo se reanudó.

Todavía bajo el hechizo de la magia de Yuquiel, Taibaná y Antonio participaron en todos los bailes del areito hasta el amanecer. Cuando sus cuerpos finalmente se rindieron a la fatiga, durmieron durante un día entero.

XI
JAGUA

En los días posteriores al areito Antonio se integró más profundamente en la sociedad de Ceiba. El areito sirvió como un rito de iniciación en la comunidad del yucayeque. Con su nuevo compromiso, libre del estorbo de otras lealtades, encontró un nuevo nivel de intimidad con los residentes de Ceiba. Se esforzó por aprender los nombres de las personas, sus relaciones y sus historias individuales. Su nivel de comodidad con los taínos de Ceiba se acentuó al ser abiertamente aceptado en su comunidad.

—Aimá, quiero que sepas que quiero quedarme en Ceiba contigo y con tu gente —confesó Antonio una noche—. ¿Crees que me aceptarán? ¿Puedo ser un taíno?

—Creo que ya lo eres —dijo—. Solo tienes que aprender a pensar de nosotros como tu gente.

—Creo que puedo hacer eso —dijo mientras la abrazaba más cerca de él.

Un día cálido y soleado, Aimá llevo a Antonio río arriba hasta una aislada poza de agua adornada con una cascada que surgía de un manantial y salpicaba apaciblemente a un costado. El lugar le recordaba a Antonio a ese sitio mágico en África que, en otra vida, lo atrajo y separó de su barco. Juntos se lavaron en el río y disfrutaron de su mutua compañía en la soledad de la selva. Durante un momento de tranquilidad, Aimá fue a la orilla de la poza, abrió una bolsa que trajo desde el yucayeque y sacó una serie de discos de arcilla y varias bolsitas de cuero cuidadosamente atadas. Le entregó los discos a Antonio, quien se dio cuenta de que estaban tallados en diferentes patrones. Luego Aimá se dirigió a un lugar cerca del desagüe de la poza, y empezó a escarbar y a colocar la tierra en un plato de madera.

—Acércate.

Antonio obedeció. Aimá recogió un poco de tierra del plato de madera y comenzó a frotársela en la piel a Antonio.

La tierra era una arcilla roja muy fina. Aimá cubrió el torso, los brazos y las piernas de Antonio y se tornó de bronce.

Aimá puso sus bolsitas de cuero en el interior de pequeños agujeros que había escarbado en la orilla para mantenerlos en su lugar. Hábilmente le aplicó la pintura que llevaba en las bolsitas a los moldes de arcilla y procedió a utilizar los moldes para estampar sus cuerpos. A propósito imprimió los mismos patrones en sus cuerpos como símbolo de su enlace.

Continuó estampando hasta que quedaron completamente cubiertos. Ese anochecer, volvieron a Ceiba vestidos con los símbolos antiguos que anunciaban su unión, y que acercaron a Antonio como nunca antes, a su nueva comunidad.

Hasta que llegara la anticipada reunión de los caciques, Antonio había decidido seguir el consejo de Aimá y tratar de no perturbarse por la noticia del conflicto con los españoles. Sin embargo, no podía ignorar la idea de España en guerra con los taínos de San Juan. Conocía ambos mundos y sabía que en una confrontación violenta los europeos prevalecerían. Tomó nueve años para que los españoles dominaran la cultura taína en La Española. Al principio del asentamiento, el almirante Colón se hizo enemigo de algunos caciques y se alió con los demás. Hubo escaramuzas y batallas, y, finalmente, ambas partes aceptaron una paz precaria. Esos años de coexistencia más bien pacífica quedaron en el olvido a la llegada del nuevo gobernador, Nicolás Ovando, a la villa de Santo Domingo en 1502. Bajo el liderazgo del gobernador Ovando, los taínos fueron hostigados, esclavizados y tratados brutalmente. Los indígenas lucharon valientemente y con honor, y lograron muchas victorias contra los recién llegados a sus tierras. Los españoles lucharon con la ventaja de tener armas más letales, caballos y perros entrenados para combate, pero fueron la mentira, el engaño y la enfermedad los que resultaron las armas más potentes contra los taínos.

El gobernador Ovando encabezó una cruzada contra los taínos sin pretensión alguna de ofrecer justicia. Culminó con una traición legendaria que tuvo lugar cuando hizo una visita prolongada a la venerada reina taína Anacaona en su yucayeque de Jaragua, en el extremo oeste de La Española. Una de las intenciones declaradas de la visita era expresar su gratitud a los taínos que habían advertido a los españoles de un inminente huracán, advertencia que Ovando ignoró por arrogancia, y a gran costo en vidas. Después de la tormenta, los taínos habían rescatado a los angustiados sobrevivientes de Santo Domingo suministrándoles alimentos. Estas acciones amistosas presentaron a Ovando con un pretexto para acercarse a los taínos abiertamente. Después de días de vivir y de festejar juntos en el pueblo de Jaragua, Ovando convocó a una reunión con todos los caciques disponibles. La mayor parte del liderazgo taíno de la isla se reunió en los confines del caney de Anacaona, listos para el importante encuentro.

Sólo Anacaona sobrevivió esa reunión.

Ovando ordenó a sus hombres a incendiar el caney y matar a cualquiera que tratara de salir corriendo, a excepción de la reina, a quien quería viva. Al mismo tiempo, atacó a los habitantes inocentes de Jaragua, resultando en una masacre incomprensible para los taínos. Anacaona cayó prisionera y, después de un juicio amañado, fue condenada a la horca. Pero Anacaona le negó la victoria a Ovando exponiendo sus acciones traicioneras durante el juicio, y en última instancia, suicidándose antes de ir a la horca. Sin inmutarse, Ovando ordenó llevar su cadáver a la horca tratando de completar su intención de crear un ejemplo para intimidar a otros enemigos. El plan final de Ovando, descuartizar a Anacaona y llevar las partes de su cuerpo por un recorrido de pueblos taínos, se vio frustrado cuando el cuerpo de la reina fue bajado de la horca durante la noche por algunos de sus muchos admiradores, para nunca ser encontrado de nuevo. Pero el daño ya estaba hecho: la luz brillante de los taínos de Aytí se redujo a una chispa. Las lecciones aprendidas en esos días tendrían repercusión en las futuras conquistas bajo el liderazgo de algunos de los presentes, entre ellos Hernán Cortés y Francisco Pizarro.

Antonio no participó en los eventos ocurridos en Jaragua. Fue uno de los que se quedaron en la villa de Santo Domingo trabajando en la reconstrucción después del huracán. Se enteró de la muerte de Anacaona y de los vergonzosos hechos en Jaragua a través de Fray Bartolomé de las Casas y otros testigos que estaban en desacuerdo con las tácticas despiadadas del gobernador Ovando. Al igual que muchos colonos que llevaban tiempo en La Española, Antonio llegó a respetar a los taínos y a apreciar su conocimiento de la tierra, su carácter pacífico y su honestidad intrínseca, lo que les hizo vulnerables a engaños y mentiras que no podían comprender. Otros con una perspectiva más práctica, entendían que los taínos eran necesarios como mano de obra para sus granjas y minas. ¿Cómo esperaba el gobernador hacer el trabajo necesario con los pocos trabajadores españoles disponibles? Ovando sabía que la respuesta vendría de África.

Antonio no tuvo que esperar mucho tiempo antes de que Gurao ordenara preparar las cosas para la visita a Jagua, un pequeño yucayeque en Guayaney, que sería la sede de la reunión de los caciques. Una mañana fría, antes del amanecer, el pequeño grupo de viajeros se reunió cerca del caney. Taibaná y Antonio estaban listos para acompañar a Gurao y Yuquiel como representantes de Ceiba. Aimá, que encontró la manera de convencer a Gurao de dejarla ir con el grupo, añadía algunos artículos finales a su bolsa de viaje. Moné se había quedado en Ceiba desde el areíto, y ahora planeaba reunirse en Jagua con otros miembros de su aldea natal.

Mayaco y Guaína estaban presentes para despedirse de sus parejas, mientras que otros llegaron silenciosamente para desearles buen viaje. Con las estrellas aún visibles, el grupo salió del yucayeque en dirección al suroeste. Moné, el viajero más experimentado, marcó el paso. Al llegar a la cima de la primera línea de colinas al otro lado del río, pudieron observar los tenues rayos de luz mañanera iluminando las coronas de las antiguas ceibas. Una suave brisa dispersaba el humo de las recién encendidas fogatas que se acumulaba bajo las expansivas ramas de los árboles. Antonio miró hacia atrás y admiró la belleza del yucayeque. Era realmente un lugar encantador, totalmente en armonía con el mundo a su alrededor. Compartió una breve sonrisa con Aimá, que caminaba detrás de él, y volvió a concentrarse en el camino. En ese momento se creía un hombre afortunado.

La mayor parte de la mañana el sendero los llevó por un terreno montañoso. La lluvia del día anterior había hecho resbaladizo el suelo y Antonio tuvo que concentrarse para mantener el equilibrio caminando sobre las hojas mojadas y el suelo arcilloso. Sin embargo, avanzaron sin mucha demora. Con Moné al frente, había poca charla ociosa y no se desviaban de la ruta directa a su destino. Varias veces se encontraron con arroyos que estaban crecidos y tuvieron que abandonar el camino para encontrar rocas o árboles caídos que le ofrecieran una ruta segura para cruzar las corrientes. Por la tarde, después de un almuerzo ligero, el grupo llegó a un valle amplio. Allí, caminando sobre un terreno más bien plano, el grupo se movió rápidamente hacia el sur. Con el sol poniéndose en el oeste, volvieron a entrar en terreno montañoso y Antonio comenzó a tener un gran deseo de llegar a su destino final. Ya entrada la noche, llegaron a la cima de una colina con vistas a un pequeño valle. En el lado opuesto del valle, el yucayeque de Jagua se podía ver gracias a sus muchas fogatas encendidas.

El cacique Guaraca dio la bienvenida a los viajeros a su llegada. Reconociendo el cansancio de sus nuevos huéspedes, asignó de inmediato a las familias de acogida para Moné, Antonio y Aimá. El cacique Gurao fue invitado al caney con otros caciques, y Yuquiel se unió con otros behiques.

Antonio estaba tan cansado que no se dio cuenta de las miradas que recibía mientras él y Aimá cruzaban el yucayeque con su anfitrión. Después de comer un poco y un intercambio de cortesías la pareja de Ceiba se subió en una hamaca y no tardaron en dormirse, envueltos en un abrazo mutuo.

Una vez acomodados los viajeros, Guaraca se dirigió a Gurao.

—Sígueme —dijo discretamente al visitante.

El cacique Guaraca llevó a su invitado a un riachuelo cercano. Se aseguró de que estaban solos y se volvió hacia Gurao.

—Gurao, te conozco desde que éramos jóvenes. Generalmente piensas antes de actuar. ¿Por favor explícame por qué traes a un hombre blanco a esta reunión? —Guaraca se sentía preocupado, pero esperanzado. Deseaba que su viejo amigo le ofreciera una buena respuesta. Como anfitrión de la reunión de caciques quería que todo saliera bien. La presencia del hombre blanco era inesperada y con toda seguridad generaría disensión entre los caciques.

—Tengo derecho, como cacique, a traer asistentes y compañía cuando viajo.

—Los tiempos están cambiando —dijo Guaraca mostrando algo de frustración—. El hombre blanco combate contra nosotros al otro lado de Borikén. Mañana nos reunimos para determinar cómo responder. Tu hombre blanco puede correr peligro si no tiene otro propósito que servir de compañía.

Gurao pensó por un momento antes de responder. Luego habló de manera uniforme y con firmeza.

—Este hombre blanco ha probado ser un amigo verdadero de Ceiba. Luchó con nosotros contra los caribes. Ha participado en un areito, y Yuquiel lo eligió para contar una historia. Sé que su lealtad está con los taínos. Sería provechoso utilizar sus conocimientos de los hombres blancos al contemplar nuestra decisión. —Dejó de hablar, permitiendo que Guaraca considerara lo que había dicho—. Nos puede ser de ayuda.

—Muy bien. Debemos hablar con los otros caciques esta noche. No quiero que se sorprendan cuando comience la reunión y vean un hombre blanco sentado frente a ellos.

Esa noche, mientras Antonio dormía al extremo opuesto del batey, los caciques tuvieron una larga discusión acerca de su presencia en Jagua. Necesitaron toda la persuasión de la buena reputación de Gurao y la considerable influencia de Guaraca como cacique anfitrión, para convencer a los líderes taínos de la ventaja de tener presente el punto de vista del hombre blanco.

Antonio se despertó descansado pero algo rígido. Aimá, notó con envidia, andaba como si hubiera tomado un paseo por el batey en vez de haber caminado todo el día anterior. Aimá estaba a gusto en el bohío, ayudando a la anfitriona a preparar el desayuno. Poco después de comer y lavarse, los caciques y sus ayudantes fueron llamados a reunirse bajo la sombra, en un claro al lado del caney.

No había ni rastro de lluvia, pero la humedad de un aguacero reciente persistía. Mientras caminaba al lugar de la reunión Antonio se dio cuenta de que la gente lo miraba con curiosidad. Recordó sus primeros días en Ceiba, cuando su piel blanca era una novedad. Sin embargo, esta vez sintió que había algo más que curiosidad en las miradas: existía temor, y en algunas de ellas, había odio. El área de la reunión estaba rodeada de grandes árboles que proporcionaban sombra. La mayoría de los caciques estaban sentados en dujos. Otros estaban sentados en el suelo o en asientos improvisados hechos con troncos y piedras. Todos los principales caciques de la región oriental de Borikén estaban presentes. Contando a sus ayudantes, había medio centenar de personas en la reunión. Existía un marcado sentido de propósito que se manifestaba por la falta de ceremonia.

—Estamos reunidos para discutir las noticias traídas por el cacique Mabodomaca —dijo Guaraca sin preámbulos al comienzo de la asamblea.

Mabodomaca se puso de pie para hablar. Uno de los principales caciques de la parte norte-central de Borikén, Mabodomaca era un hombre de estatura media, robusto, con cara ancha y una gran nariz que la dividía en dos.

—Estos son tiempos complicados —comenzó—. Muchos de nosotros nos preguntábamos acerca de los hombres blancos cuando empezaron a visitar nuestra tierra. Ahora sabemos bien su propósito. —Mabodomaca hizo una pausa. Sus ojos, serios, preocupados, miraban al suelo. Sacudió la cabeza como si luchara contra recuerdos desagradables. Lamentaba de antemano la triste historia que estaba a punto de contar. El cacique respiró profundamente y continuó—. Durante un tiempo un hombre blanco llamado Sotomayor estuvo intentando establecer un yucayeque cerca de Guánica. El gran cacique Agüeybaná, y después su hermano Agüeybaná el Bravo le dieron la bienvenida y lo ayudaron. Agüeybaná el Bravo incluso permitió que su hermana Guanina viviera con Sotomayor. Pero Sotomayor era un hombre ingrato. Se volvió desagradable y arrogante. Esperaba que nuestra gente trabajara para él y abandonaran sus yucayeques. Cuando no le obedecían les golpeaba, hiriendo a muchos. Exigió que trabajáramos para él y olvidáramos nuestras vidas. Este comportamiento no era natural y no podía ser tolerado. Agüeybaná y sus caciques no tuvieron otra alternativa que desafiar a Sotomayor. Lo mataron junto con su escolta en un lugar llamado Jauca, en lo alto de las montañas, hacia el interior de Cayabo. A la misma vez, el cacique Guarionex atacó a otro de los yucayeques de los hombres blancos.

Antonio sintió un nudo de aprensión retorcer su estómago al oír a Mabodomaca contar su historia. La noticia era peor de lo que esperaba. Él sabía quién era don Cristóbal de Sotomayor. Era un hombre joven, hijo de un conde y enviado a San Juan por el mismo rey de España. Había sido de gran ayuda a Ponce de León y se desempeñó como su alguacil por un tiempo. Poco antes de que Antonio partiera de Caparra, Sotomayor recibió permiso para establecer una colonia en la parte occidental de Borikén, que él llamó villa de Távara. Seguramente Ponce de León no toleraría semejante ataque contra un español, especialmente contra uno de alto rango. A menudo, en La Española la vida de un español se pagaba con decenas de taínos muertos o esclavizados. Antonio sabía que lo mismo pasaría en Borikén.

Mabodomaca continuó su relato sin interrupción.

—El cacique principal de los hombres blancos, el hombre llamado Ponce, entonces vino y peleó contra Agüeybaná y sus guerreros en Coayuco. Fue una batalla terrible. Los hombres blancos lucharon con fuego y sus cuchillos brillantes. Muchos taínos murieron.

Al completar su testimonio el grupo estalló en una gran conmoción. Varios caciques se pusieron de pie y caminaron fuera del área. Otros se lamentaron con largos y sostenidos gritos de dolor.

Antonio miró a Aimá que tenía la cara hundida entre las manos, ocultando su pesar. Con ternura le puso una mano sobre el hombro.

—Dime —le preguntó en voz baja—. ¿Qué está pasando?

Ella no podía ocultar el dolor en su cara.

—El gran cacique Agüeybaná murió antes de tu venida a Ceiba. Ahora su hermano, un líder prometedor, ha sido vencido en batalla y muchos otros han muerto. No augura nada bueno esto que tu gente ha hecho.

Antonio se molestó con su último comentario.

—¡Ellos no son mi gente! —exclamó en un susurro contundente—. Sabes que yo he tomado mi decisión. Soy taíno.

Los interrumpió Guaraca que estaba golpeando un tambor para restablecer el orden en la reunión.

—Mabodomaca no ha terminado —dijo, y señaló al orador para que continuara.

—Yo mismo dirigí a nuestros guerreros contra los hombres blancos en las tierras del cacique Aimaco. Allí también murieron buenos guerreros. Otra batalla tuvo lugar en Yahuecas. —Hizo una pausa, mirando de cerca a los miembros de su audiencia—. Ponce, el cacique blanco, exige ahora que lo aceptemos como nuestro cacique y que hagamos lo que él dice. Él quiere que trabajemos sus conucos, que le encontremos oro y que recemos a sus dioses. —Una vez más las voces se alzaron, pero esta vez Mabodomaca mantuvo control de la reunión—. Debemos responder al cacique blanco. Es por eso que estamos aquí reunidos. Tenemos que decidir si subyugarnos a él o retener nuestra libertad. —Después de señalar a Guaraca que había terminado, Mabodomaca se sentó en su dujo.

—Es hora de hablar y decidir. Debemos responder a las demandas del cacique blanco —dijo Guaraca.

—¿Y Agüeybaná? ¿Dónde está? —preguntó un cacique.

—En este momento se está reuniendo con otros caciques —Mabodomaca respondió desde su asiento—. No importa lo que decidamos aquí, él no seguirá a Ponce.

—¿Qué pasará con nuestros conucos si trabajamos para el hombre blanco? —vino otra pregunta.

—Ustedes no han tenido mucha experiencia con el hombre blanco en esta parte de Borikén —dijo Mabodomaca—. A ellos no les importan nuestros conucos. Su cacique vino a mi yucayeque y tomó mis conucos diciendo que era mi nuevo cacique. Entonces se los dio a otro hombre que tomó toda la yuca por la fuerza. —El enojo de Mabodomaca era obvio en la expresión de su rostro—. Nos hemos enfrentado a abusos por parte de los hombres blancos casi desde que llegaron. No nos respetan, y tampoco a nuestra forma de vivir. Ellos esperan que dejemos nuestros yucayeques y vayamos a vivir con ellos. Dicen que nos van a dar hogares y comida, pero hay que seguir sus órdenes.

—¿Qué pasa si no lo hacemos? —preguntó el cacique Humaca de Macao, el yucayeque de Moné.

Mabodomaca comenzó a responder y luego se detuvo. Volteó la cabeza y miró directamente a Antonio.

—Tal vez deberíamos preguntarle a un hombre blanco —dijo calmadamente—. Gurao, dile a tu hombre que responda a la pregunta de Humaca.

Gurao lanzó una mirada furiosa a Mabodomaca. No le gustaba que le dieran órdenes frente a sus compañeros. Sin embargo, se daba cuenta que la participación de Antonio en esta discusión sería muy valiosa.

—Antonio es respetado en mi yucayeque. Ha luchado para defender a nuestra gente. ¡Es uno de nosotros! —Gurao hizo una pausa y miró a los presentes dispuesto a afrontar cualquier desafío.

Antonio sintió una profunda gratitud por el apoyo ofrecido por Gurao.

—Él habla si quiere —finalizó Gurao.

Antonio, marinero y trabajador, no estaba acostumbrado a hablar delante de grupos, y mucho menos frente a un grupo de líderes en el apogeo de su poder. Estaba nervioso, pero sabía que tenía que hablar. Tenía que advertir a su nuevo pueblo acerca del enemigo al que se enfrentaban. Lentamente se puso de pie para hacer frente a su audiencia. Todos los ojos estaban fijados en él. Pocos en este grupo habían tratado directamente con estos visitantes recientes a Borikén; tenían curiosidad por oír lo que diría.

—Me temo que Mabodomaca tiene razón —comenzó Antonio—. Los hombres blancos se preocupan por obtener oro. Lo valoran altamente. También quieren enseñar su creencia en un solo dios. Creen que las ceremonias y dioses de los taínos son malas. Unos cuantos de los hombres más poderosos tienen conucos. Usan los cultivos para negociar con otros que no tienen conucos y de esa forma se hacen más ricos y poderosos. Necesitan gente para trabajar buscando oro y atendiendo los conucos, pero hay muy pocos hombres blancos para hacer este trabajo, así que usarán a los taínos para esto. Lo he visto en Aytí.

Las palabras de Antonio alborotaron a los caciques que gritaban desafiantemente. Los rostros enfadados miraban al español.

—¡Alto! —gritó Guaraca explosivamente con un fuerte golpe de su tambor—. Déjenlo que termine.

Después de que el grupo se calmara Antonio continuó hablando.

—El hombre blanco es un enemigo fuerte. Tiene armas poderosas y puede matar a muchos en batalla. Esto también lo vi en Aytí. —Dicho esto, se sentó de nuevo junto a Aimá.

El cacique Humaca se puso de pie.

—Mi yucayeque lleva generaciones luchando contra los caribes. No hay guerrero más feroz. Yo digo que no nos entreguemos al hombre blanco. Si opta por luchar, vamos a luchar.Todos en el grupo clamaron con orgullosos gritos de apoyo. Era obvio para Antonio que los taínos desafiarían a Ponce de León. También era obvio para Antonio que no tenían alternativa. La esclavitud o la guerra eran sus opciones. En cualquier caso, él sabía en su corazón que los taínos sufrirían mucho—esto también lo había visto en Aytí.

La reunión se prolongó hasta bien entrada la noche. Cada cacique habló en defensa de su yucayeque y su gente. Invocaron a sus dioses y hablaron de presagios que apoyaban sus decisiones. Ninguno estuvo de acuerdo con la opción de llevar una vida servil bajo el control de los hombres blancos. La respuesta al cacique blanco fue unánime: los taínos desafiarían sus demandas; apoyarían a Agüeybaná.

Esa noche, animado por el espíritu de su reunión, el cacique Guaraca patrocinó un areíto. La celebración reflejaba un estado de ánimo desafiante y jactancioso. Los behiques se turnaron contando historias de victorias taínas contra los caribes. Yuquiel utilizó su turno para contar la historia del encuentro durante la caza de carey.

Después de que Yuquiel terminó su cuento, Antonio observó una marcada diferencia en la forma en que las personas interactuaban con él. De repente, hubo menos sospecha y más aceptación. Sin embargo, permaneció en la periferia del areíto. Estaba distraído pensando en las noticias del día. Sabía mejor que nadie los desafíos a los que se enfrentaban los taínos. Ahora que habían sido desafiados, los españoles actuarían despiadadamente. El estilo de vida del taíno, su cultura y todo lo que consideraban familiar, confrontaban una amenaza mortal. Los caciques no tenían otra opción que resistir.

—Ven, baila conmigo —dijo Aimá en un esfuerzo por levantar el ánimo de su amante—. Este es un areíto. Se supone que no debes quedarte sentado ahí.

Antonio miró a Aimá, feliz de que ella estuviera con él, pero también un poco molesto que ella lo perturbara.

—Estoy pensando. Déjame en paz.

—¿Qué estás pensando? Si me lo dices, entonces tus pensamientos se irán de tu cabeza y podrás bailar conmigo —dijo ella en cuclillas junto a él con una sonrisa en su rostro.

Antonio no pudo rechazar su honestidad y su hermosa sonrisa. Extendió la mano y le acarició la cara.

—Estoy pensando en tu pueblo.

—Nuestro pueblo —le corrigió.

—Nuestro pueblo —él asintió—. Se enfrentan a un enemigo mortal, aún así bailan. Estoy tan preocupado por los taínos que apenas me puedo mover.

—El areito celebra nuestra decisión de no huir y enfrentarnos a un enemigo —explicó en voz baja—. Si estás en lo correcto de que el enemigo es tan mortal, entonces hay más razón para celebrar. Mi corazón está lleno porque mi pueblo no se rinde.

—He pensado en eso. Los taínos son valientes en la defensa de sus vidas y sus yucayeques. Créeme —dijo mirando al suelo—, la vida como esclavo de los blancos sería dolorosa. Entiendo por qué es más honroso luchar.

—Entonces, ven conmigo —dijo poniéndose de pie y tendiéndole una mano—. Ayúdame a celebrar esa valentía y honor. Sé un taíno.

Antonio miró a su amante. Ahí estaba ella, de pie en alto, fuerte y orgullosa, vestida con un taparrabos sencillo, con el cuerpo cubierto de diseños en colores, brazaletes de oro, un collar de conchas, y una diadema bordada sujetando su espeso cabello negro. Sintió que su amor por ella empapaba su cuerpo como una gran ola. En su mente se preguntaba si era digno de esta mujer. De alguna manera, ella encarnaba todo lo que amaba en esta gente. No había manera de resistirse. Puso su mano en la de ella, y ella le ayudó a ponerse de pie. Bebieron chicha y bailaron, sostenidos por la energía compartida que fluía por el batey. El areito continuó hasta que el sol se elevó sobre la tierra gobernada por el cacique Guaraca.

XII
MACAO

Después de un día de descanso, los visitantes a Jagua se disponían a regresar a sus yucayeques de origen. Aimá, sin embargo, quería aprovechar la oportunidad para visitar a una amiga de la infancia en Macao. Hizo los arreglos para que ella y Antonio acompañaran a Moné, el cacique Humaca y los otros dos miembros de su grupo de vuelta a Macao. Así fue que, después de un abundante desayuno, Antonio y Aimá se despidieron de Taibaná, Gurao y Yuquiel, y se unieron al grupo de Macao. El grupo se reunió en el extremo este del yucayeque y partieron en su viaje de dos días con Moné silenciosamente a la cabeza.

Tras varias horas de subir y bajar numerosos montes, el camino a Macao se niveló y se hizo más fácil de recorrer. El grupo siguió el valle creado por un pequeño río hasta tarde ese día. Atravesaron diferentes parajes, en su mayoría sabanas con áreas de vegetación densa donde los riachuelos afluentes se unían al río principal. Al final llegaron a un punto en que la serranía que marcaba el extremo norte del valle cambió de dirección hasta encontrarse con el río. Allí, el río de desvió bruscamente hacia el sur. El cacique Humaca le explicó a Antonio que tenían que cruzar la sierra para llegar a un segundo río que les llevaría a Macao. El cacique decidió acampar y enfrentarse al monte y el resto de su viaje al día siguiente.

Inmediatamente, Aimá se dispuso a preparar el fuego. Moné desapareció en la densa vegetación de la ladera del monte volviendo unos momentos después con una bolsa llena de frutas. Los otros miembros del grupo aportaron pescado seco, casabi, y yuca seca, que colocaron en un tazón hecho de la cáscara de la fruta del *higüero* y mezclaron con agua y especias para crear una crema harinosa. El cielo no estaba totalmente oscuro cuando el grupo se sentó alrededor de la fogata para compartir la comida. Después de comer contaron historias y cantaron algunas canciones.

El cacique Humaca era un hombre curioso y estaba menos impresionado por los españoles que el cacique Gurao. Había pasado gran parte del día interrogando a Antonio sobre los recién llegados a Borikén. Sistemáticamente le preguntó acerca de todas las características de los asentamientos españoles, incluyendo número de habitantes, el tipo de armas y el número de poblados establecidos. Aquí, pensó Antonio, estaba un general anticipando la batalla y buscando los puntos débiles en su enemigo. Antonio estaba seguro de que Humaca todavía tenía más preguntas que hacer. No le sorprendió cuando el cacique fuera a sentarse a su lado.

—Dime por qué viniste a Borikén —indagó Humaca.

Antonio tomó unos momentos para considerar su respuesta.

—Vine a buscar una mejor vida.

—¿La encontraste? —interrumpió Humaca.

—Sí —dijo el español—, con los taínos. —Compartió un gesto de entendimiento con Humaca y entonces continuó—. Pero eso no fue lo que yo, y muchos como yo, habíamos planeado. Yo quería obtener un pedazo de tierra donde sembrar mis conucos y ser mi propio cacique. Es lo que los hombres blancos llaman una *granja*.

Humaca se vio perplejo tratando de pronunciar la palabra *gran-ja*.

—¿Trabajarías solo en los conucos sin tener yucayeque?

—Normalmente, un hombre tendría a su esposa e hijos y algunos trabajadores. No estarían totalmente solos.

—Si tuviera que vivir solo con mi esposa y mis hijos me volvería loco. Es bueno tener un yucayeque con más gente.

—Ahora que vivo con los taínos, estoy muy de acuerdo. Pero los hombres blancos viven de manera diferente. Trabajan para crear fortuna para ellos mismos y sus familias, no para el yucayeque.

Humaca, un cacique con experiencia, no podía entender cómo un pueblo pudiera satisfacer ni siquiera las necesidades más básicas si todos estaban trabajando por separado.

—¿Cómo logran hacer lo que necesitan hacer si no trabajan juntos?

Antonio comprendió que Humaca luchaba con ideas que eran completamente ajenas a la manera de vida taína. Una vez más hizo pausa para ordenar sus pensamientos.

—A nuestro cacique principal le llamamos *rey*, y vive en nuestra tierra de origen. Él gobierna todo. Todos trabajan para él y tiene gran riqueza.

Humaca asintió comprendiendo. Era consciente de que, como cacique, tenía ciertas ventajas comparado con los demás en su yucayeque.

—El rey —continuó Antonio—, tiene muchos nitaínos, quienes a su vez tienen nitaínos, quienes a su vez tienen nitaínos. Hay muchos niveles —indicó Antonio colocando sus brazos uno sobre el otro para ayudar a su explicación—. Cada nivel son como naborías para sus nitaínos pero también tienen sus propias naborías. La diferencia es que las naborías proveen trabajo y riquezas a sus nitaínos solamente. No a todo el pueblo.

La mente aguda de Humaca comprendió la explicación y se dio cuenta de sus implicaciones.

—¿Cuántos hombres viven en tu tierra natal?

—Tantos como hay estrellas —dijo Antonio con seriedad—. Y todos los naborí como yo, sin tierra y sin poder, quieren venir aquí para hacer su fortuna.

El rostro de Humaca se tornó sombrío.

—Los pueblos taínos son un obstáculo para los hombres blancos que quieren sus *gran-jas* y su fortuna.

Antonio asintió con la cabeza.

—¿Dejarán de venir hombres blancos a Borikén? —preguntó el cacique exigiendo una respuesta veraz.

—No lo creo. Muchos hombres blancos viven en la miseria en su tierra natal. Seguirán viniendo, buscando mejorar sus vidas.

—Me has dicho muchas cosas de las cuales tengo que pensar. Pero una cosa sí entiendo…

—¿Qué? —preguntó Antonio.

—Que eligieras ser taíno.

Humaca se levantó, le deseó a Antonio una buena noche de descanso y se fue a acostar en el suelo al lado opuesto de la fogata. Inmediatamente, Aimá, que había estado esperando a que los dos hombres terminaran su conversación, se acercó y se sentó junto a Antonio.

—Me alegro de verte —dijo en voz baja. Todos los demás ya dormían.

—Humaca parecía triste. ¿Qué le dijiste?

—Le expliqué acerca de los españoles, cómo viven y por qué están aquí. Fue una conversación inquietante.

—Entonces escúchame. Tengo buenas noticias —dijo con una sonrisa que derritió el corazón del español—. Moné viajará con nosotros a Ceiba después de nuestra visita. Por fin va a casarse con Guaína. ¡Y ya era hora! —dijo en un susurro decisivo—. La gente ya empezaban a decir que ella se estaba cansando de esperar. Después de casarse, ella se trasladará a Macao con él.

—Me alegro de oír eso. Es obvio que se aman. Guaína estará muy feliz.

—Sí —dijo Aimá echándole los brazos al cuello con una sonrisa coqueta—. A las mujeres no les gusta dormir solas, esperando a sus hombres.

Antonio percibió el deseo en Aimá y con ternura la invitó a acostarse en el suelo junto él. En la oscuridad, bañados en la sombra de los árboles creada por la luz lunar, los dos amantes se exploraron uno al otro en silencio. En la intimidad, sus manos hablaban y sus cuerpos escuchaban y respondían. Apretados en el abrazo íntimo de dos amantes, sus cuerpos daban gritos de placer que solo ellos podían oír.

Los despertó Moné antes del amanecer. Renuentes, desataron sus cuerpos enredados y soltaron la rigidez que viene de dormir en el suelo. Como de costumbre, Aimá empezó con sus tareas antes que Antonio. La fogata ya lanzaba llamaradas y Aimá preparaba un té de hierbas que llevaba con ella, cuando por fin el español alistó a su cuerpo para enfrentarse al nuevo día. En poco tiempo el grupo estaba en camino, con la esperanza de llegar a Macao antes de la puesta del sol.

El sendero avanzaba corriendo de un lado al otro por la ladera empinada. Aunque estaba relativamente seco, el lodo arcilloso seguía resbaladizo. Cansado por la caminata del día anterior y la falta de sueño, Antonio resbaló y cayó al suelo más de una vez.

—¿Todos los hombres blancos tienen dificultad para caminar por las montañas? —preguntó Humaca entretenido, mientras Antonio se incorporaba después de una caída particularmente espectacular—. Si es así, aquí es donde voy a pelear con ellos.

—Primero asegúrese de que estén cansados antes de empezar la batalla —respondió Antonio, tratando de defenderse de la burla.

—Eso no debería ser difícil. Sólo tengo que pedirle al behique que prepare un hechizo de amor para el enemigo la noche antes de encontrarnos con ellos.

Incluso Moné se rió cuando notó el desconcierto del español salpicado de barro.

Antonio recuperó la compostura.

—Si les va tan bien como a mí anoche, morirán con una sonrisa en sus rostros —dijo mirando a Aimá uniéndose al humor del momento.

—Ya basta —dijo Aimá con seriedad fingida—. Tenemos un largo camino por recorrer y no me gusta el tono de esta conversación.

Señaló a Moné y a los otros hombres que se reían para que se pusieran en marcha.

Los viajeros recibieron una alegre bienvenida al llegar a Macao esa tarde. El yucayeque, más grande que Ceiba, se encontraba en la cima de una larga colina adyacente a un río. Desde el batey podía verse el hilo plateado de agua deslizándose sinuosamente hacia el mar. La costa estaba tan cerca que, en el silencio de la noche, se oían las olas rompiendo en la playa. Para Antonio fue una grata sorpresa; no sabía que Macao estaba tan cerca del mar.

De entre la multitud salió una mujer delgada que se arrojó en los brazos de Aimá. Debe ser Carima, pensó Antonio. Le sorprendió la apariencia de la mujer. Había notado que aunque muy pocos taínos eran verdaderamente gordos, en general tampoco eran delgados. Eran gente de estatura baja o media y robustos. Carima, por el contrario, era extremadamente delgada.

—Carima —dijo Aimá, forzando una sonrisa que enmascaraba el dolor que sentía al ver el mal estado de su amiga—. Este es Antonio.

—Saludos, Carima.

—Saludos, Antonio. Debes ser un hombre valiente si estás con esta mujer. —Los ojos enfermizos de Carima se iluminaron cuando sonreían.

—Es un reto —respondió Antonio, acostumbrándose a las bromas entre amigos, algo común entre los taínos—. Pero me aseguro de retarla a ella también. Nos llevamos bien —terminó, mirando a Aimá, alegre de ver una sonrisa más sincera en su rostro.

—¿Hasta cuándo nos visitan? —preguntó Carima.

—Sólo unos pocos días —dijo Aimá—. Vamos a volver a Ceiba con Moné. Por fin se va a casar con Guaína y a traerla de vuelta aquí.

—¡Maravilloso! Estoy segura de que él está ansioso por vivir con ella. Cada vez que le toca visitar a Ceiba se pone alegre y se nota su inquietud por verla de nuevo.

El *cacique* Humaca se acercó a los tres amigos.

—Aimá y Antonio, sean bienvenidos a Macao —dijo formalmente—. Pueden hospedarse con la familia de Moné durante su visita. —Dicho esto, se fue sin esperar una respuesta.

Aimá y Antonio se miraron sorprendidos por la brusquedad del cacique. Aimá también notó que Humaca no había saludado a Carima. De hecho, pensó, ni siquiera había reconocido su presencia.

—Vine a visitarte a ti —protestó Aimá—. ¿No quieres que nos quedemos contigo? —Aimá sonaba triste.

Carima se acercó a Aimá y le tomó la mano. Llevó a su amiga y a Antonio a un lugar apartado de otras personas.

—Pueden ver que estoy enferma —dijo en un leve susurro—. El behique cree que por la noche mi espíritu viviente lucha con el espíritu de la muerte. La batalla me consume, dejándome delgada y débil. —Miró al suelo en un esfuerzo por suprimir las lágrimas, y luego continuó—. La mayoría de la gente no me habla por temor a ser vistos por los muertos y que luego vengan por sus espíritus. Incluso mi marido ya no duerme en mi bohío. Sólo la anciana que vive con el behique se atreve a pasar tiempo conmigo. Por eso es por lo que Humaca supone que ustedes no se quedarán conmigo. —Carima miró a Aimá con una mezcla de esperanza y temor. Esperanza de que su amiga de toda la vida le ofreciera su apoyo y temor de que se fuera, al igual que otros.

Los movimientos de Aimá fueron intencionales, dejando caer la mano de Carima, se acerco un paso más a su amiga y arropó el delicado cuerpo de la mujer con quien compartió su infancia en un abrazo profundo. Carima, tan necesitada de compasión y aceptación, se derritió en el amoroso abrazo de una verdadera amiga.

Antonio observaba en silencio, conmovido por la escena que estaba presenciando. Era fácil para él reconocer en Carima el mismo espíritu de amor y alegría tan atractivo en Aimá. Sintió compasión por la mujer enferma, pero también enojo contra el pueblo que la había abandonado. A pesar de su amor por los taínos, no tenía simpatía con las creencias espiritistas que permitían al yucayeque dar la espalda a uno de los suyos. En su opinión, eran meras supersticiones.

Carima se desplomó cuando Aimá la soltó. La tensión emocional y el esfuerzo físico de caminar hasta el batey para recibir a sus amigos habían extenuado su cuerpo. Antonio puso un brazo alrededor de sus hombros y otro detrás de sus rodillas y levantó fácilmente a la mujer. «Pesaba menos que su espada», pensó. En brazos de Antonio, los dirigió hasta su bohío bajo las miradas curiosas de los quedaban en el batey. Antonio acostó a Carima en su hamaca mientras Aimá reordenaba el bohío para hacer espacio para ellos.

—¡No hay comida! —exclamó Aimá soltando al aire su frustración—. ¿Cómo puedes comer?

—La esposa del behique me trae comida todos los días —respondió Carima. Justo cuando terminó de decirlo, una anciana apareció en la puerta.

—Mi nombre es Aya, soy la esposa del behique —se introdujo con una voz que no escondía su edad.

—Yo soy Aimá y este es Antonio.

—Saben de la advertencia del behique con respecto a Carima. El espíritu de los muertos podría venir por cualquiera de nosotros.

—Entonces, dígame: ¿por qué viene a darle comida? —preguntó Aimá, controlando su coraje con el conocimiento de que Aya había sido la única persona que ayudaba a su amiga.

—Porque soy tan vieja que la muerte no me quiere. Ella sabe que voy a dejar este mundo ya pronto de todos modos. Y esta pobre niña…necesita ayuda —la voz de Aya de desvaneció, como si ella no quisiera que oyeran lo último que dijo.

—Sabemos lo que dice el behique y no estamos preocupados —dijo Aimá con impaciencia—. Nos quedaremos aquí con Carima —concluyó, sin dar lugar a dudas.

—Me alegro —dijo Aya en voz baja. Entró con cuidado al bohío—. Esta vez no estoy de acuerdo con mi esposo —susurró. Un atisbo de miedo se mostró en sus ojos—. Esta niña necesita cuidado y compañía. Me alegro que estén aquí para ella. Creo que otros vendrían, pero temen desafiar a mi marido. —El ceño fruncido en su rostro delataba su desaprobación de la situación con Carima—. ¿Puedo ofrecerles algo de comer?

—Se lo agradeceríamos —dijo Antonio. La mención de comida le recordó lo hambriento que estaba.

La anciana asintió y salió del bohío. Regresó en poco tiempo cargando distintas frutas que depositó junto a la entrada antes de partir de nuevo. Luego trajo dos vasijas de barro con harina de yuca. Moviéndose lentamente hizo varios viajes, cada vez cargando diferentes alimentos. Cuando terminó, el bohío de Carima estaba abastecido con suficiente comida para durar varios días para ella y sus invitados.

—Le agradecemos su amabilidad Aya —dijo Aimá, sorprendida por la generosidad de la anciana.

—La comida vino de muchas familias —respondió Aya desde donde se encontraba en la puerta.

—Por favor, quédese a comer con nosotros.

—No puedo. Tengo que encargarme del behique. Pero me gustaría ver a Carima.

—Pase por favor —dijo Aimá indicándole a Aya a que entrara.

La anciana caminó hasta la hamaca donde Carima dormía. Con cariño le acarició la frente; sus ojos delataban su profunda preocupación por la enferma. Aimá y Antonio observaban en silencio.

—Volveré mañana —dijo Aya antes de irse—. Duerman en paz.

Aimá la detuvo.

—Gracias por cuidar a Carima —le dijo.

Aya respondió con una dulce sonrisa desdentada antes del salir del bohío y perderse en la oscuridad de la noche.

Juntos, Aimá y Antonio prepararon una comida ligera. Después de asegurarse de que Carima estaba cómoda, buscaron agua del río y se acostaron para ponerse al día con el sueño que habían perdido la noche anterior. Ningún espíritu vino a perturbar el bohío esa noche.

Carima se encontraba despierta acostada en su hamaca cuando sus dos invitados abrieron los ojos para enfrentarse al nuevo día.

—Cuando me desperté esta mañana, pensé que la visita de ustedes era un sueño. Me alegro de estar equivocada.

—No tengas duda, aquí estamos —dijo Aimá haciendo como si estuviera seria—. Y si puedo desprenderme de este hombre apestoso te prepararé un buen desayuno.

Entonces empujó a Antonio a un lado, casi tirándolo de la hamaca. Él reaccionó rápidamente estirando un brazo para recuperar el equilibrio y, al mismo tiempo, pellizcando a Aimá en las nalgas y haciéndola chillar de sorpresa.

Una amplia sonrisa iluminó el rostro de Carima. Más que nada, extrañaba tener personas viviendo y actuado de forma relajada a su alrededor. Desde que el behique dio su advertencia acerca de ella, Carima no había tenido contacto espontáneo con nadie, excepto Aya, e incluso la anciana siempre estaba nerviosa, por miedo a su marido.

Ese día, Antonio y Aimá se dedicaron a cuidar de Carima. Le ofrecieron la mejor comida que había tenido en muchas semanas y la bañaron en el río. Por la tarde Antonio se ofreció a cargarla hasta la playa, y ella aceptó con gran deleite.

Cuando estaba sana, Carima visitaba la playa a menudo y pasaba muchas horas nadando, pescando o disfrutando la vista de las islas que salpicaban el horizonte al otro lado de las aguas. Se había criado en Ceiba, acurrucada por las colinas de tierra adentro. Para ella, aún después de varios años de vivir en Macao, la vasta extensión del mar era una cosa maravillosa.

Antonio cargó cómodamente a su nueva amiga en la corta caminata hasta la playa. Aimá los siguió con una cesta tejida llena de frutas y casabi. Estaba decidida a tener comida disponible para Carima. Instintivamente asociaba la delgadez de Carima con la falta de alimentos y, mientras estaba en Macao, Aimá no permitiría que su amiga pasara hambre.

Antonio sentó a Carima en la sombra junto a unos mangles que crecían agrupados al borde del agua. El mar estaba en calma a pesar de la brisa constante que soplaba del noreste. La playa era parte de una amplia bahía marcada al norte y al sur por grandes promontorios acantilados al mar. Al sur de donde se encontraban, la bahía aceptaba las aguas del río. La corriente empujaba el sedimento del río hacia el sur, de manera que el agua frente a ellos se veía cristalina. Varios niños jugaban cerca de la desembocadura del río, mientras que tres hombres trabajaban en una enorme canoa, la más grande que jamás había visto Antonio. En el mar, unos pescadores taínos remaban en dos pequeñas canoas en dirección a la playa. «Este lugar —pensó Antonio—, es uno de los más bellos que he visto en mi vida».

Aimá y Antonio nadaron y fueron a dar un paseo por la playa mientras Carima disfrutaba de pasar el día fuera de su bohío visitando su querida playa. De vez en cuando se quedaba dormida, ya que su cuerpo enfermo necesitaba descansar después del más mínimo esfuerzo.

—No estoy segura de qué hacer —dijo Aimá a Antonio mientras caminaban por la playa de regreso a su amiga—. No puedo dejar a Carima en Macao. No hay quién se ocupe de ella.

—¿Por qué no la llevamos con nosotros a Ceiba? Yo creo que entre Moné y yo la podemos cargar, pero nos tomará más tiempo completar el viaje.

—Pensé en eso, pero ella esta tan débil, que no sé si sobreviviría el viaje. —Aimá se veía preocupada—. También necesito hablar con ella para saber lo que prefiere. No podemos llevarla a Ceiba si no quiere ir.

Terminaron su conversación cuando se acercaron a Carima. Dormida en la arena se veía tristemente patética, su esquelética figura acurrucada en posición fetal. La pareja se volvió hacia el mar. Aimá puso sus brazos alrededor de la cintura de Antonio, hundió la cara en su pecho y sollozó suavemente. Antonio tuvo el mal presentimiento de que Carima nunca saldría de Macao.

Volvieron al yucayeque avanzada la tarde pero con suficiente luz del día para preparar una comida y hacer los arreglos para la noche. Moné pasó a visitarlos y le dijo a Antonio que estaría listo para salir de Macao en los próximos dos días. Antonio no mencionó la idea de traer a Carima, ya que nada era seguro.Ese día hubo una espectacular puesta del sol. Las nubes formaron varias capas, cada una iluminada con un tono dorado distinto. El río serpentino reflejaba la luz y brillaba como si fuera un río de oro fundido, la principal fantasía de los conquistadores españoles. Carima, sintiéndose más fuerte después de comer y dormir, se sentó frente a su bohío mirando al cielo y las tonalidades de oro a su alrededor.

—Les quiero dar las gracias por ayudarme a tener el mejor día de mi vida —dijo en voz alta, pero con débil entusiasmo, a sus huéspedes en el bohío.

—¿Qué quieres decir? —preguntó Antonio, un poco confundido saliendo del bohío. Aimá dejó de poner en orden el bohío y se acercó a escuchar a su amiga.

—No me han tratado con respeto desde que el espíritu de los muertos comenzó a visitarme —dijo Carima seriamente—. Hoy ustedes me trataron como a una persona. Así es como yo me crié. Es así como todas las personas deben ser tratadas. Hoy me di cuenta, más que nunca, de lo importante que es eso. Por eso, este día es verdaderamente memorable para mí. —Con esfuerzo Carima se puso de pie y le dio un abrazo a cada uno de sus amigos.

Pasaron la noche charlando alrededor de una pequeña hoguera en frente del bohío. Aya se detuvo a visitar y se fue sin sentarse. Carima dormitaba de cuando en cuando. En una de esas ocasiones Antonio la levantó y la puso en su hamaca para pasar la noche. Poco después él y Aimá hicieron lo mismo.

Antonio se despertó con la tenue luz que penetraba a través de las cañas y palos que formaban el bohío. Supo que Aimá ya se había levantado porque no sintió su cálido cuerpo junto al suyo. Mientras yacía en la niebla del medio sueño, se dio cuenta de que el silencio en el bohío solo lo interrumpían unos ligeros sonidos de jadeo detrás de él. Se volvió hacia el sonido y vio a Aimá arrodillada sobre el cuerpo que una vez portó el espíritu de Carima.

Al instante saltó fuera de la hamaca y al lado de Aimá, demasiado sorprendido para hablar. Él sabía que Carima estaba enferma, pero tenía la esperanza de que se recuperara con el cuidado que le habían estado dando. A pesar de lo mal que se veía, la muerte de Carima fue súbita e inesperada.Después de algún tiempo Aimá se sentó sobre sus pies y respiró profundamente.

—Hay que notificar al cacique y al behique que un miembro de su yucayeque ha muerto.

—Yo iré —ofreció Antonio.

Antes de regresar con Aimá, ya la noticia se había extendido por todo el yucayeque. Aya fue la primera en llegar al bohío. Visitó el cuerpo de Carima en silencio por unos momentos y luego se acercó a Aimá.

—La gente del pueblo quería a Carima —dijo en voz suave—, pero temían acercarse a ella debido al pronunciamiento del behique. Ahora que el espíritu de Carima se ha ido, van a honrarla. —La anciana hizo una pausa, observando la reacción de Aimá y Antonio. Continuó explicando en respuesta a la mirada perpleja de Antonio—. Mientras su espíritu peleaba para quedarse con los vivos, Carima nunca cuestionó al behique. Nunca puso a más nadie en riesgo. Se portó valientemente. La gente reconoce eso y quiere honrarla. Tenemos cariñosos recuerdos de los años que vivió aquí con nosotros.

Antonio señaló que entendía con una inclinación de la cabeza.

Aimá estaba de frente a Aya, con la mirada seria. Su mente luchaba con sus sentimientos con tal intensidad que Antonio podía ver que su cuerpo temblaba. Odiaba la forma en que Carima había sufrido debido al rechazo del yucayeque. Sin embargo, era taína; ella sabía que la gente estaba obedeciendo al behique y protegiéndose a sí mismos. «Pero —pensó—, ¿por qué había tenido que sufrir tanto Carima?»

—Tienes razón Aya —dijo Aimá con un suspiro que delataba sus emociones—. Carima se merece ser honrada. Voy a participar en los preparativos.

—Es lo que quieres y como debe ser —respondió Aya—. Tenemos que empezar con los preparativos de inmediato.

Aimá asintió en reconocimiento a la anciana y se volvió hacia Antonio.

—Vamos a preparar el cuerpo de Carima. Tienes que esperar afuera. Por favor encuentra a Moné y asegúrate de que esté haciendo los arreglos para el regreso a Ceiba. Estoy ansiosa por regresar a nuestro hogar.

Antonio le comunicó su amor a Aimá acariciando su mejilla.

—Estaré con Moné si me necesitas.

El español pasó parte de la mañana con su silencioso amigo y luego se dirigió a la playa. Sabía que pronto se iban de vuelta a Ceiba y quería visitar el mar una vez más. El hermoso panorama lo impresionó como la primera vez que lo vio. Si aún estuviera buscando un lugar para asentarse, este sería el tipo de lugar que querría. Tenía el río como fuente de agua dulce, tierra alta para protegerse contra inundaciones, tierras fértiles para las cosechas y el océano cerca. Sería perfecto.

Su mente vagaba con pensamientos dispares cuando un niño se le acercó corriendo con un mensaje de Aimá: «vuelve al yucayeque». Al instante se puso de pie, caminando por la arena a un ritmo acelerado. El niño lo acompañó trotando junto a él. Cuando se acercaron al yucayeque Antonio se dio cuenta de que estaba vacío.

—¿Dónde está todo el mundo? —Antonio le preguntó al niño.

—Están al lado del río. Yo le llevo.

Antes de llegar a los primeros bohíos, el niño se dirigió hacia la izquierda siguiendo un sendero pequeño. El camino los llevó cuesta abajo del yucayeque a un claro en el valle fluvial al costado del río. Allí la población de Macao se encontraba reunida para rendir sus respetos a Carima. Antonio se sintió estúpido por llegar tarde. Aimá lo vio y le hizo una señal para que fuera junto a ella. En silencio le tocó la mano para hacerle saber que todo estaba bien.

El cuerpo de Carima, pintado con diferentes diseños y decorado con joyas, yacía en el suelo junto a una amplia tumba. Cuando el behique dio la orden, el cuerpo fue bajado al centro de la tumba y colocado en posición fetal por un hombre que había saltado dentro para ayudar. De pronto, los que estaban reunidos alrededor de la tumba comenzaron a entregarle a éste una variedad de artículos: frutas, casabi, vasijas de barro, utensilios de cocina, plumas y trozos de tela. Después de cubrir el cuerpo con hojas de palma el hombre salió de la tumba.

—Nos dejas como una guerrera —dijo el behique con voz severa—. Viviste tu vida con honor, y con valentía luchaste contra los espíritus de los muertos. —El behique pausó y un murmullo de aprobación surgió de los allí reunidos—. Habla bien de nosotros en la tierra de los muertos. Honraremos tu memoria entre los vivos.

Terminada la ceremonia, el grupo empezó a alejarse, de vuelta al yucayeque. Antonio, acostumbrado a las largas oraciones del ritual funerario católico, se sorprendió por la brevedad de la ceremonia. Más tarde le comentó a Aimá y ella explicó que los que querían a Carima siempre la extrañarían, pero que era más importante honrarla en canciones que llorar en su tumba.

XIII
LOS ÁRBOLES DE VIDA

Al dejar la tumba de Carima, la pareja de Ceiba reunió sus provisiones para el viaje de regreso a su hogar. Aimá sabía que el propósito inesperado de su visita a Macao estaba cumplido. Apreciaba haber tenido la oportunidad de ofrecerle a su amiga algo de compañía y consuelo en los últimos días de su vida; sin embargo, la experiencia la perturbó. Estaba ansiosa por salir de Macao. Antonio le avisó a Moné que Aimá y él se iban esa misma tarde e hizo los arreglos para encontrarse con su amigo la mañana siguiente. El plan era seguir el sendero al oeste del yucayeque hasta que se encontraran con el segundo riachuelo proveniente del norte. Ahí acamparían y esperarían a Moné hasta que llegara la mañana siguiente.

Después de despedirse del cacique Humaca, Aimá y Antonio dejaron calladamente el yucayeque. La primera parte de su viaje de vuelta a Ceiba siguió el mismo camino que habían usado unos días antes. Era difícil creer que apenas unos pocos días habían pasado desde que llegaron a Macao llenos de alegre anticipación. La inesperada intensidad emocional de su visita hizo parecer que su corta estancia había durado semanas. Aimá, caminando al frente, estableció un ritmo vigoroso sobre el sendero plano y bien usado. Caminaba con ganas de poner el bosque entre ellos y los recuerdos de Carima moribunda. Finalmente relajó el paso a medida que la riqueza de la selva y el murmullo del río empezaron a calmar su espíritu atormentado.

Llegaron a su destino cuando el sol empezó a ponerse. Por delante de ellos, una enorme roca cuadrada salía de la tierra en la península formada donde un riachuelo se juntaba al río más grande que habían estado siguiendo desde que salieron de Macao. La pareja se sorprendió al ver un cobertizo arrimado a la roca. Moné había sido muy considerado al enviarlos por donde tendrían refugio.

Saltando de roca en roca vadearon la pequeña corriente procedente de las montañas y se acercaron al que sería su hogar esa noche. Un anillo de piedras marcaba el lugar de previas fogatas. Las cenizas y la madera carbonada presentaban evidencia de uso reciente. Antonio miró en el interior del cobertizo y lo encontró abastecido con madera seca. Unas hojas de palmeras que cubrían el suelo, ayudaban a hacer su refugio más cómodo. Dos hamacas colgaban de un poste astutamente anclado al suelo, y de una gruesa raíz que cruzaba la pared de piedra al fondo del albergue.

En poco tiempo Aimá tenía un fuego listo y estaba calentando varias piedras lisas que Antonio le había traído del río. Moviéndose con la agilidad que viene de la práctica, sumergió las piedras calientes en el agua de dos tazones. Delgados hilos de vaho le indicaron a Aimá que el calor de las rocas se había pasado al agua. De una bolsa de cuero Aimá extrajo distintas hierbas y especias que, cuando las añadió al agua, crearon un delicioso caldo caliente para acompañar al pescado ahumado, al casabi y la fruta que comieron esa noche.

Se sentaron junto al fuego absorbiendo su calor y confortados por su efecto hipnótico. A su alrededor, la canción delicada del coquí llenaba el aire. «Era difícil sentirse solo en los bosques de Borikén», pensó Antonio. Las diminutas ranas siempre estaban presentes para dar compañía. Siempre cantando sus dos sílabas, *co-quí,* con una multitud de voces que hacían la canción eternamente variada.

—Cuando lleguemos a Ceiba tendré que anunciar la muerte de Carima a su familia. —La voz de Aimá sorprendió a Antonio, quien estaba completamente distraído por el fuego y los sonidos del bosque—. Después voy a ir con Yuquiel y le contaré su historia para que componga una canción. Entonces el nombre de Carima será recordado en su yucayeque.

—Me alegro de haber conocido a Carima —respondió Antonio—. Su vida es digna de una canción.

Esa noche durmieron incómodamente. Una brisa ligera soplaba el aire frío de montaña a través del cobertizo. El calor de sus cuerpos no era suficiente para compensar la poca protección que les brindaba su albergue. Antonio se alegró al ver la primera luz del amanecer. Torpemente se bajó de la hamaca y se dirigió al riachuelo para hacer sus necesidades. Mientras miraba a su alrededor para volver a familiarizarse con sus entornos, se sorprendió de ver a Moné sentado en una roca por el río. Una vez se vació su vejiga se acercó al silencioso Taíno.

—Saludos, Moné —dijo Antonio—. Me sorprendí al verte aquí.

—No fue mi intención asustarte.

—¿Cuándo llegaste?

—Hace poco. Esperaba que no durmieran mucho más. Tenemos un largo camino por delante si queremos llegar a Ceiba hoy.

En ese momento Aimá emergió del cobertizo. Sin prestar atención a los dos hombres caminó hasta el río, se quitó el taparrabos y cuidadosamente entró en una pequeña piscina de agua creada por un grupo de grandes rocas. Momentos después salió refrescada por el agua fría y limpia. Aimá saludó a Moné y se dirigió hacia la fogata. Después de un desayuno ligero reabastecieron el cobertizo con leña y comenzaron su caminata a Ceiba. Como de costumbre, Moné tomó la delantera y marcó un paso exigente. Aimá y Antonio le siguieron, con el español luchando por mantenerse a la vista de sus amigos.

El sendero siguió río arriba por un tiempo. Donde el río se volvió hacia el norte, en dirección a las montañas, los viajeros continuaron hacia el oeste. Cruzaron una serie de montes, escalando y descendiendo repetidas laderas cubiertas de selva. Tras varias subidas Antonio comenzó a sentir ardor en sus muslos. Disfrutaba de los descensos, pero siempre le parecían demasiado cortos. Cerca del mediodía se detuvieron a descansar al llegar a otro de los muchos riachuelos en el camino. Moné indicó que volvería y se internó en la selva. Al instante se fundió en la masa verde de las plantas. Antonio caminó al agua, se quitó las botas harapientas, y metió los pies en el agua fría de montaña. Su alivio fue instantáneo y obvio mientras dejó escapar un fuerte suspiro.

—¿Te estás volviendo viejo, querido? —se burló Aimá.

—¡Ya soy viejo! —respondió riendo—. Se lo tienes que mencionar a Moné o me van a tener que cargar hasta Ceiba.

Moné volvió con los brazos llenos. Llevaba frutas, nueces de palma y cuidadosamente cargaba tres huevos en sus manos.

—¿De dónde viene esto? —preguntó el español, impresionado con la abundancia de alimentos.

—Sembré algunos árboles hace años en la cima de esta colina —dijo señalando hacia la cresta detrás de ellos—. Se puede viajar ligero cuando se sabe que hay comida en el camino.

—¿Y los huevos? —insistió Antonio.

—Me di cuenta del nido la última vez que caminé a Ceiba —explicó Moné en su manera relajada—. Tenemos suerte que el nido esté ocupado. Había muchos huevos.

Aimá recogió dos piedras pulidas por la corriente, una plana y otra redonda, de una forma que cabía cómodamente en su mano. Usó la piedra plana como base y con la otra golpeó las nueces de palma para abrirlas. Antonio imitó a Aimá quien usó sus dedos para extraer y comer la sabrosa pulpa cremosa de la nuez. Los huevos los comieron crudos. Moné utilizó la espina de una palmera del bosque para abrir pequeños huecos en las cáscaras, por donde chuparon los contenidos de los huevos. La pulpa dulce de una fruta que Antonio no reconoció fue el plato final de su almuerzo.

Mucho antes de lo que Antonio hubiera preferido, estaban de nuevo de camino. Se alegró de ver a Moné voltearse para seguir el sendero río abajo, en dirección al sur. Después de un rato el pequeño riachuelo que seguían se unió a uno más grande y la vegetación comenzó a abrirse un poco. El aire se hizo más cálido y seco a medida que descendían de las colinas. Entraron a una sabana parecida a la que habían atravesado de camino a Macao.

A media tarde llegaron a un río que fluía al oeste y que, de acuerdo a Moné, los llevaría hasta Ceiba. El sendero seguía la densa vegetación que abrazaba al agua. A veces Moné, que estaba íntimamente familiarizado con esta ruta, se lanzaba dentro de los matorrales y volvía con diversas frutas sabrosas. El aire caluroso y el terreno menos accidentado permitieron que Antonio se olvidara del arduo esfuerzo de la caminata de esa mañana. Incluso Aimá parecía más animada con cada paso que los llevaba más cerca a su hogar, como si sólo la distancia pudiera calmar el dolor en su corazón.

El río que seguían buscaba paso alrededor de las montañas que habían estado circundando toda la tarde. Poco a poco, comenzó a fluir en dirección más al norte según las montañas le abrieron un camino para que el agua llegara a tierras más bajas. A veces, el río serpenteaba alrededor de un terreno elevado, mientras el sendero seguía la ruta más directa sobre una colina, reuniéndose con el río en el otro lado.

—Desde lo alto de la siguiente loma —dijo Moné señalando adelante con entusiasmo inusitado—, podremos ver las dos ceibas del yucayeque.

Era tarde en el día, con el sol cerca del horizonte, y Antonio estaba feliz de oír que se acercaban a Ceiba. Después de una noche de mal sueño y un largo día de viaje riguroso, en lo único en que podía pensar era en comer algo y subirse a su hamaca.

—Creo que podría dormir por varios días —dijo en voz alta.

—Hazlo, viejo —dijo Aimá mirando sobre su hombro con una sonrisa—. Me aseguraré de que nadie te moleste.

Moné comenzó a caminar más rápido, la emoción de reunirse con su futura esposa reavivaba sus pasos. Esta vez sus compañeros no trataron de seguirle, y pronto se perdió de vista avanzando hacia la cresta.

Al llegar a la base de la colina, Moné sorprendió a la pareja que iba a la zaga. Venía corriendo cuesta abajo hacia ellos con una mirada alarmante en su rostro. Se hicieron a un lado para evitar chocar con el joven taíno que casi se cae tratando de detenerse.

—Hay un incendio en Ceiba —Moné escupió las palabras tan rápido que apenas eran inteligibles.

—¿Qué? ¿Qué quieres decir? —preguntó Aimá tensamente.

—¡El yucayeque se está quemando! —respondió Moné en voz alta, luchando por recuperar el control—. Voy a adelantarme. Aimá, tú conoces el camino desde aquí. Nos vemos de nuevo en Ceiba. —Inmediatamente se volvió y echó a correr cuesta arriba con la agilidad y la velocidad del predador más ágil.

—Vamos a la cima de la loma para poder ver lo que está pasando —dijo Antonio, alentando a Aimá para que caminara frente a él.

Se apresuraron a llegar a la cresta, el dolor de sus músculos desplazado por el temor. El panorama desde la cima de la colina era bello y terrible. El río, que les había servido de compañía gran parte del día, se podía ver desplazándose a lo largo de un valle estrecho. Claramente visibles detrás de una pequeña colina, se veían las cumbres de las ceibas que se elevaban sobre su yucayeque tocayo. Mientras tanto, en agudo contraste al cielo iluminado por otra brillante puesta de sol, una gran columna de humo negro llenaba el aire alrededor de las copas de los venerables árboles.

Aimá dejó escapar un grito y echó a correr cuesta abajo. Cuando empezó a correr tras ella, Antonio vio a Moné a punto de llegar al cerro que obstruía la vista al yucayeque. Un segundo después se perdió de vista entre los árboles. El español corrió por la empinada ladera del cerro, con Aimá unos pasos por delante. Toda su concentración estaba dirigida en mantener su equilibrio en la luz mortecina y en seguir a Aimá, que corría a un ritmo que él sabía que no podría mantener mucho más tiempo. De repente llegaron a la base de la colina que era su destino intermedio. Antonio se agachó, con las manos sobre las rodillas, respirando con dificultad y temiendo el ascenso a pesar de que era una pendiente suave. Después de unas bocanadas de aire empezó a moverse de nuevo.

Aimá se detuvo a media colina para esperar a su compañero y lo llamó, alentándolo con palabras apresuradas. Juntos llegaron a la cima de la colina para vislumbrar el paisaje de una existencia perdida. Se confirmaron sus peores temores; Ceiba había quedado reducida a cenizas.

Pero era peor de lo que se pudieron imaginar. En el crepúsculo se podían ver cuerpos en el suelo.

—Esto ha sido una batalla, no un accidente —murmuró Antonio para sí mismo.

La única figura que se veía de pie era Moné, cuya consternación se hizo evidente, incluso a la distancia, por su forma de caminar. Impulsados por la necesidad de llegar al yucayeque, Aimá y Antonio empezaron a correr hacia el río que cruzaba su camino al pie de la colina.

Aimá se veía aturdida. El panorama que tenía delante era algo que no podía comprender. Los acontecimientos en su vida no le ofrecían ningún punto de referencia que le sirvieran de apoyo. Sabía del peligro de incendios. Una vez vio un bohío en llamas. Los hombres del yucayeque empujaron las paredes del edificio hacia el centro y se aseguraron de que ningún otro bohío se incendiara. Pero nadie resultó herido, y nadie creía que se iba a perder todo el yucayeque. Corrió tan rápido como pudo. «Esto no está sucediendo», pensó. Irracionalmente, creía que una vez que llegara al batey del yucayeque la visión perversa desaparecería, y que todo iba a ser como antes.

Antonio, corriendo a su lado, temía llegar al yucayeque. No quería saber la verdad de lo que había pasado allí. En su mente se mentía a sí mismo. «Debe haber sido una incursión de los caribes —pensó—. Eran suficientemente feroces como para destruir la aldea. Tal vez atacaron en venganza por los hombres que matamos en la playa». Su mente luchaba por encontrar explicaciones. Pero sólo encontró mentiras para ocultar lo que sabía era la realidad.

Rápidamente vadearon el río y se dirigieron hacia el primero de los bohíos humeantes. Con los pies apenas fuera del agua, Antonio cayó de rodillas, sus ojos fijos en el suelo. Aimá, sin darse cuenta, continuó avanzando hacia el batey para encontrarse con su propia realidad.

Los ojos de Antonio se inundaron de lágrimas cuando estiró su brazo para tocar la huella de una herradura en el fangoso suelo de la ribera. Las mentiras se desvanecieron. Ahora sabía que los españoles habían estado allí. De nuevo, como en La Española, habría muerte y destrucción para los taínos. Antonio se sintió estúpido por haberse atrevido a pensar que las cosas serían diferentes. Había tenido la esperanza de que Ponce de León ofreciera una nueva forma de liderazgo, alistando a los taínos como aliados en vez de esclavos. Ideas absurdas, pensó. Ponce de León ya no era un soldado honorable, era un gobernador. Estaba envuelto en la política de la conquista. Haría lo que fuera políticamente oportuno.

Mientras en su mente se agolpaban los pensamientos, el corazón de Antonio se llenó de amargura y vergüenza. No podía levantar la vista para ver lo que sus compatriotas habían hecho. No creía que jamás pudiera perdonarse a sí mismo por ser quien era.

De repente, la paz nauseabunda fue rasgada por un grito desesperado de Aimá. Antonio se puso de pie involuntariamente, con los ojos todavía en el suelo. Su amor por Aimá lo llevó hacia ella. Su grito agonizante le obligó a moverse. No tenía idea de cómo hacerle frente, pero sabía que tenía que ir con ella. Aimá tendría que decidir si lo rechazaba por lo que era.

Levantó los ojos y comenzó a caminar deliberadamente hacia el batey. El suelo donde caminaba estaba revuelto, cubierto con huellas de cascos de caballo. Metódicamente contempló la escena que tenía delante. Todos los bohíos y el caney habían sido calcinados por completo; muchos seguían humeando. Acercándose al bohío más cercano se atragantó repentinamente. El olor repugnante de carne humana quemada entró en sus pulmones y se llevó algo de su propia vida. En el bohío, los restos carbonizados de dos adultos y un niño yacían acurrucados juntos. Antonio, horrorizado, desvió la mirada y avanzó para alejarse del macabro espectáculo y del humo que emanaba de los cadáveres. La escena con que se enfrentó en la creciente oscuridad no era menos aterradora: el batey estaba lleno de cuerpos ensangrentados, todos taínos. A la luz de la luna podía ver los cortes agudos de espada que se habían abierto por la presión interna de las entrañas. Otros cuerpos estaban grotescamente mutilados. Entró en el batey y de inmediato vio a Aimá en cuclillas, mirando el cuerpo sin vida de un hombre. A medida que se acercó, vio que era su padre.

El mundo de Aimá había sido destruido. Al vislumbrar la verdad de lo había sucedido, su incredulidad fue reemplazada por la desesperación. El lugar donde se crió de niña, donde floreció como adolecente, donde sufrió el dolor y la alegría de vivir en comunidad, estaba perdido. Y la gente, su gente, yacía muerta a su alrededor; su amado padre a sus pies. El terror que sentía se reflejaba en su rostro.

Antonio se acercó en silencio, caminando entre los cadáveres. Llegó junto a Aimá y le ofreció su apoyo poniendo una mano delicadamente en su hombro. Ella miró a su compañero con tanta tristeza que él no pudo contenerse. Se agachó, la levantó lentamente y la alejó del horrible batey. Se dirigió a los conucos, donde había menos humo. Los cultivos de los taínos, tan amorosamente atendidos, estaban pisoteados y revueltos. Las incriminatorias huellas de caballos se veían en las sombras por todas partes. Se sentaron juntos, de frente a las imponentes ceibas. Antonio se alegró de que los árboles hubieran sobrevivido la batalla. Más que los bohíos y otros edificios, representaban el verdadero espíritu del yucayeque. Sus siluetas permanecían rectas e inmóviles contra el telón de fondo de las estrellas; testimonio de permanencia en medio de la muerte y el caos que los rodeaba.

—¿Qué ha pasado? —preguntó Aimá recuperándose lentamente de la consternación sufrida por lo que había visto.

Antonio no sabía cómo responder. Él sabía que los españoles habían estado allí y eran responsables de la destrucción, pero no sabía por qué habían atacado. Temía que ella lo rechazara cuando se enterara de que los españoles habían destruido Ceiba, matando a sus seres queridos. Sin embargo, la verdad era su única opción; no tenía mentiras para esta mujer.

—Los hombres blancos estuvieron aquí —dijo tratando de leer su reacción en la expresión de su cara—. Fueron ellos los que destruyeron Ceiba.

—Nos lo advertiste en Jagua —dijo ella luchando por mantener el control de sus emociones—. Pero nunca imaginé este salvajismo. —De repente sus ojos se llenaron de lágrimas—. ¿Cómo puedo vivir sin mi gente? —susurró con callada desesperación.

Antonio no sintió que ella lo acusara. Sufría viéndola tan angustiada y se dio cuenta que lo necesitaba. Se acercó y la abrazó, ofreciéndole todo el consuelo que podía.

Permanecieron así por un largo rato. Los suaves vientos alisios cortaban los olores de destrucción que los rodeaban. Un extraño silencio prevalecía. Las ranas que vivían a las orillas del río estaban en silencio; incluso los *coquíes* estaban callados. En esta quietud el sonido raspante de pasos hizo que Antonio se levantara, espada en mano. Aimá estaba detrás de él.

—¿Quién va? —dijo en taíno y español, sin saber qué esperar.

Pero no necesitó respuesta. En las sombras podía ver la figura de dos hombres taínos moviéndose lentamente. Enfundó su espada. Primero reconoció a Moné y después, increíblemente, vio a Taibaná, obviamente herido, apoyándose en gran medida de su amigo.

—¡Aimá! —gritó el español—. Es tu hermano. Moné lo trae. —Entonces se apresuró a ayudar a cargar a su amigo.

—Vamos debajo de los árboles —sugirió Moné—. Sus raíces nos darán refugio.

Los dos hombres cargaron a Taibaná, quien quedó inerte en sus brazos, agotado por el esfuerzo de caminar. Se acomodaron entre dos enormes raíces de soporte justo detrás de donde Taibaná y Mayaco una vez tuvieron su bohío. Según lo acostaban en el piso, Aimá reapareció de entre la oscuridad. Sus confusas lágrimas ahora reflejaban la alegría de saber que no estaba sola. Taibaná representaba una parte de su mundo que no se había perdido. Aún así, Aimá no pudo evitar el impacto emocional al ver a su hermano. Su pecho y sus brazos estaban cubiertos de cortes y contusiones, y la mayor parte de su cuerpo estaba bañado en sangre. A veces recuperaba la conciencia y llamaba a Mayaco; o revivía una escena de la batalla, incapaz de contener el horror de lo que había presenciado. Taibaná fue el único en sobrevivir el ataque, pero sólo porque había sido dado por muerto.

Con algo de esfuerzo, pero sin indecisión, Aimá hizo a un lado su dolor y se concentró en atender de Taibaná.

—Moné, enciende una fogata, y que sea grande. Antonio, consígueme agua.

Dio órdenes con renovada determinación. Mientras ella estuviera allí, su hermano no iba a morir.

Después de inspeccionar sus heridas y asegurarse de que Taibaná estaba cómodo, Aimá fue a buscar medicina. Se dirigió a una pequeña parcela de plantas medicinales que el behique mantenía cerca de su bohío. Ahí, sabía que podría encontrar los remedios más comunes. De necesitar otras medicinas, el bosque tenía gran cantidad de plantas que podrían ser utilizadas para una variedad de dolencias. Aimá caminó por las afueras del yucayeque manteniéndose alejada del batey. Encontró las plantas medicinales de Yuquiel, pisoteadas pero suficientemente frescas como para ser útiles. Recolectó las que necesitaba y volvió rápidamente al lado de su hermano.

Moné añadía leña a una pequeña fogata para hacerla crecer. Antonio se encontraba en el río buscando agua, pero ya había dos jarras llenas esperando a Aimá. Después de calentar el agua con piedras calientes de la fogata, se dispuso a lavar a su hermano. La sangre se había apelmazado en la piel de Taibaná de tal manera que en algunos lugares Aimá tuvo que usar arena del río para lijarla y dejarla limpia. Según removía la sangre, se iba exponiendo el cuerpo del taíno. Las docenas de cortes y magulladuras contaban la historia de su terrible experiencia en defensa de su yucayeque. Afortunadamente, ninguna de las heridas era grave; una contusión profunda en una pantorrilla era la razón principal por la que no podía caminar.

Aimá fue diligente en el cuidado de su hermano. Hasta la cortadura más pequeña la limpió cuidadosamente y la cubrió con la pasta medicinal que ella preparó con las plantas del behique. Cuando terminó, con ayuda de Antonio y Moné, colocó a Taibaná cerca del calor de la fogata sobre una suave cama de hojas. Los tres compañeros de viaje aprovecharon para descansar y comer algo. Se sentaron en silencio junto al fuego, de espaldas al batey. Ninguno podía tolerar ver esa escena de devastación.

El largo día de viaje era una memoria perdida para Antonio. Llegar a las cenizas de Ceiba había cambiado todo. Su sueño de ser dueño de un terreno y establecer una hacienda había cambiado hacía mucho tiempo, reemplazado por la expectativa de vivir su vida con Aimá y su maravillosa gente. El sistema español había hecho imposible que él, marinero y trabajador, pudiera lograr su primer sueño. Ahora los españoles le habían arrebatado su nuevo sueño y lo habían incinerado. Sus sentimientos ambivalentes hacia los europeos de Caparra adquirieron nueva claridad, tornándose en un profundo odio por lo que habían hecho y por qué lo habían hecho. Antonio sabía que el ataque a Ceiba no había sido una incursión en busca de destruir un enemigo peligroso, o una batalla honorable en defensa de tierra y vidas. Sabía que los españoles habían atacado con el pretexto de calmar a los taínos sublevados, cuando en realidad buscaban esclavos para trabajar sus minas y *encomiendas*. El yucayeque destruido, las familias desgarradas, los sueños perdidos, todo este sufrimiento con fin de dar a algún joven aristócrata la oportunidad de hacerse rico en la nueva colonia.

—Necesito tu ayuda —dijo Moné de repente. El inusual pedido sorprendió a Antonio, quien se encontraba perdido en sus pensamientos—. Tenemos que encargarnos de los cuerpos en el batey. Son demasiados para enterrarlos. Tendremos que quemarlos.

Antonio asintió su acuerdo.

—¿Cómo te propones hacerlo?

—Cuando estaba buscando sobrevivientes, me di cuenta de que hay mucha madera seca que podemos usar. Vamos a construir un gran fuego en el centro del batey.

Los dos hombres comenzaron su triste tarea, dejando a Aimá sola con sus pensamientos y su hermano. En primer lugar, despejaron un área en el batey, y luego, metódicamente recolectaron toda la leña que pudieron encontrar en el yucayeque. Demolieron lo que quedaba de los bohíos, incluso los maderos medio quemados. La leña que originalmente estaba destinada a ayudar a cocinar la comida que daba vida a los hogares taínos ahora se utilizaría para alimentar la pira funeraria. Rodaron los troncos de los árboles que habían servido de asientos en reuniones de amigos y familiares hasta el centro del batey. Poco a poco, la pila de madera comenzó a parecer de tamaño suficiente como para completar su cometido.

Uno a uno, Antonio y Moné recogieron los cadáveres y con cuidado los pusieron sobre la pira. Cuando se quedaron sin espacio, apilaron los cuerpos restantes a través de las piernas de la primera fila de cuerpos. Antonio contó dieciocho muertos al completar su mórbida tarea.

Mientras sus compañeros buscaban madera, Aimá dejó a su hermano y se dirigió hacia el bosque detrás de los dos árboles gigantes. Justo cuando el último cuerpo fue colocado en su lugar de descanso final, salió del bosque con sus manos llenas de hojas. Solemnemente, Aimá se acercó a los cadáveres y colocó una hoja en el pecho de cada uno. Luego cruzó el batey, ahora vacío, y repitió el ritual de las hojas con los cadáveres carbonizados que Antonio había visto anteriormente apiñados en un abrazo eterno.

Antonio y Moné, una vez terminado el trabajo pesado, se apartaron respetuosamente. Ellos sabían instintivamente que Aimá quería estar sola para llevar a cabo este ritual. El penetrante aroma de las hojas que Aimá dispensaba le recordó a Antonio el funeral de Carima. Fue allí, en medio de la ceremonia del entierro, que recordaba oler el mismo aroma.

Aimá se movía como con pasos ensayados. Caminó de regreso a través del batey y, después de repartir las restantes hojas sobre la pira, se detuvo junto al cuerpo de su padre. Colocando una mano sobre la frente del cadáver y con lágrimas en sus ojos, se despidió de ese hombre bueno. Con mirada resuelta se acercó al fuego que ardía cerca de Taibaná y tomó varios leños encendidos. Aimá no había sido capaz de ayudar a mover los cuerpos de la gente que conocía y tanto amaba. Hubiera sido demasiado doloroso. Sin embargo, sabía que era su responsabilidad encender el fuego que fundiría sus cuerpos y liberaría sus almas de esta vida. Regresó a la pira y comenzó a encender la leña allí acumulada. Una vez más las llamas lamían el aire y el humo se elevaba a los cielos bajo los árboles de vida de Ceiba. Esta vez, sin embargo, el humo perfumado flotaba directamente a través de las inmensas ramas protectoras, que ofrecían una última caricia terrenal a los espíritus que partían del yucayeque.

XIV
CAPARRA

Las primeras luces tenues de la madrugada surgieron mientras el fuego del crematorio todavía estaba en su apogeo.

—Este es ahora un lugar para los muertos. No nos podemos quedar aquí —dijo Aimá a sus compañeros.

—¿Qué sugieres? —preguntó Antonio—. No podemos viajar muy lejos. Taibaná necesita recuperarse.

—Hay un campamento de pesca a poca distancia, río abajo. Podemos quedarnos allí hasta que Taibaná esté suficientemente bien para caminar.

Nadie cuestionó la idea e inmediatamente se pusieron en camino, dejando detrás Ceiba. Aimá guió a Moné y a Antonio, quienes cargaban a Taibaná. Se dirigieron hacia el río donde encontraron un camino bien marcado y fácil de seguir cerca del agua. Después de un corto rato, llegaron a un claro junto al río donde había un pequeño bohío. El campamento, en uso hasta el día anterior, estaba bien provisto de leña y diversas frutas y otros alimentos que se utilizaban para picar mientras se trabajaba en canoas o en la pesca. El campamento estaba situado donde la corriente del río cesaba su caída tumultuosa desde las colinas, y asumía una disposición más lenta y navegable. Allí, los taínos de Ceiba mantenían las pocas canoas que utilizaban para pescar y hacer excursiones río abajo. El campamento también se utilizaba para limpiar y preparar pescados, manteniendo el olor desagradable apartado del yucayeque.

Acostaron a Taibaná para que descansara mientras Aimá encendía una fogata. Antonio y Moné inspeccionaron el campamento y no encontraron nada fuera de común. Al parecer, todo el mundo se dirigió al yucayeque cuando escucharon los sonidos de la batalla. Una vez Taibaná estuvo cómodo, durmiendo junto al calor de la nueva fogata, los tres viajeros se dejaron llevar por el agotamiento. Pasaron los tres días siguientes descansando y al cuidado de Taibaná, quien desarrolló una fiebre el día después de su llegada al campamento. Aimá cuidaba diligentemente de su hermano. Finalmente, su fiebre cedió y su condición comenzó a mejorar día a día.

Una noche, cuando Taibaná estaba casi totalmente recuperado, se sentaron juntos a compartir una cena. El cielo estaba nublado, pero la lluvia no llegaba. El canto de los coquíes resonaba más fuerte de lo normal en el aire pesado, rico con el aroma a tierra que brotaba del bosque. Al fondo, el río crecido se precipitaba hacia el mar, indiferente a todo a su paso.

Después de comer, Taibaná se enderezó en su asiento y miró a sus compañeros.

—Estoy listo para contarles acerca de la noche del ataque —dijo de manera deliberada.

Todos los ojos se volvieron hacia el hombre herido. Hasta ese momento había estado demasiado agotado, recuperándose de sus heridas y fiebres, para discutir los acontecimientos de la aterradora noche. Aimá se colocó junto a Antonio, temiendo lo que estaba a punto de escuchar. Tenía curiosidad por lo sucedido y creía importante oír la historia, pero también la temía porque ya sabía su horrible final.

—El sol estaba en camino al horizonte en un día como cualquier otro en Ceiba —comenzó Taibaná, mientras sus ojos miraban a un lugar en su memoria más allá de sus oyentes—. La mayoría de las personas estaban ocupadas con sus tareas, trabajando a la sombra de los bohíos o bajo las ramas de los grandes árboles. Los cazadores ya habían regresado de sus excursiones mañaneras. Yo trabajaba con mi padre restaurando el techo de su bohío. Desde allí yo fui uno de los primeros en ver a los atacantes. Habían rodeado el yucayeque y surgían del bosque de todas direcciones, excepto detrás de nosotros, donde los grandes árboles cerraban el camino. Grité pero todo el mundo estaba confundido. No sabían lo que estaba pasando. Mi padre y yo corrimos a buscar nuestras armas y nos encontramos con otros guerreros en el batey. —Taibaná hizo una pausa para recuperar el aliento.

—Algunos de los hombres blancos iban a pie, otros montaban los grandes animales que llamas caballos —dijo señalando hacia Antonio con la mirada—. También tenían perros, muy feroces, con grandes dientes, que les ayudaron. Eran como espíritus malvados. —Antonio meneó la cabeza comprendiendo. Había sido testigo del uso de perros para aterrorizar a los taínos en La Española.

—Los hombres a caballo tenían antorchas —explicó Taibaná—. Corrieron alrededor del batey tirándolas en los bohíos. Mientras tanto, los que iban a pie nos alcanzaron y les dimos batalla. Peleaban con espadas y lanzas. Varios de sus hombres cayeron. Pero, por desgracia, eran más los guerreros que morían. —Una vez más detuvo el relato, apenas respirando por la intensidad de sus recuerdos—. Dos enemigos me separaron de los otros guerreros. Luché y recibí muchas de mis heridas tratando de evadir sus espadas. Pude vencerlos a los dos. Pero en ese momento me dieron un gran golpe y quede inconsciente. Me desperté y vi los bohíos ardiendo y a los hombres blancos llevándose a nuestra gente. Los ataron uno a otro, hasta los niños.

—El dolor que sentía Taibaná era evidente al recordar su primer vistazo de la esclavitud—. Entonces me arrastré para alejarme, temeroso de que los atacantes volvieran y me encontraran cuando no podía ni levantarme a pelear. Lo siguiente que recuerdo es a Moné sacudiéndome para despertarme y verlos a ustedes —concluyó mirando a Antonio y Aimá.

Se sentaron en silencio, reflexionando sobre los acontecimientos que les había relatado Taibaná. Antonio tenía muchas preguntas pero sabía que Taibaná no tendría respuestas. ¿Quién dirigió el ataque? ¿Por qué tanta brutalidad? ¿Qué sucede con el liderazgo en Caparra? ¿A dónde llevaron a los prisioneros? Entre más preguntas le venían a la mente más seguro estaba de lo que tenía que hacer. Las respuestas que necesitaba estaban en Caparra y tendría que ir a buscarlas allí.

Después de una semana de descanso, Taibaná sentía que su fuerza regresaba. Todavía cojeaba por las lesiones a la pantorrilla, pero sus muchas cortaduras fueron sanando rápidamente, formando cicatrices que cubrían su cuerpo. Aimá mimaba a su hermano, asegurándose que sus heridas estuvieran limpias y de que se alimentara bien. Una vez que recobró su fuerza, Taibaná comenzó a sentirse ansioso por encaminarse a buscar a su gente. Un día, durante un aguacero iluminado por el sol, se encontraron reunidos en el pequeño bohío.

—Me siento fuerte y capaz de caminar —dijo Taibaná a sus compañeros durante esta reunión inesperada—. Creo que es hora de ir a buscar a nuestra gente. ¿Sabes a dónde los llevaron? —le preguntó a Antonio.

—No —respondió rápidamente, sorprendido por la pregunta—. Pero he estado pensando en ello. Probablemente fueron entregados como esclavos. Puedo ir a Caparra y averiguar a dónde fueron enviados. Entonces podremos decidir qué hacer.

—Eso me suena muy peligroso —dijo Aimá sin disimular su preocupación.

—Al principio, cuando salí de Caparra, se suponía que debía regresar en estos días. Inventaré algunas historias que contarles. Hablaré con los hombres del pueblo y conseguiré la información que necesitamos.

Aimá no quedó convencida.—No te preocupes, voy a estar bien —dijo el española su amante tomando su mano entre las suyas. Ella asintió con la cabeza en aceptación, una sonrisa forzada en los labios.

—Muy bien, entonces —tomó la palabra Moné—. Salimos mañana al amanecer.

Su declaración no dejó lugar a duda o a discusión. Moné había estado ansioso por que Taibaná se recuperara para poder salir a encontrar a sus amigos en cautiverio, especialmente a Guaína. Su corazón sufría al imaginar su prometida en manos de los hombres blancos. Ahora que Taibaná se encontraba mejor, no veía razón alguna para tardarse más. En cuanto la lluvia amainó, empezó a preparar las provisiones para el viaje.

A la mañana siguiente, Moné despertó a todos en el campamento antes del amanecer. La fogata ardía y la sopa de pescado, las frutas y el casabi estaban listos para el desayuno.

—Coman bien esta mañana —le dijo a sus amigos—. No sabemos lo que nos espera o cuándo vamos a tener otra oportunidad de comer una buena comida.

Apremiados por el afán de Moné, el pequeño grupo se puso en camino antes de que el sol rompiera el horizonte. Bajo el resplandor difuso del amanecer, siguieron un sendero desde el campamento hasta el bosque detrás de los conucos de Ceiba. Desde ese mirador podían ver más allá de los sembradíos atropellados, el yucayeque muerto. Antonio sintió un tirón en el pecho. Fue de ese lugar que primero vio Ceiba, lleno de vida y armonía. Aún recordaba la alegría y el orgullo en la voz de Taibaná cuando anunció su llegada al yucayeque.

De pie junto al español, una lágrima corrió por la mejilla de Aimá.

—Fue un buen hogar —dijo Taibaná silenciosamente, su voz una mezcla de ira y tristeza. De alguna manera, todos sabían que no iban a volver ahí. Una vez más, animado por pensamientos de Guaína, Moné los incitó a avanzar. Con la imagen de las ceibas majestuosas en sus mentes, se volvieron hacia la incertidumbre que les esperaba en Caparra.

El grupo caminó en silencio por el bosque, siguiendo el sendero bien definido. Moné, contento de estar en camino, rápidamente avanzó para hacer un reconocimiento del sendero. Los otros tres caminaban juntos, con su ritmo limitado por la lesión en la pierna de Taibaná. Caminaban en la espesa sombra del bosque, pero sobre las copas de los árboles el sol brillaba. El aire se sentía pesado después de las recientes lluvias. Antonio sudaba profusamente y trataba de refrescarse cada vez que llegaban a un arroyo. De vez en cuando, Aimá masajeaba la pantorrilla de Taibaná y le aplicaba un ungüento medicinal que había preparado para la caminata.

A pesar de la atención que le prestaba Aimá y el paso lento que llevaban, entrada la tarde la pantorrilla de Taibaná comenzó a sufrir espasmos incontrolables. Taibaná apenas podía mover la pierna sin provocar un calambre doloroso en el delicado músculo. El grupo no tuvo más remedio que detenerse y prepararse para acampar hasta el día siguiente. Una vez más, Moné y Antonio cargaron a su amigo. A sugerencia de Moné se mudaron a un pequeño claro, bien escondido del camino y al lado de un riachuelo. Antonio se dio cuenta de que esta gente, que una vez se sintiera cómoda en todos los rincones de su tierra, ahora se escondía de un enemigo que apenas conocía. Sus esperanzas y expectativas habían sido destrozadas, su forma de vida completamente alterada. Al verlos sentados junto a Taibaná, Antonio pensó que parecían niños asustados, pero sabía que estos niños ya habían perdido su inocencia.

A la mañana siguiente, Antonio fue el último en despertar. Aimá estaba sentada junto a un fuego casi sin humo atendiendo el agua que calentaba para tratar la lesión de su hermano. Taibaná se veía cómodo, sentado junto a su hermana. Moné estaba ausente del campamento.

—Todavía duermes como un hombre blanco —dijo Taibaná burlándose de Antonio. Aimá alzó la vista sorprendida, pero alegre al oír el humor en la voz de su hermano.

—Es el precio que uno paga por envejecer —respondió el español—. ¿Dónde está Moné?

—Se fue esta mañana —dijo Aimá calmadamente—. Vamos a esperarle aquí.

Antonio se acercó al riachuelo para lavar el sueño de su cara. Volvió a la fogata perturbado.

—¿Te dijo que se iba? —pregunto a Aimá.

—No —contestó ella sin saber por qué hizo la pregunta—. No lo vi.

—Hubiera preferido que nos dijera lo que va a hacer —dijo Antonio a sus compañeros—. Los hombres blancos son peligrosos; podría meterse en problemas.

Aimá comenzó a aplicar una compresa caliente en la pantorrilla de su hermano.

—Confía en él —dijo, mirando a Antonio sin interrumpir su tarea—. Nunca nos ha guiado mal. —Taibaná asintió en apoyo de su hermana.

—Entiendo —dijo Antonio. Sabía que Moné era extremadamente capaz y su lealtad era incuestionable—. Es sólo que yo conozco a los españoles. Debemos tener cuidado. Si nos ven, nos perseguirán y nos tomarán como esclavos.

Taibaná y Aimá miraron a su amigo con rostros sobrios.

—Sabemos lo peligroso que es el hombre blanco —dijo Taibaná en forma grave. Antonio se sintió estúpido al darse cuenta que estaba tratando de advertir a un hombre que apenas había escapado de Ceiba con su vida—. Puedes estar seguro de que Moné estará de vuelta, y que nosotros —hizo una pausa, llevando una mano al hombro de Antonio—, tendremos cuidado.

—Aquí tienes, come algo —interrumpió Aimá, entregando a Antonio su desayuno—. Todavía tenemos más que caminar.

Moné regresó al campamento poco después.

—Me adelanté a explorar —informó—. Encontré un lugar donde podemos acampar con seguridad mientras Antonio visita al yucayeque de los blancos. Podemos llegar al lugar antes de que el sol esté sobre nuestras cabezas. —Miró a su amigo herido sentado en el suelo—. ¿Cómo está tu pierna?

—Bien —respondió Taibaná—. Gracias al buen cuidado de Aimá espero no tener ningún problema para llegar al refugio.

Como predijo Moné, el grupo llegó a su nuevo campamento cerca del mediodía. Moné encontró una cueva poco profunda en el costado de una colina, cuya densa vegetación ocultaba la entrada. Fuera de la cueva, una proyección de roca sobre la entrada proporcionaba protección adicional contra el sol y las inclemencias del tiempo. El agua de un manantial más arriba de la cueva fluía formando una pequeña, pero constante, corriente que seguía un curso junto a la entrada de la cueva. El refugio era ideal para que los taínos esperaran el regreso de Antonio.

Pasaron el resto del día organizando el campamento. Moné fue a buscar comida y regresó con una abundancia de frutas, nueces y dos patos que cazó con su arco y flechas. Aimá y Antonio tuvieron que esforzarse para convencer a Taibaná de que descansara su pierna mientras ellos recolectaban leña y exploraban el área alrededor de la cueva.

Al anochecer, se sentaron juntos bajo la cornisa de piedra

para disfrutar de la exquisita comida preparada por Aimá. Había combinado ingeniosamente distintas frutas y condimentos para crear un adobo para los patos. Acompañados con casabi, frutas y nueces, los viajeros disfrutaron de lo que parecía un banquete. Compartieron la cena en silencio, mientras el esplendor del fin del día les evocaba memorias de días menos turbulentos.

Mientras comían, Antonio observó a sus compañeros. Representaban lo que más le gustaba de los taínos: lo abiertos que eran, su franqueza y su honestidad. Estas gentiles personas lo habían aceptado sin prejuicios. En cuestión de semanas, se había encontrado trabajando y viviendo en Ceiba como cualquier otro miembro de la comunidad. Ahora, sentía aprensión por el retorno a Caparra a enfrentarse con la arrogancia de los españoles, que se consideraban una civilización superior, aunque la mayoría de ellos vivían en la miseria.

—Partiré en la mañana —dijo Antonio rompiendo el silencio.

Aimá dejó de comer y lo miró. A pesar de que éste había sido el plan desde el principio, parecía sorprendida por el anuncio de Antonio. A falta de respuesta, Antonio continuó.

—Tan pronto como me entere de a dónde llevaron a la gente de Ceiba volveré aquí. Es probable que me tome varios días. No se dejen encontrar por los blancos. Hemos visto señales de ellos, así que sabemos que visitan esta área.

—No tienes que preocuparte por nosotros —dijo Moné—. Este es nuestro hogar, sabemos cómo mantenernos ocultos. Eres tú quien camina hacia el peligro. Tú eres quien debe andar con cuidado.

Antonio estaba sorprendido por la preocupación reflejada en la cara de Moné. Esperaba esta reacción de parte de Aimá, o tal vez de Taibaná.

—Recuerden —dijo Antonio con toda la confianza que pudo juntar—, los españoles también son mi pueblo. Yo sé cómo vivir con ellos y espero no tener problemas obteniendo la información que necesitamos.

—Te esperaremos aquí, y luego encontraremos a nuestra gente —interrumpió Taibaná bruscamente, delatando así su aversión a cualquier comentario negativo sobre la misión de Antonio y expresando con certeza el orden de los acontecimientos venideros.

Los últimos reflejos del sol dieron paso a un cielo nocturno extraordinariamente claro. En ausencia de la luna, las estrellas envolvieron al mundo en su luz etérea. Aimá se acercó a Antonio y se recostó en su pecho. Desde su atalaya, bajo la cornisa de piedra, podían ver la copa de los árboles que bordeaban la cueva. Se sentaron contra una piedra observando la noche en un abrazo tierno. Más tarde, después de que sus compañeros se habían retirado a dormir, hicieron el amor bajo las estrellas, al igual que la primera vez. Pero esta vez se movían lentamente, deliberadamente. Sin saber lo que les aguardaba en el futuro, se sumergieron en el presente y el uno en el otro.

La noche pasó demasiado rápidamente para Aimá, quien yacía en silencio junto a Antonio escuchando el amanecer. Temía por él, a pesar de que le aseguraba que iba a estar bien. Le resultaba difícil asociar a Antonio con los españoles, aún sabiendo que era uno de ellos. Cada historia o noticia que había oído de los españoles tenía algún aspecto perverso. Esto contrastaba fuertemente con el carácter del hombre sosegado y honesto que recibía su amor. Aimá sabía que no podía ser egoísta con sus sentimientos. Antonio era la persona clave en sus esfuerzos para encontrar a la gente de Ceiba y eso era tan importante como tener agua para beber. «¿De qué sirve la vida —pensó Aimá—, si uno no puede compartirla con su gente? ¿Cómo puede alguien imaginar una vida sin su comunidad?»

Aimá sacudió de su mente estos pensamientos perturbadores y se dispuso a preparar un desayuno. Se sorprendió de ver que la fogata ya ardía y empezó a preparar un caldo para comer con casabi y frutas. Taibaná y Moné se habían levantado temprano y estaban en la boca de la cueva contemplando el bosque infinito. Finalmente Antonio despertó, y después de saludar a Aimá, salió a unirse a los otros hombres.

Charlaron de minucias durante el desayuno; ninguno quería hablar de la salida de Antonio. Moné discurrió sobre el clima del día y Aimá se distrajo preparando comida para que Antonio se llevara. Taibaná se sentó en silencio, concentrándose en el futuro, visualizando el regreso de su amigo.

Poco después del desayuno llegó el momento de la partida del español. Antonio ocultó la ansiedad que le ocasionaba volver a Caparra detrás de una sonrisa nerviosa. Se despidió apresuradamente de Taibaná y Moné. Luego abrazó a Aimá y la sostuvo durante un largo rato. Cuando la soltó, las lágrimas corrían por el rostro de la mujer taína.

—Pronto nos veremos de nuevo —dijo Taibaná con toda seguridad—. No retrases tu regreso.

Agitando su mano en despedida, Antonio se volvió y bajó la ladera para encontrarse con el sendero que lo conduciría a su pasado, de vuelta a Caparra. Mientras caminaba, su mente brincaba de un escenario de su regreso a otro. Los asentamientos nuevos, como Caparra, cambiaban rápidamente. A veces crecían, otras veces sufrían cuando se enfrentaban a enfermedades o guerra. ¿Qué le esperaba allí? Tras su ansiedad había una energía nerviosa y el profundo deseo de tener éxito en su cometido.

Después de caminar durante una hora, la vereda se hizo más amplia, lo que le permitió a Antonio ir a un paso más rápido. Supo que se estaba acercando a su destino cuando comenzó a reconocer las huellas dejadas por los hombres y los animales españoles. En la solitaria monotonía de la caminata, su imaginación vagaba. «Era curioso —pensó—, cómo los taínos pueden caminar por la jungla sin siquiera dejar una huella, mientras que los blancos dejaban huellas donde quiera que van». Este pensamiento lo transportó a la catástrofe que había presenciado en Ceiba. «¿Qué habrán pensado en el yucayeque cuando vieron los inmensos caballos corriendo al ataque hacia ellos, con los ollares dilatados y sus jinetes aullando gritos de batalla? ¿Qué terror debían haber sentido las mujeres y los niños cuando vieron a sus esposos, padres y hermanos atravesados por las espadas y atropellados por las grandes bestias?» La furia que sentía Antonio se hizo más intensa cuando sus pensamientos se detuvieron en las ruinas de Ceiba. Su ritmo se aceleró.

—¡Cabrones! —gritó en voz alta, disgustado por las imágenes que se agitaban en su mente. Batía el camino con sus pies con la cabeza agachada y la mirada al suelo. El deseo de venganza llenaba su corazón.

Perdido en sus pensamientos, caminaba por el bosque inconsciente de su entorno. De repente, el brillante acero de una espada española contra su estómago lo sacudió bruscamente de vuelta a la realidad que lo rodeaba. Alzó la vista y se encontró rodeado por ocho soldados con sus armas desenfundadas. Por un instante, las imágenes de la batalla en Ceiba se mezclaron con su realidad presente y sintió una sensación de pánico.

—Identifícate —ordenó el oficial que tenía la vida de Antonio en sus manos.

—Soy Antonio Dos Santos —dijo, recuperándose rápidamente de la sorpresa del encuentro—. Vuelvo a Caparra después de cumplir una misión para el gobernador, don Juan Ponce de León. —Pensó que mencionar al gobernador le daría cierta ventaja con el oficial—. ¿Quién es usted?

—Yo soy el teniente Villa y yo voy a hacer las preguntas —respondió con firmeza—. ¿Cuánto tiempo has estado afuera? —preguntó el joven oficial bajando lentamente su espada y señalando a sus soldados para que hicieran lo mismo. Antonio no sabía qué responder. No había seguido un calendario que no fuera notar los cambios en el clima.—¿Qué mes es?

—Julio.

—¿Es el año 1511?

—¡Por supuesto! —respondió Villa, impacientándose al darse cuenta de que estaba contestando preguntas de nuevo—. ¿Cuánto tiempo llevas afuera que ni sabes qué año es?

—Cerca de once meses.

—Muchas cosas han cambiado en ese tiempo —dijo el teniente, haciendo una pausa para pensar—. Te escoltaremos a Caparra para verificar tu historia —continuó con una sonrisa de complicidad—. Te interesará saber que el gobierno de Ponce de León está algo frágil. Corre el rumor de que Juan Cerón y Miguel Díaz volverán a tomar el mando. —Dicho esto el oficial le dio la espalda a Antonio y empezó a dar órdenes. En segundos la columna de hombres comenzó a moverse en fila a lo largo del sendero.

Antonio no sabía qué pensar acerca de la noticia de que Ponce de León pudiera perder su puesto como gobernador. El retorno de Cerón y Díaz, aliados de don Diego Colón, un enemigo declarado de Ponce de León, resultaría en un sinnúmero de problemas para el gobernador.

Era dudoso que los dos hombres fueran encarcelados y enviados a España por segunda vez. Seguramente tendrían algún plan para prevenir tal acción por parte del gobernador. «Aunque no importaba mucho — pensó Antonio—. Su destino ya no estaba enlazado con el del gobernador. Sólo tenía que seguir la corriente con el fin de entrar en Caparra sin sospechas y obtener la información que buscaba».

Antonio y su escolta llegaron a la aldea española poco después del mediodía. Caparra no había cambiado mucho desde la última vez que Antonio la había visto. Había varios cuarteles nuevos y dos casas de madera, sin duda para el uso de los funcionarios de alto rango. El grupo marchó a través del asentamiento, atrayendo la atención de las personas que pasaban. Antonio reconoció a varios hombres con quienes solía trabajar, pero ninguno lo saludó. Sabía que la escolta militar ahuyentaba a los curiosos.

Los soldados llevaron a Antonio a la casa de Ponce de León, que seguía siendo la única casa de piedra en el pueblo. Se detuvieron en el portón del muro que rodeaba la casa. El teniente Villa dio órdenes de esperarle, cruzó el portón y entró a la casa. Un momento después apareció en la puerta.

—Dos Santos —llamó—, el gobernador te verá ahora.

Antonio se alejó de su escolta con gusto. No le agradaba sentirse prisionero. El teniente Villa lo acompañó a la oficina del gobernador.

—Puede dejarnos teniente —dijo Ponce de León desde la silla de su escritorio—. Y gracias por traer a Dos Santos a salvo. —El teniente inclinó su cabeza en respuesta y salió del pequeño cuarto.

—Por favor, entra y siéntate —dijo Ponce de León a Antonio con una sonrisa que reflejaba su incredulidad—. Me preguntaba si te volvería a ver de nuevo. Con la agitación de los indios, temía por tu vida.

—Los taínos son gente buena —dijo Antonio—. Una vez que te conocen y saben que no eres una amenaza, no hay nada que temer.

—Dile eso a Cristóbal de Sotomayor —replicó el gobernador, de repente enfadado—. Murió a manos de los indios.

La reacción del gobernador sacudió a Antonio. Se tomó un momento para responder recordándose a sí mismo que lo único que necesitaba del gobernador era el permiso para regresar a Caparra como ciudadano común. Obviamente, el gobernador estaba preocupado, probablemente por la tenue situación política que afectaba su posición como gobernador de la isla.

—Mis disculpas, señor —dijo Antonio—. No fue mi intención insultar la memoria de don Cristóbal.

Ponce de León hizo un gesto de desdén con la mano y se inclinó hacia atrás en su silla con el ceño fruncido.

—Dime lo que has encontrado.

Antonio no estaba seguro de cómo responder a Ponce de León. Hasta ese momento, no había tenido idea de que se iba a encontrar sentado frente al gobernador al instante de llegar a Caparra. Después de una pausa para tomar aliento, Antonio se calmó a sí mismo y comenzó a describir algunas de las tierras que había visto. Tuvo cuidado de no mencionar la ubicación de los yucayeques. Usando sus viajes en los últimos meses como guía, inventó cuentos de viajes a la zona sur de la isla y de exuberantes montañas y valles. Ponce de León expresó su deseo de encontrar pastos para ganado y le preguntó acerca de la disposición de las tierras; si se trataba de llanos, bosques o pastizales. También, interesado por el oro al igual que muchos de los colonos, preguntó sobre los ríos, donde podían encontrar el preciado metal. Antonio poco a poco perdió el nerviosismo que sintió al principio de la conversación, y se le hizo más fácil responder a las preguntas del gobernador con cuentos e historias inventadas.

La entrevista no duró mucho. Durante una pausa, mientras Ponce de León consideraba qué hacer con la información recibida, se le ocurrió a Antonio que el gobernador podría proveer información acerca de los acontecimientos en Ceiba. La idea de interrogar al gobernador le hizo sentir un escalofrío de nerviosismo deslizarse por su espalda. Recién de vuelta a Caparra, Antonio ya sentía la aprensión y temor que provocaba la fuerte estructura jerárquica mantenida por los españoles. En Caparra, Antonio sabía que su lugar en la escala social era cerca del fondo. Su audiencia personal con el gobernador era un hecho intimidante y raro. La idea de tratar de extraer información de Ponce de León podía ser contraproducente a menos que lo hiciera con gran tacto, sobre todo porque el gobernador había demostrado que estaba en un estado de ánimo irritable.

—Con su permiso, señor —dijo Antonio—. Mientras viajaba de regreso a Caparra me encontré con un yucayeque destruido como a un día de aquí —Antonio pausó para organizar sus razonamientos—. ¿Cuál es nuestra situación actual con los taínos?

Ponce de León miró a Antonio por un momento antes de responder. Por mucho que le gustaran sus hombres y sintiera afinidad con sus soldados rasos, no tenía interés en discutir temas políticos con ellos. En su opinión, estos asuntos eran demasiado complicados para que los pudieran entender las personas sin educación. Sin embargo, se dio cuenta de que Antonio había estado alejado durante un largo período de tiempo y decidió responder a su pregunta.

—Todos los caciques deben aceptar cooperar y seguir los mandatos de la corona —respondió el gobernador en un tono serio—. Los que no, los consideramos nuestros enemigos. No podemos tomar el riesgo de tener indios rebeldes interrumpiendo la colonización pacífica de esta isla.

Antonio asintió con la cabeza como si estuviera de acuerdo.

—Supongo que la gente de los caciques que no cumplan irán a trabajar en encomiendas y minas.

—Correcto —dijo Ponce de León a la ligera—. Igual que en La Española. Bueno —dijo el gobernador en voz alta para cambiar de tema—. Quiero que te reportes a tu viejo cuartel. Dile al capataz que te asigne a una cuadrilla de trabajo.

Antonio se puso tenso; temía perder la oportunidad de conocer el paradero de la gente de Ceiba.

—No te preocupes, no me olvido de nuestro acuerdo —dijo el gobernador interpretando incorrectamente el nerviosismo de su huésped—. Te voy a enviar con una expedición de reconocimiento a la región que exploraste y puedes escoger la tierra que desees. Te la has ganado.

—Gracias —dijo Antonio vacilante. Entonces, de la nada, Antonio tuvo una idea para conseguir la información que buscaba—. Si me permite, señor. ¿La gente del yucayeque que vi destruido, a dónde los enviaron? —Antonio esperó la reacción de Ponce de León. Como esperaba, vio la sospecha en la cara del gobernador—. Usted ve, señor —continuó humildemente—, conocí a una mujer y... —Dejó que la frase flotara en el aire, suponiendo que no había necesidad de más explicaciones.

El rostro de Ponce de León se iluminó y se echo a reír a carcajadas.

—Te digo que si pudiera ofrecer una mujer como soborno a cada uno de mis hombres, Caparra se vería como Sevilla en menos de un año. ¿Cuál era el nombre del cacique?

—Era el cacique Gurao de Ceiba, señor.

—Esos indios se enviaron a las encomiendas de Ramírez y Ochoa al oeste de aquí. Tienes que entender, sin embargo —el gobernador continuó con una sonrisa aún en los labios—. Los indios le pertenecen a los propietarios de la encomienda y tendrás que negociar para conseguir tu mujer una vez que la encuentres.

—Entiendo señor. Gracias por su ayuda —dijo Antonio continuando su calculada deferencia ante el gobernador.

—Puedes irte ahora —dijo éste, dirigiendo su atención de nuevo hacia los papeles en su escritorio—. Te llamaré si te necesito.

Antonio salió de la oficina de Ponce de León sintiéndose eufórico. Había obtenido la información que quería en menos tiempo de lo que esperaba. Ahora todo lo que necesitaba eran más detalles acerca de la ubicación de las dos encomiendas. El sol brillante de media tarde lo llevó a buscar refugio bajo un árbol cerca de los cuarteles. Una gruesa raíz curvada le sirvió de asiento mientras determinaba qué hacer a continuación. Antes de reunirse con Ponce de León, había planeado usar el dinero que tenía escondido para emborrachar a algunos de los hombres y hacerlos a hablar. Caparra era un lugar pequeño y era difícil mantener secretos. «Nada mejor que el ron para aflojar la lengua», pensó. Decidió que seguía siendo buena estrategia para conseguir información. «Además —pensó—, quién sabe qué más se puede aprender de un grupo de hombres borrachos».

Asegurándose de no ser visto, caminó tranquilamente pasado los cuarteles hasta el lugar donde había enterrado su dinero meses atrás. El lugar seguía intacto y no tuvo problemas en encontrar las monedas. Regresó a la aldea y se dirigió al pequeño almacén de ventas frente a los cuarteles.

—¡Dos Santos! —lo llamaron desde atrás.

Antonio se volvió y vio a varios hombres de su antigua cuadrilla de trabajo. Se acercaron, curiosos por el regreso de su compañero.

—Creíamos que habías sido capturado y echo guiso por los caribes —dijo un hombre gordo, de baja estatura, llamado Gaspar, al que Antonio recordaba como el payaso del grupo. Los hombres se rieron.

—No les fui de su gusto y me dejaron ir —dijo Antonio devolviendo la broma—. Ahora me deben una, porque lo caribes piensan que nosotros todos sabemos mal y no nos van a molestar de nuevo. —Los hombres disfrutaban con el humor del intercambio.

—Dime —dijo Antonio cambiando de tono—. ¿Silvio sigue de capataz?

—Sí, y tan feo como siempre —contestó Gaspar.

—Tengo que verlo más tarde. Me toca volver a su cuadrilla de trabajo.

—Pobre cabrón —susurró Gaspar sonando casi serio—. Me alegro que hayas vuelto. Estos otros —dijo señalando detrás de él—, me están volviendo loco. Tal vez me puedas ayudar con ellos. —Los hombres protestaron y uno de ellos le dio un manotazo en la cabeza a Gaspar.

—Será mejor que te vayas antes de que te lastimen —dijo Antonio—. Te veré más tarde en el cuartel. —Se despidió del grupo y siguió su camino al almacén.

La tienda ocupaba un sencillo edificio de madera con techo de paja y hoja de palma. Adentro, un hombre viejo y flaco, vestido con un uniforme militar rasgado, se encontraba sentado detrás de un mostrador improvisado.

—Necesito una camisa y unos pantalones —dijo Antonio al encargado.

El viejo se inclinó sobre el mostrador para medir a su cliente con la vista y luego se fue a la parte trasera de la tienda. Regresó con una camisa blanca amarillenta y pantalones marrones. Antonio no perdió tiempo regateando y pagó lo que dijo el viejo.

—¿Dónde puedo comprar un poco de ron? —preguntó.

—Resulta que tengo ron de La Española que te puedo vender a buen precio —respondió el viejo.

Esta vez Antonio le siguió la corriente y compró el ron por un tercio del precio inicial. Compró dos jarrones grandes que envolvió en su vieja camisa antes de salir del almacén. De ahí caminó despreocupadamente detrás de los cuarteles y escondió el ron bajo unos arbustos, donde podría encontrarlo fácilmente esa noche. En anticipación a una noche larga, Antonio sobornó al cocinero para que le diera temprano su comida de guisado y pan. Luego encontró un lugar a la sombra, apartado de la villa, para descansar durante la tarde.

Esa noche, Antonio se presentó en su viejo cuartel bien arreglado y descansado. Una docena de hombres se encontraban frente al edificio, reunidos alrededor de una fogata de escasas llamas bajo las ramas de un árbol de caoba, hablando y descansando después de un día de trabajo. Antonio los saludó y luego entró en el cuartel y se dirigió a la esquina del edificio donde vivía el capataz. Silvio era un hombre alto y gordo, todo desaliñado y bien conocido por su temperamento amargo y mal genio.

—El gobernador me ordenó regresar aquí a trabajar con ustedes —anunció Antonio. Silvio respondió con un gruñido—. Sin embargo, no espero estar aquí mucho tiempo. Me puede llamar de nuevo en cualquier momento, como la última vez.

Sabía que ese último comentario trastornaría a Silvio, quien estaba resignado a ser un capataz el resto de su vida, y odiaba cuando sus hombres hablaban de sus planes y ambiciones. Pero también sirvió para crear una excusa para la mañana siguiente, cuando los hombres se despertaran y se dieran cuenta de que Antonio se había ido.

—Claro, claro —dijo Silvio condescendiente—. Si eres

tan importante ¿por qué siguen enviándote a trabajar aquí? ¡Bah!
—exclamó—. Agarra una litera y no me molestes…y, Antonio
—dijo pausando y mostrando una sonrisa de dientes podridos—,
bienvenido de nuevo.

Antonio se alejó de Silvio sonriendo para sí mismo.
Había algo familiar y predecible acerca de los modales rudos e
insultantes del capataz. Con cuidado, pasó a la parte trasera del
edificio oscuro para reclamar una cama. Puso su bolsa de viaje en
una litera, pero no la vació. Se había olvidado de lo triste que eran
estos cuarteles. El olor sofocante a sudor flotaba pesadamente
en el aire inmóvil. La falta de paredes interiores y las condiciones
de hacinamiento no ofrecían privacidad alguna, y creaban una
atmósfera atiborrada. En comparación a los amplios bohíos
taínos, estos cuarteles parecían cámaras de tortura. Antonio se
apresuró a salir del edificio, inhalando profundamente una vez
se encontró al fresco del aire libre.

Al no ver razón para retrasar su plan, se acercó a donde
había escondido el ron y sacó las dos jarras. Los hombres bajo
el caobo dejaron de hablar cuando Antonio se acercó con una
sonrisa en su rostro.

—Caballeros —dijo con fingida seriedad al presentar las
jarras de ron—. Ya estoy de vuelta. Creo que debemos celebrarlo.

Gaspar saltó al frente del grupo y agarró una de las
jarras.

—A su salud, señor —dijo levantando la jarra en un
brindis—. Nuestro mejor deseo para usted es que le den la
oportunidad de salir de aquí de nuevo y sin demora. —Entonces
tomó un largo trago mientras los otros reían y aplaudían.

Varias tazas aparecieron delante de Antonio, quien
no perdió tiempo en llenarlas. En poco tiempo todos tenían
ron y estaban listos para contar sus verdades. Exhortándolos
sutilmente, los hombres le narraron a Antonio todo lo ocurrido
en Caparra durante su ausencia.

Le contaron sobre las naves que habían hecho puerto
en San Juan. Se enteró de que su viejo amigo, Rodrigo, había
visitado Caparra la Navidad anterior bajo órdenes de su capitán,
que forzó a toda su tripulación a asistir a la iglesia ese día. Rodrigo
había preguntado por Antonio a algunos de los hombres, pero
al enterarse de que estaba ausente había vuelto a la *Santa María*
a toda prisa.

—Llamaba a Caparra una villa para perros —dijo Gaspar.
—Ese hombre es feliz sólo cuando está en la cocina de su barco
rodeado de comida.

—Antonio sonrió, sabiendo que el comentario de Gaspar era bastante preciso.

Antonio dirigió la conversación para obtener detalles acerca de los desafíos que se le presentaban a la administración del gobernador, y las batallas lideradas por Ponce de León contra los caciques rebeldes. De acuerdo con los hombres, todo empezó con lo qué le pasó a Cristóbal de Sotomayor. El joven noble se había esforzado por tener éxito con su encomienda. Se enfrentó a muchas dificultades, entre ellas la falta de mano de obra y la desafortunada ubicación de Távara. El asentamiento estaba localizado cerca de un gran puerto en el suroeste de la isla; el mismo que tanto admiró el capitán Gil durante el viaje inicial a San Juan. Pero los mosquitos se interesaron mucho en los recién llegados. En poco tiempo Sotomayor se vio obligado a buscar una nueva ubicación para su asentamiento, más cerca de la costa oeste de la isla. Todos estos retrasos frustraron al joven capitán y lo llevaron a tratar mal a los pocos indios trabajadores que pudo obtener del cacique local, que no era otro que Agüeybaná el Bravo. Sotomayor pensaba que los indios eran perezosos, débiles y desobedientes.

Lo que él no sabía era que los indios no opinaban mejor de él—arrogante, irrespetuoso, ingrato y cruel. Finalmente se cansaron del hombre blanco y planearon un ataque. Juan González, quien acompañaba a Sotomayor como intérprete, trató de advertir a su joven jefe. Sin embargo, los taínos tenían razón acerca de la arrogancia del español.

En vez de escapar de los indios prontos para la guerra, Sotomayor decidió enfrentarse a sus enemigos en plena luz del día—que nadie dudara de su valentía. Murió con orgullo y gallardía, junto con todos sus compañeros, excepto Juan González, que compensaba su falta de orgullo con una abundancia de sentido común. El no tan galante traductor logró sobrevivir el ataque y eventualmente llegó a Caparra con noticias de lo ocurrido a Sotomayor.

—El gobernador vengó a Sotomayor haciendo la guerra contra Agüeybaná —explicó Gaspar—. Eso parece haber tranquilizado a los indios, pero siguen habiendo encuentros menores con ellos.

Antonio descubrió que sus compañeros de juerga, todos con ambición de oro y tierra, también tenían opiniones fuertes acerca de las diferentes encomiendas que habían sido otorgadas por el gobernador. Antonio se enteró de que las encomiendas de Ramírez y Ochoa se habían concedido recientemente.

—Esos dos ahora se van a hacer ricos —dijo uno de los hombres.

—Les tocaron algunas de las mejores tierras. Espero que sepan qué hacer con ellas —dijo otro.

—El capitán Ochoa fue y se buscó unos esclavos —exclamó una voz joven y ansiosa, hablando rápidamente como queriendo dar su opinión antes de que lo callaran—. Yo fui paje de su teniente cuando atacó al cacique Gurao.

La cabeza de Antonio se volvió bruscamente para mirar al portador de esta noticia y vio a un chico de pelo castaño, de apenas diecisiete años, que trataba sin éxito de parecer mayor. Se había deslizado hacia el grupo de hombres, sin poder aguantar su curiosidad. Erguido, se mostraba orgulloso de decirles a todos que había estado presente en la batalla.

—Este es Sebastián —dijo Gaspar presentando al joven—. Es un poco como una mosca, siempre presente y nunca bienvenido. —Los hombres se rieron y el rostro candoroso de Sebastián se tornó rojo de enfado.

—No seas tan cruel, Gaspar —dijo Antonio—. Todos hemos actuado como moscas de vez en cuando—. Cuéntame más de tu gran aventura —continuó, dirigiendo su atención al joven.

—Yo ayudé a cargar armas y pertrechos —dijo Sebastián, un poco nervioso. Estaba emocionado de que alguien quisiera oír su historia—. La aldea india estaba al otro lado de un claro. Los pajes nos escondimos en el bosque cuando el capitán Ochoa dio la orden de ataque. Los soldados estaban cerca de las primeras casas antes de que los indios los vieran. Hubo una gran batalla y luego se llevaron a todos los prisioneros a la encomienda de Ochoa.

—¿Ochoa? A mí me dijeron que los indios serían compartidos por Ochoa y Ramírez —interpuso Gaspar.

—En el camino de vuelta a Caparra, oí a Ochoa jactándose de que le había ganado los indios a Ramírez en un juego de cartas. Dijo que se sentía tan mal por Ramírez que le dio dos vacas para cubrir la pérdida de los esclavos.

—Así es Ochoa —dijo Gaspar—. Es un matón arrogante. Desde que los indios mataron a Sotomayor, no ha hecho más que matar a cuanto indio puede.

—¿Por qué es eso? —preguntó Antonio.

—Según tengo entendido, él era uno de los oficiales favoritos de Sotomayor. Le hubiera tocado compartir riquezas con don Cristóbal. Estaba buscando suministros en Aguada cuando mataron a Sotomayor. Dicen que él fue quien encontró el cuerpo de don Cristóbal. Su cabeza estaba destrozada...

—¡Atención! —uno de los hombres interrumpió a Gaspar bruscamente a media frase—. Tenemos invitados.

Todos miraron a la misma vez. Tres soldados se acercaron y se unieron al grupo, de pie cerca de la hoguera. Uno de los soldados era mucho más alto que los demás.

—Ese es Ochoa —susurró Gaspar a Antonio señalando al hombre alto.

Antonio no pudo evitar sentirse impresionado por el hombre. Vestido en su uniforme, con coraza pulida y su casco redondeado, se veía imponente. Sus anchos hombros y apariencia irradiaban fuerza física y confianza. Todo en él parecía estar hecho de hueso y músculo, nada blando, nada débil.

—¿Quién es Dos Santos? —preguntó Ochoa en un vozarrón que sorprendió a Antonio.

—Yo soy —se oyó la respuesta, sonando más débil de lo que quería.

—Entiendo que a usted le debemos dar las gracias por el ron.

—Sólo un pequeño regalo para celebrar mi regreso a Caparra —dijo Antonio recuperando su confianza.

— A su salud —dijo Ochoa levantando su taza de metal al aire y luego bebiendo de ella.

—¿Qué tal una historia capitán? —pidió Gaspar—. Díganos lo que ha estado haciendo.

—Por desgracia, no tengo mucho que contar —dijo Ochoa, obviamente disfrutando de ser el centro de atención—. Estas últimas semanas he estado tratando de amansar a los indios que recibí del cacique Gurao. Les digo que podría hacer más trabajo con dos cristianos con caballos que con un ejército de esos indios. Y son tan estúpidos, que sería más fácil enseñarle a saltar a una tortuga que enseñarle a un indio a beber agua.

Los hombres se rieron de los comentarios del soldado, pero Antonio se puso sobrio y callado. Su mente, sin embargo, era un torbellino de recuerdos y pensamientos que evocaban sentimientos de incredulidad, rabia y odio innegable. Un odio que hasta ese momento había permanecido difuso, dirigido contra todo un pueblo, pero a nadie en particular. Ese odio había encontrado un principio y fin bien definido. Ahora podía concentrarse en un lugar único, en una persona, en un nombre — ¡Ochoa!

—...pero me harto de esa vida. —La atención de Antonio regresó al presente y a Ochoa, quien continuaba con su monólogo—. Soy un hombre de acción como ustedes todos saben. Espero que el gobernador me dé órdenes para volver a la batalla. En cuanto antes conquistemos a los salvajes y los pongamos bajo nuestro control, más pronto vamos a poder transformar esta tierra para la gloria del rey y de la iglesia....¡y más pronto podremos salir a buscar nuestras fortunas! —Su declaración final, después de una pausa bien calculada, extrajo un grito de aclamación de sus oyentes.

Habiendo conquistado al grupo, Ochoa dio una señal a sus hombres y se alejó con una sonrisa arrogante en su rostro y un paso altanero.

Antonio podía sentir que su corazón ardía de odio. Las imágenes de los cadáveres, tajados y quemados, llenaron su mente. Ceiba, el yucayeque idílico, estaba en ruinas. Su gente, desarraigada, había sido esclavizada por un hombre que pensaba en ellos como animales. Eran las mismas personas con quienes él había comido, cantado y bailado. Eran los amigos y familiares de la mujer que amaba. Eran un pueblo con dignidad, que merecía ser tratado con respeto y compasión. En cambio, eran esclavos de un fanático intolerante que no dudaría un momento en matarlos. Un hombre que ahora buscaba violar otros yucayeques, y arruinar más vidas.

Los pensamientos y sentimientos de Antonio convergieron en un deseo singular y final—la muerte de Ochoa. No importaba si buscaba vengar a Ceiba y su gente, o prevenir que Ochoa ejecutara sus planes asesinos. Ambas razones le parecían suficientes. De una cosa no había duda, tan cierta en su mente como las imágenes de muerte en Ceiba: Ochoa no saldría vivo de Caparra.

Antes de entrar al cuartel para dormir un poco, Antonio averiguó que Ochoa estaba hospedado en la casa de un amigo, un abogado designado por el gobierno, que vivía en una casita de madera cerca de la casa del gobernador. También se enteró de que la encomienda de Ochoa estaba a medio día a pie al oeste de Caparra, cerca de la costa, a lo largo del mismo río Toa que había visitado cuando primero llego a Borikén. La encomienda de Ochoa era considerada una amplia recompensa para el soldado, porque se creía que el río Toa era rico en oro y su valle era llano y fértil.

Antonio se encontraba solo en el cuartel cuando se acostó a dormir. Afuera se oía el parloteo bullicioso inducido por el ron. El aire nocivo del cuartel y sus pensamientos negativos no lo dejaban dormir. Después de un rato de estar inquieto en la cama, agarró una manta y su bolsa y salió afuera. Se dirigió al área boscosa detrás del edificio sin ser visto por los hombres borrachos. Ahí despejó un pedazo de tierra y una vez más se acostó a dormir. Centró sus pensamientos en Aimá, encontrando paz en la memoria de su espíritu efusivo y amoroso. En poco tiempo se encontró durmiendo un sueño tenue.

Desde la fogata frente a la puerta Antonio observaba a Aimá sentada dentro de su bohío en Ceiba. El yucayeque estaba extrañamente tranquilo, como si estuviera abandonado. Miró hacia arriba y vio moverse las enormes ramas de los árboles mellizos de ceiba, extendiéndose hacia la tierra y abrazando todo el yucayeque. La escena cambió bruscamente y se encontró de pie en el bosque mirando a Aimá sentada frente a la cueva donde él la había dejado tan solo el día anterior. Miraba hacia Caparra, anhelando el regreso de su amante. Su cara se veía dolida; su mirada era la misma que cuando estaban incinerando los cadáveres en Ceiba. Antonio saludó a Aimá pero ella no pudo, o no quiso, verlo. Entonces, Taibaná y Mayaco, salieron de la cueva y se detuvieron al lado de Aimá. Moné, de la mano con Guaína, también salió y se paró junto a su amigo. Poco a poco, toda la gente que Antonio conocía de Ceiba salieron de la cueva y se detuvieron bajo la entrada. Todos miraban en la misma dirección, unidos en el dolor por lo que estaban viendo. Antonio estaba confundido. ¿Qué miran? ¿Por qué no me ven?

—¡Aimá! —gritó.

Aimá no respondió. Antonio empezó a caminar hacia la cueva, pero cada vez que miraba se daba cuenta de que no se estaba acercando. Comenzó a sentir pánico y empezó a correr. Sentía la tierra bajo sus pies, sabía que estaba corriendo, pero no se acortaba la distancia a la cueva. Llamó a Aimá repetidamente sin éxito. Su pánico se convirtió en desesperación. Reunió su aliento y gritó hacia Aimá con tal fuerza que sintió dolor en el pecho. Haciendo un esfuerzo de voluntad logró a que su voz llegara a su amante, quien oyó la llamada y se volvió hacia él.

—Te oigo, amor —dijo Aimá en un susurro que Antonio podía escuchar claramente. Con lágrimas en sus ojos, esperó a que Aimá dijera más—. Nos conocimos y compartimos juntos un tiempo, corto pero feliz. Ahora se acerca el fin, lo vemos acercándose. Nos iremos, y tú te quedarás, y a fin de cuentas ninguno se habrá beneficiado. —Aimá se veía melancólica mientras hablaba—. Te quiero. Por favor no trates de venir con nosotros. Vivirás sólo si te quedas allí. Es donde naciste, es donde sobrevivirás. —Cuando terminó miró anhelante a Antonio, hizo un gesto de despedida y se volvió para mirar a lo lejos como antes.

Antonio quedo inmóvil, hipnotizado por la voz de Aimá. Cuando ella dejó de mirarlo, comenzó a llorar en profundos y dolorosos sollozos. Las lágrimas brotaron de sus ojos. Sus pies cedieron bajo él. Al caer al suelo, despertó con un sobresalto. Había estado llorando afligido mientras dormía, como si acabara de ser testigo de la muerte de Aimá y toda su gente.

Se preguntó sobre el sueño mientras miraba a su alrededor para despabilarse. Todo estaba tranquilo. Los árboles crujían levemente en la suave brisa, mientras la canción del *coquí* impregnaba el aire húmedo que emanaba de la selva. Los hombres borrachos yacían inconscientes; el resto del pueblo dormía. Sólo los guardias a lo largo de las defensas de la villa estaban despiertos.

«Me advirtió de que no volviera —pensó—. Pero que me maten si me quedo aquí. Ahora mi vida es con Aimá y los taínos. Cualquiera que sea *el fin* —razonó—, prefiero enfrentarlo con ellos que quedarme aquí con gente como Ochoa».

Al pensar en ese nombre una rabia intensa surgió dentro de él. Podía sentir que sus entrañas se anudaban mientras la adrenalina recorría su cuerpo. De repente, se le hizo evidente lo que tenía que hacer.

Sacó su cuchillo y se lo metió en el cinto. Envolvió el resto de sus posesiones en la manta que usaba para dormir. Caminando descalzo se movió silenciosamente hacia la casa del gobernador, teniendo cuidado de mantenerse en las sombras proyectadas por una media luna. «La casa justo detrás del árbol en flor», al borracho le había dado mucho gusto compartir direcciones al hospedaje de Ochoa, y Antonio le dio gracias al ron. Caminando con gran cuidado de no hacer ruido, Antonio se acercó a la parte trasera de la pequeña casa. Las ventanas, con los postigos abiertos pero sin vidrio, se extendían a la parte baja de la pared, permitiendo que Antonio espiara el interior. Un hombre y una mujer ocupaban la primera habitación con que la se topó. «Probablemente los dueños de la casa», pensó.

Más adelante llegó a una ventana que daba a un pasillo. Antonio pudo ver hasta el otro lado de la casa, donde había una gran sala. Moviéndose a su derecha, miró a través de la siguiente ventana que daba a una segunda habitación. Allí encontró lo que buscaba. Apoyada contra una silla estaba la coraza de una armadura. Le parecía más grande de lo que recordaba, sin que los enormes hombros de Ochoa la disminuyeran. Había una sola cama colocada contra una esquina de la pared exterior del cuarto. Allí tendido se encontraba Ochoa, con los pies colgando sobre el marco de madera de la cama.

De repente Antonio se sintió abrumado por el nerviosismo y las dudas. Dio un paso atrás para recobrar su compostura. Sus pensamientos lo llevaron a la noche anterior, y volvió a ver a Ochoa jactándose y prometiendo matar más indios. De pronto entendió a lo que Aimá se refería cuando hablaba del *el fin*. Se refería a los españoles matando a los taínos. Ella y su gente estaban viendo el fin de su cultura, su fin como un pueblo. La imagen de la pira funeraria en Ceiba apareció en su mente. El dolor. Las lágrimas. El sufrimiento de Aimá.

Ochoa era sólo un hombre, pero se dedicaba a matar y ya había demostrado lo despiadado que podía ser. En lo profundo de su corazón, Antonio sabía que había que detenerlo. Con nueva determinación, Antonio se dispuso a cumplir su cometido. Con agilidad trepó por la ventana de la segunda habitación, cuidando no romper el silencio. Sacó su cuchillo y miró a Ochoa acostado boca arriba. Sin vacilar, presionó la cabeza del gigante con una mano, mientras hendió el cuchillo en su cuello y lo degolló con un movimiento rápido y eficaz.

—Como matar a un puerco —murmuró.

Inesperadamente, Ochoa se sacudió violentamente. Con el instinto de un soldado, agarró la camisa de Antonio en un poderoso puño y lo tiró hacia él. Por un instante Antonio pudo ver la desesperación en los ojos del hombre agonizante.

—No vas a matar más taínos —susurró Antonio. No estaba seguro de si Ochoa lo escuchó; el profundo tajo ya había cumplido su propósito.

Antonio desprendió su camisa de las garras muertas de Ochoa y, tan silenciosamente como antes, salió por la ventana sin echar ni siquiera una mirada al hombre muerto. Una vez afuera respiró profundamente, estremecido por lo que acababa de hacer. Gruesas gotas de sudor se acumularon en su frente. En su estómago, sentía un nudo de nervios y le vino una oleada de náusea. Sabía que no debía demorarse. Una voz en su mente le instaba a moverse, a salir de allí. Volvió a trazar sus pasos hasta el lugar donde había dormido. En silencio se puso sus botas, cinchó su espada, metió su manta raída en la bolsa de viaje y se echó la bolsa a las espaldas. Mirando alrededor para asegurarse de no dejar rastros de haber estado allí, se le ocurrió que de una vez por todas había cerrado la puerta a su herencia española. La decisión que había tomado en su corazón y en su mente ahora se había confirmado, de manera irreversible, en la acción. A partir de ese momento, su destino estaba ligado con el de los taínos; el hombre blanco siempre lo consideraría un enemigo.

XV
ROMPIENDO LAS CADENAS

Moviéndose entre los árboles y usando las sombras para mantenerse oculto, Antonio pudo evadir sin dificultad a los guardias a la entrada del pueblo. Ya fuera de vista de Caparra, llegó a la vereda que lo llevaría de nuevo a la compañía de sus amigos. Su mente lo llevó al mismo camino, meses atrás; despidiéndose de Caparra con Taibaná y Moné, soñando con ser un terrateniente. «Cómo han cambiado las cosas —pensó—. Esta vez dejo Caparra huyendo de mi antigua vida y sin posibilidad de volver».

En la vereda se obligó a caminar rápido. Llegado el amanecer quería estar lo más alejado posible de Caparra. La muerte del capitán Ochoa no sería tomada a la ligera y Antonio sabía que, debido a su ausencia, inmediatamente se le consideraría sospechoso. Sabía muy bien que los españoles eran perseverantes; harían todo lo posible por encontrarlo. Recordando su experiencia más reciente en este camino, Antonio se mantuvo alerta. Inconscientemente sus oídos estaban atentos al sonido de sus perseguidores. Mientras tanto, sus ojos, bien acostumbrados a la reducida luz al interior del bosque, escudriñaban el camino por delante. Avanzaba a un trote lento y rítmico que encontró fácil de mantener. El aire fresco de la mañana lo revitalizaba, ayudándolo a mantener su ritmo. Mientras corría, se concentró en su respiración y la cadencia de sus pies dando contra el suelo. Observó los primeros rayos del sol filtrándose gradualmente a través del follaje hasta alcanzar el fondo del bosque. Podía ver más lejos con cada momento que pasaba y se sintió más seguro avanzando por el sendero.

Podía imaginar lo que estaba pasando en Caparra. El abogado del gobierno, o su esposa, encontraría a Ochoa, con su cuello acuchillado y sangre en el piso. En cuestión de minutos, todo el pueblo iba a saber lo ocurrido. Alguien, probablemente el capataz, Silvio, notaría la ausencia de Antonio. Después de buscar en el pueblo, enviarían un destacamento de soldados con perros para darle caza.

La idea de tener perros buscándolo lo impulsó a correr más rápido. Se detuvo en los arroyos para tomar agua y recuperar el aliento. Maldiciendo las subidas y bendiciendo cada tramo cuesta abajo, Antonio corrió, sin atreverse a reducir la velocidad. Cada sonido le recordaba que lo seguían y le hacía olvidar la falta de aire que poco a poco se intensificaba.

Antes de lo que esperaba, Antonio empezó a reconocer sus entornos. Lejos de los llanos costeros la tierra era menos fértil y la vegetación estaba adaptada al medio ambiente más riguroso. Sabía que estaba cerca del lugar donde tenía que dejar el sendero para llegar a la cueva. Animado por su progreso, aceleró el paso. Su respiración se ajustó al nuevo ritmo, mientras avanzaba en un bosque menos espeso. Por un momento sus pensamientos flotaron sueltos. Todavía le preocupaba el sueño de la noche anterior y estaba ansioso por llegar con Aimá y tenerla en sus brazos. En su mente, sus manos podían sentir su piel. Antonio se estremeció con sólo pensar en sus caricias. Una sonrisa de anticipación cruzó sus labios cuando un sonido detrás de él volvió su mente al presente instantáneamente. «Pasos», pensó, y por el sonido estaban cerca y moviéndose rápidamente. En un solo movimiento Antonio plantó un pie y se dio la vuelta mientras desenvainaba su espada. Allí, a un paso de la punta de su espada, se encontraba Moné.

—¡Mierda! —Antonio maldijo en voz alta, bajando la espada—. ¿Por qué corriste hacía mí de esa manera? —gritó—. ¡Por poco te mato!

—No esperaba que quisieras matar a nadie —respondió el impasible taíno con voz tranquila—. Es bueno verte de nuevo.

—No te entiendo —dijo Antonio moviendo la cabeza, mientras recobraba su compostura—. Pero eso no importa —continuó, dejando atrás el incidente reciente—. ¿Estamos lejos de la cueva? Estoy seguro de que me están siguiendo. Tenemos que irnos de inmediato.

—¿Averiguaste a dónde llevaron a nuestra gente? —pregunto Moné, sin tener cuenta de las preocupaciones de Antonio.

—Sí. Están al oeste de aquí, trabajando los conucos de un hombre blanco. —Antonio estaba impaciente por ponerse en marcha pero entendía la necesidad de Moné por averiguar si había tenido éxito en su cometido.

Moné asintió.

—La cueva está justo adelante —dijo y se volvió para guiarlo.

Cuando llegaron a la vereda de la cueva, Antonio se detuvo.

—Espera un momento —le dijo a Moné—. Necesito hacer algo para distraer a los perros y evitar que nos sigan.

Antonio extrajo su vieja manta y la tiró al suelo.

Entonces se bajó los pantalones y orinó sobre ella. Moné observaba con una mirada perpleja. Había oído hablar de los perros y los había visto en Caparra. Sin embargo, no sabía que podían ser utilizados para rastrear aromas. Antonio sonrió al ver la expresión de Moné.

—Los perros pueden oler donde la gente ha estado —explicó a Moné haciendo un gesto a su nariz—. Voy a ocultar esta manta olorosa camino abajo. De esa manera van a seguir su olor y espero que nos pierdan la pista.

Moné entendió de inmediato. Sabía acerca del uso del olfato para cazar y para moverse a través de los bosques.

—Yo la llevo —dijo agachándose a tomar la manta—. Tú ve con los otros. —Al instante, salió corriendo a una velocidad que Antonio nunca podría haber igualado.

Antonio partió hacia la cueva con la extraña sensación de que había estado ausente por mucho tiempo. Acercándose a la entrada, levantó la vista y reconoció la misma escena que había visto en sus sueño. Allí, en lo alto, frene a él, estaba la cueva con Aimá sentada delante de la entrada. Esta vez sin embargo, al contrario del sueño, ella no lo ignoró. La llamó y al instante ella se puso de pie y corrió a su encuentro. Sentía su corazón lleno de emoción mientras se perdía en el abrazo de Aimá.

Después de lo que pareció muy poco tiempo, la soltó y trató de dar un paso atrás. Aimá se resistió cuando trató de separarse. Ella se había aferrado a sus brazos y estaba dejando que la alegría de su regreso limpiara la tensión que se había acumulado desde que se fue a Caparra. Ahora sentía tal alivio que no quería moverse, al menos no por un largo rato. Pero él insistió.

—Aimá, escúchame —dijo suavemente—. Tenemos que irnos de aquí ahora. Creo que me están persiguiendo.

—¿Qué quieres decir? ¿Qué pasó?

—Te voy a contar todo más tarde, con los otros —respondió tratando de comunicar su urgencia—. Ahora tenemos que prepararnos para salir. ¿Dónde está Taibaná?

—Dentro de la cueva.

—Bien. Vamos por él y luego tenemos que ponernos en marcha —dijo volteándose hacia la cueva—. Me encontré con Moné en el sendero, llegará pronto.

En pocos minutos estaban listos para salir. Aimá preparó una bolsa de viaje con comida y los pocos utensilios que tenían con ellos. Taibaná, después de saludar a Antonio, recogió sus armas y borró cualquier rastro de su estancia en la cueva.

—Antes de irnos tienes que decirnos de lo que te enteraste —dijo Taibaná a Antonio en cuanto llegó Moné.

—Después les diré todo lo que pasó —respondió Antonio—. Por ahora deben saber que llevaron a la gente de Ceiba a trabajar en los conucos del hombre que dirigió el ataque al yucayeque. —Antonio notó como los dos hombres taínos se tensaron al oír la noticia—. Sus terrenos están en el río Toa, por el sendero principal que conduce al oeste de Caparra.

—¿Por qué te están siguiendo? —pregunto Aimá, impaciente por saber más.

—Maté al hombre que dirigió el ataque —contestó Antonio directamente, entendiendo que sus compañeros necesitaban saber por qué tenían que apresurarse—. Su nombre era Ochoa. Era un guerrero feroz y respetado entre los españoles. Ahora ellos me buscan para vengarse.

Inicialmente los taínos reaccionaron con silencio ante lo revelado por Antonio. Entonces Taibaná, seguido de Moné, se acercó a Antonio y agarró firmemente sus antebrazos en un gesto sencillo de apoyo y gratitud, mezclado con admiración.

—Vamos a buscar a nuestra gente —dijo Moné—. Conozco el área de Toa. Podemos llegar esta noche si no perdemos tiempo. —Entonces se volvió y entró en el bosque seguido por sus tres compañeros; Aimá primero, Antonio, y Taibaná en la retaguardia.

Antonio seguía impresionado por la manera en que sus amigos sabían el camino dentro de un bosque sin tener puntos de referencia. Moné los guiaba con confianza, haciendo pausa en los arroyos para beber, y periódicamente, para compartir con sus compañeros frutas que iba recogiendo a lo largo del camino. Caminaron sin parar hasta media tarde, cuando llegaron a un sendero amplio marcado de huellas de caballos y de ruedas de carretas, evidencia clara de uso frecuente por los españoles.

—En esa dirección está el yucayeque de los blancos —dijo Moné señalando hacia el este, refiriéndose a Caparra—. Avanzaremos más rápido si seguimos este camino hacia la puesta el sol.

—Bien —dijo Antonio, quien reconoció el camino como la ruta principal hacia el oeste de Caparra—. Pero estense alertas, cualquier encuentro con los españoles seguramente resultará en problemas.

Debido al espeso follaje a lo largo del camino, sólo alguien acercándose por frente o por detrás sería capaz de detectarlos. Moné corrió adelante para hacer un reconocimiento. Los otros siguieron juntos, caminando en silencio y atentos a sonidos de cualquiera que viniera por detrás. El sendero seguía una línea de colinas que marcaban el extremo sur de una amplia llanura que se extendía hacia el norte, hasta el mar. A veces el camino subía por las colinas, dando a los viajeros una vista sobre la vegetación de las tierras bajas y hasta la costa, claramente delineada en la distancia.

Moné sorprendió a sus compañeros cuando apareció a la vuelta de una curva, corriendo a toda velocidad.

—Se acercan hombres —dijo recuperando el aliento—. Montan a caballo y tienen perros.

—Rápido, al bosque —ordenó Antonio.

Corrieron cuesta arriba internándose en el bosque hasta que se detuvieron a esconderse detrás de un conjunto de rocas cubiertas de vegetación. Los hombres sacaron sus armas y las sostuvieron cerca. Se acostaron en el suelo, inmóviles y callados. Antonio se asomó por entre dos rocas, esperando que los jinetes pasaran por frente a su vista. En poco tiempo, llegó a su escondite el sonido característico de los cascos de caballos y las voces amortiguadas de los hombres. Antonio vio cuatro jinetes. Lucían vestimenta militar y estaban armados con espadas y lanzas largas. Dos grandes sabuesos caminaban junto a los caballos que iban al frente, sus hocicos a la tierra.

A medida que el grupo se acercaba al área frente a las rocas lo perros se agitaron. Antonio maldijo entre dientes. Los perros habían encontrado su rastro. El líder de los soldados ordenó a los hombres que se detuvieran. Antonio vio cómo el mismo hombre hizo una señal de mano que envió a un jinete a adelantarse galopando por el camino, seguido de uno de los perros. Los que quedaron atrás escudriñaron los alrededores en busca de lo que había agitado a los perros.

Esperando en el calor y la humedad de la selva, Antonio se esforzaba por evitar que grandes gotas de sudor entraran en sus ojos. Junto a él, los taínos yacían en la tierra en silencio y tranquilos; su piel bronceada un camuflaje perfecto contra el follaje que los envolvía. Al fondo de la colina, el perro restante continuó olfateando al borde del camino, yendo y viniendo con nerviosismo. Antonio solo esperaba que el animal se quedara en el camino. Si decidía seguir el rastro en el bosque los soldados lo seguirían. Justo cuando el perro empezó a aventurarse fuera del camino se oyó un llamado del jinete que había sido enviado a explorar por delante. Los tres soldados se reagruparon y avanzaron para encontrarse con su compañero, el perro que olfateaba el bosque los siguió ansiosamente. Antonio, temiendo que los soldados regresaran, señaló a sus compañeros que se quedaran ocultos. Después de que se desvanecieron todos los sonidos de los jinetes y se convencieron de que no había peligro, salieron de detrás de las rocas.

—Los animales más pequeños son perros —explicó Antonio a sus amigos taínos que lo miraban inquisitivamente—. Tienen narices sensitivas y son utilizados para rastrear animales durante la caza. También pueden ser utilizados para rastrear gente.

—¿Y qué eran los animales grandes? —interrumpió Aimá, que no había visto a ninguno de los animales traídos por los españoles a la isla.

—Esos son caballos. Se utilizan para llevar gente y para ayudar a mover objetos pesados —dijo en respuesta.

—He oído hablar de caballos, pero no sabía que eran tan grandes.

Dejando a Aimá a sus pensamientos, Antonio continuó.

—Creo que el perro que se adelantó encontró nuestro rastro en el camino y decidieron seguirlo en esa dirección. Esperemos que se alejen de nosotros. —Podía ver que sus compañeros asentían indicando que entendían—. Sugiero que caminemos en el bosque por un rato para confundirlos en caso de que decidan regresar a buscarnos.

Moné gruñó de acuerdo y se encaminó como guía de nuevo. Antonio se acercó a Aimá.

— ¿Estás bien?

—Sí. ¿Por qué?

—Pensé que podrías tener miedo de ver a los animales.

—Me sorprendí al verlos, pero no me asustaron —explicó simplemente—. Mejor nos vamos. Taibaná nos está llamando.

Caminaron por el bosque por un tiempo, volviendo al camino donde éste cruzaba un río. El agua llegaba a la cintura de Antonio y una corriente fuerte hizo difícil mantenerse de pie mientras cruzaban. Una vez al otro lado, se detuvieron para descansar y comer antes del anochecer. Antonio, quien llevaba despierto desde antes del amanecer, aprovechó la oportunidad para descansar. Se acostó en una piedra lisa, calentada por el sol y no pudo evitar quedarse dormido. Mientras tanto, sus compañeros se ocuparon de preparar una comida. Moné fue a explorar el camino por delante y a buscar frutas o nueces para complementar los alimentos que llevaban consigo.

El suave roce de una mano acariciando su frente retornó a Antonio desde el mundo del sueño. Al abrir los ojos se sorprendió de ver un cielo estrellado. Sentía que había dormido unos pocos minutos.

—¿Cuánto tiempo he dormido?

—Lo suficiente para que el sol se escondiera —dijo Aimá con una sonrisa—. Ven a comer algo —le invitó con voz suave.

Antonio se incorporó y sintió músculos que no recordaba tener. Dormir en una piedra dura después de un día de esfuerzo físico, hizo que su cuerpo entero se sintiera tieso. Se estiró y gimió quejándose, mientras sus compañeros se divertían viendo el espectáculo.

Junto al río, una sigilosa hoguera ofrecía su calor a los dos hombres taínos que estaban sentados a su alrededor. En el suelo, al costado de la hoguera, un banquete increíble estaba servido sobre una hoja de palmera. Antonio se sorprendió al ver frutas, casabi, nueces, pescado y camarones.

—¿De dónde ha salido todo esto?

Los hombres se miraron preguntándose si habían oído correctamente.

—Del bosque y del río —respondió Taibaná—. ¿De dónde más?

—Por supuesto —dijo el español, sintiéndose un poco tonto. Aún después de tantos meses, Antonio todavía se maravillaba por la adaptabilidad ilimitada de los taínos. Su conocimiento y capacidad de extraer sustento de su entorno natural parecían infinitos. Expresando su gratitud por la comida, se sentó a comer.

—Tenemos que decidir qué hacer esta noche —dijo Taibaná a sus compañeros—. Moné subió una colina y dijo que podía ver la luz de un fuego en la distancia. Él cree que es el lugar que buscamos.

—¿Cuán lejos queda? —preguntó Antonio, mientras continuaba disfrutando su comida.

—Podríamos llegar allí antes de perder la luz de la luna —dijo Moné—. Yo digo que vayamos esta noche. Cualquier retraso prolonga el tiempo que nuestra gente sufre.

Se le hizo obvio a Antonio que, de ir solo, Moné ya hubiera llegado a la encomienda. Su preocupación por su gente, particularmente por Guaína, se notaba en todo lo que hacía y decía.

—Estoy de acuerdo —dijo Taibaná—. Temo por mi esposa. Siento que he estado demasiado tiempo sin ella a mi lado.

Aimá asintió con la cabeza, señalando su preferencia en acuerdo con su hermano.

—Me siento descansado y fuerte gracias a esta comida —dijo Antonio—. Vamos esta noche.

En cuestión de minutos Antonio terminó de comer y el grupo se puso en camino de nuevo. Los árboles a lo largo del sendero impedían el paso de la poca luz nocturna. Caminaban en una oscuridad casi total, rodeados por las siluetas de la vertiginosa variedad de plantas en ese jardín tropical. Después de un rato, sus ojos se adaptaron a la oscuridad y, una vez que los músculos afligidos de Antonio se despabilaron, comenzaron a avanzar a buen ritmo. En la privacidad de la oscuridad, el español se concentró en la canción nocturna de Borikén. Estaba hipnotizado por los complejos sonidos del canto combinado del coquí, los pájaros, los grillos y quién sabe qué más. Era como si la isla se despertara por la noche para hablar con las estrellas con una voz de belleza incomprensible. De vez en cuando, el murmullo de un arroyo de montaña se unía al coro de la noche, dando uniformidad a la complicada música.

A un cierto punto, el camino empezó a subir abruptamente, cruzando una pequeña sierra, que inusitadamente, se extendía de norte a sur. Desde la cresta podían oír el sonido de agua, en la distancia. Cuesta abajo el sendero tenía una pendiente más ligera, que seguía el costado del monte. Al fondo se encontraron con un río de corriente rápida. A su izquierda, río arriba, se oía el rugido de las aguas que se derramaban por la montaña. Desde donde se encontraban, podían sentir el rocío fresco del agua que les hizo saber que, escondida en la oscuridad, había una cascada. Moné esperaba a unos pasos más adelante.

—Este es el río Toa —anunció gritando por encima del ruido de la corriente—. El sendero se divide aquí. El camino principal continúa hacia el oeste. Otro va río abajo. Creo que el lugar que buscamos está río abajo.

—Entonces, vamos en esa dirección —dijo Taibaná.

—Debemos ir con cuidado —dijo Antonio—. Después de la muerte de su amo los hombres blancos van a estar alerta. Lo más probable es que tengan centinelas.

Moné asintió con la cabeza y se trasladó una vez más a tomar la delantera. Desapareció en la oscuridad y los demás le siguieron. El sendero lateral era más estrecho que la ruta que habían estado siguiendo anteriormente, sin embargo se veía que era muy transitado y era fácil de seguir. Aimá, Antonio y Taibaná caminaban juntos. Al igual que en el camino principal, el follaje crecía a lo largo del sendero, manteniéndolo en oscuridad total; a la izquierda fluía el río. Ante ellos el estrecho valle del río Toa se expandió en una amplia llanura. Según se niveló el terreno la corriente se desaceleró y el río se hizo más ancho. Fue cerca de ese lugar donde Moné se encontró con sus compañeros.

—Hemos llegado —anunció —. Más adelante termina el bosque y hay cuatro edificios.

—¿Viste a alguien? —pregunto Antonio.

—Dos hombres blancos sentados junto a una fogata frente a uno de los edificios.

—¿Viste a alguien de Ceiba? —pregunto Aimá.

—No.

—Vamos más cerca. Quiero ver este lugar —dijo Taibaná.

Se quedaron en el sendero hasta llegar al borde del claro. Allí se internaron al bosque y, ocultos por el follaje, inspeccionaron la hacienda. Antonio reconoció la disposición de los edificios de otras haciendas que había visitado. Desde su atalaya podía ver cuatro edificios principales, dos lado a lado a la izquierda y dos a la derecha, todos dando a un patio abierto en el centro. Más allá de los edificios, el claro cielo nocturno iluminaba lo suficiente para ver que había terrenos cultivados. Los edificios a la derecha eran casas de un solo nivel. La más apartada era pequeña y sencilla, probablemente usada por los trabajadores españoles. La otra, más cerca de Antonio y sus compañeros, era el doble de tamaño, con un porche con vista al patio central. Los edificios a la izquierda quedaban cerca del río. Eran de forma rectangular, con pequeñas ventanas cerradas. Antonio pensó que se utilizaban como graneros. También eran el único lugar donde los esclavos podían estar alojados.

Como dijo Moné, había dos hombres sentados junto a una fogata frente a la más pequeña de las casas. Estaban hablando y tomando turnos molestando a un perro grande con un trozo de cuerda. Antonio vio que había otro perro durmiendo en el porche de la casa grande. Apartándose del borde de los árboles los cuatro compañeros se reunieron formando un círculo cerrado en cuclillas donde podían susurrar entre sí. Antonio explicó la función de los edificios y donde pensaba que podían encontrar a la gente de Ceiba.

—Matemos a los dos hombres y saquemos a nuestra gente —dijo Taibaná en un susurro acalorado. Estaba impaciente por entrar en acción.

—No sabemos cuántos hombres hay en las casas —dijo Antonio—. Podría haber muchos más que nosotros. Y con sus armas —hizo pausa para pensar—. No queremos entrar en batalla. Ni siquiera sabemos con certeza si nuestra gente está aquí —dijo poniendo una mano sobre el brazo del joven guerrero.

—¿Qué sugieres entonces? —preguntó Taibaná.

—Esperemos hasta que los hombres se vayan a dormir. Entonces podremos buscar a nuestra gente. Creo que están en uno de esos edificios —dijo señalando los graneros—. Entonces —continuó en voz baja—, los dejamos salir y silenciosamente entramos en el bosque y nos vamos de aquí.

—¿Qué pasa si los hombres blancos se despiertan?

—Entonces tenemos que estar preparados para luchar —respondió Antonio sobriamente—. Pero lo arriesgamos todo si vamos allí y nos enfrentamos a ellos directamente.

No pasó mucho tiempo antes de que los dos hombres de la fogata entraran en la casa pequeña. Pacientemente Antonio y sus amigos taínos esperaron hasta que se extinguieran todas las luces y todo estuviera tranquilo. Antonio notó que los perros dormían afuera y le preocupó que pudieran dar la voz de alarma. Afortunadamente los animales estaban viento arriba de ellos; aún así, sabía que el más mínimo sonido podía alertar a los perros de su presencia.

—Preparen sus flechas —advirtió a Moné y a Taibaná—. Si los perros nos ven, los tienen que matar antes de que puedan despertar a sus amos.

Juntos caminaron en dirección a los graneros, asegurándose de permanecer dentro de las sombras del bosque. Aimá se detuvo al borde de los árboles, desde donde podría dirigir a las personas una vez liberadas. Los tres hombres avanzaron cerca del río, manteniéndose agachados, ocultándose tras la ribera del río hasta que llegaron justo detrás del primer edificio. Al acercarse al edificio, Antonio miró por una de las ventanas y se sorprendió al encontrarse cara a cara con un caballo que trató de alcanzarlo con su hocico. En el granero había un segundo caballo y equipo de granja pero ningún prisionero. Con el corazón acelerado, regresó con sus amigos e hizo una señal para pasar al siguiente edificio. De nuevo, se retiraron al río y se acercaron al segundo edificio por la parte posterior. Se arrastraron hasta la estructura de madera en silencio. Antonio llegó a una ventana apenas más ancha que su mano y, después de remover el travesaño que la sellaba, la abrió. El interior del edificio estaba completamente oscuro, de manera que sus ojos no le decían nada, pero el olor a sudor y excrementos humanos era ineludible.

—Están aquí adentro —susurró Antonio.

Rápidamente se trasladaron al lado del edificio que daba frente al granero con los caballos. Siguiendo las indicaciones de Antonio, quitaron el travesaño que mantenía cerradas las puertas dobles y a los taínos en cautiverio. Cuando se abrieron las puertas, un hedor enfermizo surgió del interior. Los tres liberadores jadearon al tratar de entrar en el granero prisión.

—¿Taibaná? —dijo una voz incrédula en la oscuridad.

—¡Silencio! —susurró ante el creciente revuelo—. Caminen calladamente hacía el bosque.

Moné y Antonio estaban ocupados ayudando a la gente y ofreciendo palabras de aliento en voz baja. Comenzaban a darse cuenta de las malas condiciones de los presos. Muchos tenían tos, otros tenían heridas y todos estaban aterrorizados. Los niños lloraban sin saber qué otra cosa hacer, sus destrozadas vidas demasiado confusas para que entendieran lo que pasaba. Antonio estaba completamente distraído ayudando a la gente cuando sintió una presencia detrás de él. Volteó su cabeza para ver a los dos perros junto a la entrada abierta del granero, enseñando sus dientes y gruñendo amenazadoramente. Podía sentir a la gente escondiéndose detrás de él. Era obvio que habían aprendido a temer a estos animales. Su mente estaba perdida en un laberinto de ideas de qué hacer cuando el sonido de dos flechazos casi simultáneamente rompió el aire. En un instante las flechas encontraron sus marcas y con un chillido agudo los perros cayeron al suelo. Antes de que Antonio pudiera exhalar, otros dos flechazos concluyeron lo que los primeros habían comenzado. Antonio salió del granero y después de un momento de escuchar y mirar hacia las casas, determinó que todo estaba en calma y podían continuar con la fuga.

La muerte de los perros pareció liberar a los presos de las garras del terror. Por primera vez habían visto a sus opresores vencidos y vulnerables. La muerte de los animales era una victoria para ellos, un símbolo de esperanza. Empezaron a salir de su prisión como si hubieran vuelto a nacer. Sus cuerpos estaban heridos y enfermos pero, por primera vez desde su captura, sentían que no todo estaba perdido en sus vidas.

Aimá, esperando en el bosque, estaba empezando a temer lo peor después de ver a los perros cruzar el patio central en dirección de sus compañeros. Había comenzado a dejar su posición para acercarse al granero más cercano cuando vio a una mujer con un niño surgir de la oscuridad. Su corazón se aceleró cuando reconoció a una antigua vecina sólo de ver la silueta de su cuerpo. Energéticamente ondeó con sus brazos para llamarla a que se acercara. Abrazó a la mujer cuando se encontraron y la ayudó a llegar al bosque.

—Camina por el bosque hasta el sendero y síguelo hacia el interior —instruyó—. Nos encontraremos en la cascada.

La mujer asintió y se fue. Aimá repitió sus instrucciones y alentó a los demás a medida que se le acercaban. Las lágrimas corrieron por su rostro cuando vio a su madre caminando hacia ella apoyándose en una adolescente, pero no podía decir si eran lágrimas de felicidad por verla o de tristeza por el mal estado físico en que se encontraba. Al igual que con los demás, las ayudó a llegar al bosque y las envió adelante.

Taibaná y Moné no tardaron en darse cuenta de que sus compañeras no estaban con los otros prisioneros.

—Jima —Taibaná llamó a una prima—. ¿Dónde están Mayaco y Guaína? —preguntó, temiendo oír la respuesta.

—Pensé que alguien les había dicho —respondió con timidez—. Se las llevaron a la casa principal, junto con otras dos mujeres. Sólo las hemos visto unas pocas veces desde que llegamos aquí.

—Gracias Jima —dijo Taibaná—. Ve con los demás.

Moné, Antonio y Taibaná intercambiaron miradas, pensando en su próximo paso. Los dos taínos luchaban internamente con sentimientos de ira y ansiedad. Juntos arrastraron los cadáveres de los perros al interior vacío de la barraca de esclavos. Después se reunieron detrás del edificio, dónde estarían fuera de vista, para decidir qué hacer a continuación. La discusión fue corta.

—Todos han llegado al bosque —dijo Moné—. Voy a buscar a Guaína y a las otras. —Sentía que había esperado demasiado. Siempre colocando las necesidades de los demás por delante de las suyas. Ya no iba a perder más tiempo. Guaína estaba en la casa grande y era allí a donde se dirigiría.

Taibaná no iba a detener a su amigo, pero la cuestión de si debía ir con Moné o ayudar a su familia y amigos liberados a llegar a un lugar seguro le cruzo por su la mente. Sin embargo, sabía que Mayaco lo necesitaba y que ésta sería su única oportunidad de ayudarla. Si Moné fallaba, él tenía que estar allí.

—Ve con Aimá —Taibaná le dijo a Antonio—. Nosotros vamos a buscar a las mujeres y nos encontraremos contigo y los demás.

Antonio quería detenerlos de alguna manera, o inventar otro plan, pero no se le ocurrió ninguno. Sabía que no había nada que él pudiera decir para disuadirlos de buscar a sus mujeres.

—Tengo que ir con ustedes —dijo, sabiendo que algo tan sencillo como una cerradura de puerta sería algo nuevo para sus compañeros. Además, no tenían idea de a quién iban a encontrar en la casa—. No sabemos si son muchos o pocos en la casa y es posible que necesiten mi espada.

Asintiendo, Taibaná los llevó hasta el otro extremo del granero. Luego corrieron a través del patio central, y con gran cuidado de mantener el silencio, se reunieron detrás de la casa pequeña. Afortunadamente, la misma canción nocturna que distrajo a Antonio mientras caminaba los ayudó a ocultar cualquier ruido que hacían. Con un vistazo a través de las ventanas abiertas descubrieron que había cuatro hombres durmiendo en la casa pequeña y no había ningún taíno entre ellos.

Procedieron a la casa de al lado y se acercaron a la primera ventana que vieron abierta. Como en Caparra las ventanas tenían postigos pero no vidrio. En el interior había un hombre viejo durmiendo. Después de ese cuarto, en el centro de la pared trasera de la casa había una puerta con una pequeña ventana cuadrada con grueso cristal colorido. Antonio subió los escalones a la puerta para mirar por la ventana, pero el cristal teñido borraba mucho detalle. El diseño de la casa parecía similar a la casa de Caparra donde se hospedaba Ochoa, excepto que en esta casa el pasillo central daba a cuatro habitaciones, no dos. Suavemente, Antonio trató de abrir la puerta, pero tenía el pestillo echado por dentro.

Taibaná, que estaba mirando por la siguiente ventana le hizo señas a Moné. Antonio se apresuró a reunirse con ellos. Dentro de la habitación había un hombre desnudo durmiendo sobre una cama. En el suelo, al pie de la cama, dormía Guaína. Moné no titubeó. Apoyándose en Taibaná, subió ágilmente al alféizar, sujetando una macana en su mano derecha. Se dejó caer al suelo de la casa y en el mismo movimiento estrelló la macana contra la cabeza del hombre dormido. Guaína apenas había abierto sus ojos cuando Moné le tapó la boca y le susurró que se mantuviera callada. Ella se lanzó contra él para abrazarlo con tal fuerza que lo tiró de espaldas sobre la cama. Se abrazaron por un momento antes de levantarse para salir de la habitación.

Taibaná y Antonio dieron vuelta a la esquina de la casa, avanzaron hasta la siguiente habitación y encontraron a otro hombre con una mujer taína. Taibaná subió al cuarto y, tan rápido como Moné, despachó al hombre, quien murió durmiendo, ignorante de su destino. Antonio entró en la habitación después que su amigo y encontró a Taibaná consolando a una jovencita que lloraba en sus brazos atemorizada. Sosteniendo su espada en alto Antonio pasó por delante de ellos y cuidadosamente abrió la puerta al pasillo. Salió del cuarto a la misma vez que Moné al otro extremo del pasillo. Miraron a ambos lados y se sorprendieron de ver al viejo que habían visto durmiendo, abrochándose sus pantalones después de haber orinado por la puerta trasera.

El viejo casi perdió el equilibrio cuando vio a Moné acercarse con su macana en alto. Dio un paso atrás y cayó por los escalones de la puerta trasera. Impulsado por el temor, se incorporó y salió corriendo hacia la casa pequeña gritando y pidiendo ayuda.

Antonio vio lo que había pasado y supo que no tenían tiempo que perder. Irrumpió en el dormitorio restante sin saber qué esperar. Mayaco se encontraba aterrorizada, en cuclillas, en la esquina opuesta de la habitación. Un hombre alto, vestido con un camisón largo, se encontraba de pie al otro lado de una cama, luchando por sacar su espada de su vaina. Ágilmente esquivó el primer ataque de Antonio aunque su espada seguía envainada. Sin embargo, Antonio fue más rapido con el segundo golpe, levantando su espada en un arco hacia la derecha y atravesando a su oponente entre las costillas y hasta los pulmones. Con un movimiento singular, sacó la espada y la hundió en el corazón del hombre. Taibaná, sujetando a la joven taína de una mano, se inclinó a ayudar a su esposa a levantarse. Ella lloró, abrazándolo incluso mientras la llevaba fuera de la habitación.

—¿Dónde está la otra mujer? —preguntó Antonio.

—Muerta —contestó Guaína—. Se resistió a los hombres blancos, por lo que la golpearon hasta que murió. —Moné instintivamente apretó su abrazo a Guaína.

—Tenemos que salir, los otros hombres vienen —Moné le recordó a sus compañeros. Aún en la confusión del momento, su mente serena tenia claramente presente el siguiente paso.

Antonio corrió adelante de los demás, empujando sillas

y una mesa fuera del camino. Abrió la puerta principal de la casa y salió. Viendo que todo estaba tranquilo, saltó del porche e indicó a los otros que le siguieran.

En la casa de al lado, los hombres tardaron en levantarse. El viejo estaba tan agitado que apenas podía hablar. Para cuando se levantaron y recogieron sus armas, los asaltantes indios estaban saliendo de la casa grande.

Aimá esperaba nerviosamente junto al granero con los caballos. Había visto las sombras de los hombres caminando al extremo opuesto de los graneros y cruzando el patio central hacia las casas. Sabía lo que estaban haciendo, ya que también le había preguntado a Jima acerca de Mayaco y Guaína. Cuando los vio salir de la casa grande, no pudo contenerse. Aimá agitó los brazos mientras corría hacia las casas, alegre de ver a sus buenas amigas a salvo. Fue entonces cuando sonó el primer disparo y una bola de hierro malformada la golpeó en el pecho. Su corazón taíno se reventó, y al instante se derrumbó al suelo.

—¡No! —gritó Antonio, apresurándose a su lado.

Llegando a ella oyó el segundo disparo y sintió la bala hacer otro hueco en su camisa ya hecha jirones, y morder su costado izquierdo. Cayó de rodillas al alcance del cuerpo de su amante. Arrastrándose, llegó a su lado. Volteó la cabeza de Aimá y le besó la mejilla, su piel todavía tibia.

—Cuanto te he amado, mujer. —Una gran tristeza se apoderó de él mientras su mente se aceleraba pensando en su tiempo con Aimá y su futuro perdido.

Taibaná corrió hacia los heridos consternado e incrédulo y se arrodilló sobre los dos cuerpos que yacían en el suelo.

—¡Estás vivo! —exclamó en sorpresa cuando vio a Antonio mirándolo—. Ven conmigo —dijo agachándose para tomar el brazo de su amigo.

Con un esfuerzo desesperado Antonio agarró a Taibaná por el pecho con su mano derecha, dándole un apretón doloroso.

—¡Te vas ahora mismo! —Antonio escupió las palabras—. Aimá está muerta. Y yo me estoy muriendo. Ve con tu gente. ¡Ahora!

La rapidez del movimiento de Antonio y la intensidad de su súplica sacudieron a Taibaná, quien continuaba arrodillado, inmóvil, tratando de entender lo que estaba sucediendo. Fue Moné, conduciendo a las tres mujeres, quien trajo a Taibaná de vuelta al presente colocando una mano sobre su hombro. Moné no se detuvo, pero viendo al cuerpo de Aimá tendido en el suelo y mirando a Antonio directamente a los ojos, el dolor que sentía estaba claramente grabado en su rostro. Guaína y Mayaco gritaron de dolor cuando vieron a Aimá; en el fondo Antonio oía voces en español. Sabía que estaban todos en peligro mortal.

—Vete hermano —le rogó en voz baja a Taibaná— ¡Vete!

Taibaná se puso de pie, mirando a Antonio y a su hermana. Se oyó otro tiro, y una bala dio a sus pies. Haciendo caso a esta última advertencia, el guerrero taíno se volvió hacia el bosque y salió corriendo con la gracia de un atleta, desafiando a las balas a alcanzarlo.

XVI
LA CELDA

—Aquí —dijo Antonio, extendiendo su mano derecha—. Ayúdame a acostarme. Esta herida es muy dolorosa.

—Por supuesto —dijo Rodolfo, tomando la mano de Antonio y apoyando su espalda—. Tengo preguntas acerca de sus amigos indios.

—Van a tener que esperar —dijo Antonio en voz baja—. Estoy muy cansado.

—Por supuesto, aproveche y duerma. Hablamos más tarde. —Rodolfo se quitó su chaleco, lo enrolló y lo puso debajo de la cabeza de Antonio como una almohada.

Antonio estaba agradecido por la corriente de aire fresco que soplaba de afuera por debajo de la puerta mal colgada de la celda. Acercó su cara al suelo para tomar el aire y se imaginó estar afuera. Miró a su alrededor en la tupida jungla y respiró profundamente. Le sorprendió de que no le doliera su herida. Frente a él se encontraba un sendero parecido a otros que había recorrido en el último año. Sintiendo la necesidad, empezó a caminar. Se sentía bien, estando afuera y disfrutando del aire perfumado de la selva. Descubrió que caminar era una experiencia alegre y que no requería esfuerzo. Estaba profundamente deleitado, con sus sentidos vivos y alertas cuando, inesperadamente, el bosque delante de él se desvaneció. Se encontró parado al borde de un campo de conucos con vista a los dos enormes árboles que cubrían al yucayeque de Ceiba. Cerca de los árboles había un bohío. No se veía ninguna señal de destrucción. Hierba de un color verde iridiscente cubría el área previamente ocupada por el resto del yucayeque. El corazón de Antonio se alegró al verlo.

Una mujer salió del bohío y comenzó a escudriñar la orilla del bosque con su vista. Cuando vio a Antonio, le saludó agitando su mano. ¡Era Aimá! Empezó a correr hacia ella e imposiblemente, en dos pasos, se encontró sujetándola en sus brazos.

—Me alegro que no tardaras en encontrarme —dijo ella.

—Cualquier tiempo lejos de ti, es demasiado.

Se abrazaron llenando sus almas de amor.

—¿Dónde está todo el mundo? —preguntó Antonio, mirando a su alrededor.

—Ya vendrán —respondió Aimá con sencillez.

Y él comprendió.

Esa noche Rodolfo llamó a los guardias.

—Me temo que no habrá ejecución mañana —dijo.

—¿De qué demonios estás hablando? —respondió el guardia, enojado porque el prisionero había interrumpido su juego de cartas.

—Dos Santos está muerto.

—Oh, mierda.

El guardia se fue refunfuñando y volvió con otro hombre y un sacerdote. Abrió la cerradura y la puerta de la celda, con las bisagras chirriando por la corrosión. El otro hombre agarró el cadáver por los brazos y lo arrastró hacia afuera. El guardia cerró la puerta y fue a ayudar a transportar el muerto.

—Óigame, padre —llamó Rodolfo—. Asegúrese de decir una buena oración por él. Dos Santos no era tan malo como cuenta la gente.

—Pero era un asesino —dijo el cura, algo sorprendido.

—Se lo digo en confianza que yo hablé con él —explicó Rodolfo—. Tenía sus razones por hacer lo que hizo.

—Si es cierto, entonces no tiene nada de qué preocuparse. La justicia final no es de este mundo, pero sabrá dar cuenta de todo lo que hicimos mientras estuvimos aquí.

Hija de las Antillas... ¡Borikén!
Su corazón late sin disimulo.
Su sangre surge desde lo más profundo.
El amor que trae en su alma
Fue creado por toda su gente...
Las de antes, las de ahora, y las del futuro.

—Francisco Xavier de Aragón
De su poema *'Hija de las Antillas'*

NOTAS DEL AUTOR

Al igual que otros autores, recibí inspiración y apoyo de muchas personas. Este libro primero se escribió en inglés, y fue publicado en noviembre de 2011. La traducción al español ha sido un esfuerzo comparable a la producción original. Primero que nada quiero agradecer a las personas que dedicaron su valioso tiempo y talento a editar el manuscrito original en español: Raquel Delgado-Villafaña, Virginia Gamez Salazar, Christian Nielsen-Palacios, Azucena Ortega, , y mis queridos hermanos Eduardo y Francisco de Aragón. Francisco también me prestó uso de sus poemas para decorar el libro con sus bellos versos. Todos contribuyeron de manera importante a mejorar este libro y les estoy eternamente agradecidos.

Mi buena amiga Patricia Fernández de Castro me ayudo a traducir las primeras páginas del libro. Su ayuda fue una inspiración en las primeras etapas de este proyecto. Gracias a ella por darme el empujón que me puso en camino. Patricia también me ayudo a completar la traducción, ofreciendo sus comentarios y correcciones del manuscrito final. Mil gracias.

A mi esposa Jacki Thompson y mis hijos Trevel y Julia les agradezco su paciencia durante mis largas horas en la computadora, y su apoyo constante de este proyecto.

La Dra. Elsa Gelpí Baiz y el Dr. José R. Oliver, conocidos investigadores de la historia precolombina y del primer siglo de la colonia en Puerto Rico, generosamente me dedicaron su tiempo y proporcionaron asesoramiento e información valiosa durante mi investigación para la novela.

Este libro es una obra de ficción basada en hechos históricos que tomaron lugar durante los primeros años de la colonización española de la isla conocida como Borikén por los taínos indígenas, San Juan Bautista por los primeros colonos españoles y actualmente conocida como Puerto Rico. Uno de los objetivos de *Dos Santos* es ofrecer una descripción de la primera expedición colonizadora de Juan Ponce de León y de los taínos que habitaban la isla. Esto se lleva a cabo desde el punto de vista de un personaje ficticio, Antonio Dos Santos.

En general, la primera parte del libro (Parte I) describe los eventos incluidos en varios registros históricos. Las visitas a Yuma, Isla de Mona y al cacique Agüeybaná, así como los dos huracanes durante el primer viaje de La Española a Borikén son hechos históricos. Las dificultades en encontrar un asentamiento final en Caparra, también se basan en hechos históricos.

La trama principal de la segunda parte del libro (Parte II), incluyendo Ceiba y sus habitantes, son totalmente ficticios. Sin embargo, muchos de los eventos de fondo que ayudan a impulsar la trama, son históricos. Estos incluyen la historia de Anacaona y los acontecimientos que condujeron a su muerte; la historia de Cristóbal de Sotomayor, su muerte y represalias por parte de las fuerzas españolas; el ataque de los caribes en Santa Cruz; y los desafíos enfrentados por Ponce de León a la gubernatura de la isla de San Juan. También tomé prestado el nombre de varios personajes históricos y los puse en un contexto completamente ficticio, con el fin de mejorar el ambiente histórico de la historia. Estos incluyen los caciques Mabodamaca, Guaraca y Humaca, el traductor español Juan González, el capitán Juan Gil Calderón y el gobernador Juan Ponce de León.

Con el fin de simplificar la narración de la novela opté por utilizar el nombre *caribe* para identificar al pueblo indígena que habitaba las Antillas Menores. Este pueblo también se conoce como kalinago o caribes isleños, para distinguirlos de los caribes en el continente sudamericano. Mi investigación me demostró que aún quedan muchas dudas acerca del origen y estilo de vida de los caribes a principios del siglo XVI y su relación con los taínos. Hay evidencia de comercio entre taínos en Puerto Rico y los caribes. Pero también hay evidencia de incursiones caribes a asentamientos taínos, secuestros de sus habitantes y del temor que inspiraron en los cacicazgos taínos. Los kalinago/caribes pueden presumir de ser la única población nativa caribeña en sobrevivir a la conquista europea con un cierto grado de continuidad cultural. Este es un logro extraordinario, especialmente cuando se considera el destino de las culturas pre-colombinas de las otras islas caribeñas vecinas y del continente.

Dos Santos se publicó 500 años después de la llegada de los españoles a Borikén. Los eventos de ese periodo han transformado al hemisferio americano, y muchos de los cambios han sido incomprensiblemente trágicos. Una de las consecuencias más trágicas de la conquista europea de el *Nuevo Mundo* ha sido la pérdida del conocimiento acumulado durante milenios por los pueblos indígenas del hemisferio. Vivimos en una era en la que parece que con cada aliento que tomamos impactamos negativamente al medio ambiente; y lo peor es que sabemos que estamos causando daño pero no parece haber manera de detenernos. No puedo dejar de comparar nuestro explosivo estilo de vida moderno con la forma en que los taínos existían en maravillosa armonía con su medio ambiente.

Es importante seguir estudiando, escribiendo e imaginando a los taínos y otras culturas indígenas, pues tienen mucho que enseñarnos. Ese conocimiento, por incompleto que sea, es de gran valor. Creo que hay lecciones de los taínos que podrían ayudar a un Puerto Rico moderno a redefinir su relación con el mundo que lo rodea. La isla fue hogar de una cultura perfectamente sostenible; ¿por qué no esforzarse por alcanzar ese noble objetivo una vez más?

Fernando de Aragón
Ithaca, NY
1 de mayo de 2015

FUENTES DE REFERENCIA
UTILIZADAS POR EL AUTOR

Aunque no se pretende que esta novela sea un trabajo académico, se hizo todo lo posible por presentar los eventos y lugares con la mayor precisión posible. A ese fin, se utilizaron varias fuentes de referencia para ayudar a educar e inspirar. Las principales se presentan a continuación.

Fuson, Robert H. *Juan Ponce de León and the Spanish Discovery of Puerto Rico and Florida.* The McDonald and Woodward Publishing Company, Blacksburg, VA, 2000.

Gelpí Baíz, Elsa. *Siglo En Blanco, Estudio de la Economía Azucarera en el Puerto Rico del Siglo XVI (1540-1612).* Editorial de la Universidad de Puerto Rico, 2000.

Emmer Pieter C. and Carrera Damas, German. *General History of the Caribbean,* Volume II. New Societies: The Caribbean in the long sixteenth century. UNESCO Publishing, Paris y Macmillan Education, LTD, Londres, 1999.

Hernández Diaz, Fernando. *Anacaona.* Editora Corripio, C. por A., Santo Domingo, Republica Dominicana, 2003.

Jiménez de Wagenheim, Olga. *Puerto Rico: An Interpretive History from Pre-Columbian Times to 1900.* Markus Weiner Publishers, Princeton, 1998.

Murga Sanz, Vicente. *Juan Ponce de León.* Editorial Universitaria, Universidad de Puerto Rico, 1971.

Oliver, José R. *Caciques and Cemí Idols.* University of Alabama Press, Tuscaloosa, 2009.

Siegel, Peter E., editor. *Ancient Borinquen: Archaeology and Ethnohistory of Native Puerto Rico.* The University of Alabama Press, Tuscaloosa, 2005.

Sued Badillo, Jalil. *General History of the Caribbean,* Volume I. *Autochthonous Societies.* UNESCO Publishing, Paris y Macmillan Publishers, Inc., Londres, 2003.

Sued Badillo, Jalil. *Agüeybaná el Bravo, La Recuperación de un Símbolo.* Ediciones Puerto, San Juan, 2008.

Tió, Aurelio. *Dr. Diego Alvarez Chanca (Estudio Biográfico).* Instituto de Cultura Puertorriqueña. Universidad Interamericana de Puerto Rico, 1966.

Wilson, Samuel M. editor. *The Indigenous People of the Caribbean.* University of Florida Press, 1999.

Zayas y Alfonso, Alfredo. *Lexicografía Antillana,* Volume I & II. Molina y Cia. Habana, Cuba. Segunda edición, 1931.

Made in the USA
Columbia, SC
22 July 2017